探偵は田園をゆく

深町秋生
Fukamachi Akio

光文社

探偵は田園をゆく

装幀　泉沢光雄
写真　Hara Taketo/EyeEm/Getty Images
Olga Siletskaya/Getty Images

1

椎名留美《しいなるみ》はミニバンのアクセルを踏みこんだ。

ライトをハイビームに切り替え、真夜中の国道287号の田舎道《いなかみち》を飛ばす。

人気《ひとけ》はおろか、行き交う車もほとんどない。うっすらと雪をかぶった田んぼと雑木林に囲まれた寂しい道だ。かといって、スピードを出しすぎれば狸《たぬき》やイタチを轢《ひ》きかねない。

「留美さん、もっと早ぐ。もう予約時間過ぎてっず」

助手席のキラリが急《せ》かした。彼女はコヨーテファーのフードがついた値の張るダウンコートを着ていた。ただし、その下はコスプレ用のセーラー服のため、ひどく寒そうに身を縮めている。

「文句は店長に言ってけろや。無茶なスケジュールばっか組むがら、ドライバーが免停喰《く》らったりすんでねえが。あんまりヤンチャな営業してっど、警察に目つけられっぞ」

「とにかぐ急いで。次はすっげえケチな痛客《いたきやく》なの。ただでさえ本番とか店外デートとか、ねちねちねだってくんのに。遅れたらなに言われっが、わかったもんでねよ」

「やるだけやっがら。あと十五分ってところだ。その痛客にLINEでもしろ」

「ああ、もう。顎痛《あごい》っでえ。あそこも痛っでえ。痛客うぜえ」

キラリは文句を垂れながら、スマホで客にメッセージを打った。爪につけたストーンがスマホの光でキラキラ輝く。

留美はハンドルを握り直した。道路は小雨で湿っているものの、凍りついてはいない。予約時間を過ぎてしまったが、予想よりも早く待ち合わせ場所のラブホテルにたどり着けるだろう。

真冬の一月下旬だというのに、今年は記録的な暖冬となった。国内屈指の豪雪地帯である山形県南部の置賜《おきたま》地方ですら、大して雪が降らず、路肩の隅にちっぽけな雪の塊《かたまり》があるだけだ。

いつもであれば、一メートル以上の雪の壁で道幅は狭まり、路面は圧雪や凍結に見舞われ、とても速度など出せない。田んぼに囲まれた田舎道ともなれば、吹雪《ふぶき》でホワイトアウトも起こりやすく、まったく身動きが取れなくなるのもしばしばだ。びゅんびゅんと走れること自体が異常なのだ。

留美は恨《うら》めしげに雪の塊を見やった。この忌々《いまいま》しい暖冬のおかげで貴重な仕事を失っている。

留美は山形市《やまがたし》で探偵業の看板を掲げている。とはいえ、ほぼ便利屋と化しており、さくらんぼの収穫や稲刈り、独居老人の部屋掃除、万引きを捕える店内保安員などをやって糊口《ここう》を凌《しの》いでいた。

真冬は稼ぎ時で雪掻《か》きの注文が殺到する。とくにこの置賜地方は雪を優雅に愛《め》でる余裕はなく、家や自家用車が潰《つぶ》れないようにスノーダンプを握って、重たい雪と毎日戦わなければならない。

超高齢化社会となった県内では、豪雪に抗《あらが》えない高齢者が増えた。屋根の雪下ろしで足を滑らせ、命を失う老人も後を絶たない。それゆえに留美のような肉体派がなにかと重宝がられるのだが、目算がすっかり狂ってしまった。

雪掻きの仕事がないため、あれこれと取引先に営業をかけた。その末にようやく見つけたのは、米沢市《よねざわし》の『上《うえ》スギ！　テクニシャン学園《がくえん》』なるデリヘルの臨時ドライバーだ。仕事にありつけたも

の の、留美の自宅から事務所までは四十キロも離れており、おまけに店長は人使いが荒かった。

正式に雇われていた運転手は、デリヘル嬢をできるだけ早く送り届けようと努力した末、五十キロも速度オーバーをやらかし、県警のネズミ捕りに引っかかって免停となった。

店にとっては痛手であり、留美には安全運転を呼びかけているが、稼ぎ頭であるキラリの送迎だけは例外だ。未《いま》だに移動時間を考えない無理めなスケジュールが組まれていた。

キラリがバッグから喉スプレーを取り出して口のなかに吹きかけた。彼女は健康に対する意識が高く、中国で新型肺炎のウイルスが流行《はや》っていると知り、仕事の合間に値の張るプロポリス配合のスプレーを喉に浴びせていた。

「そういや、留美さん。本業は探偵だって聞いたんだけんど、それってマジ？」

「マジ」

「探偵なんて初めて見た。こだな田舎でやってげるもんなの？」

「やってげねえよ。だから、あんたを運んでる」

「んだよね」

キラリがため息をついた。留美は水を向けてやった。

「なんかあったが。ストーカーとか」

「違う。彼氏のほうだず」

「たしか美容師だったなや」

「元美容師。今はただのパチプロきどり」

この店の臨時ドライバーになり、半月が経《た》とうとしていた。店の女の子と話をする機会も増えた。

とくに人気ナンバー1のキラリは、店のテリトリーである置賜地方以外にも常連がいる。特別料金をプラスしてでも会いたがる太客《ふときやく》がおり、長距離運転をしている間にあれこれと話をするようになった。臨時であるうえ、同じ女性であるせいか、留美に打ち明け話をする嬢は少なくない。

キラリの彼氏は美容師だったが、パチンコにのめりこみすぎて無断欠勤を繰り返し、職場をクビになったという。今は彼女の稼ぎをアテにするだけのヒモだ。

「自称パチプロがどうしたのや?」

「あの野郎《やろ》……浮気までしったみてえだ。あいつの服の匂いが、なんかいつもと違ってだんだず。パチンコ屋の消臭器の臭いでねくて、なんかボディクリームの香りがしでよ。あたしの勘が当たってたら許しておげね。調べてもらっていいが?」

「そりゃまあ……構わねえけんど」

留美は面倒臭《くさ》そうに答えた。

本当は久しぶりの依頼に小躍《こおど》りしたいところだ。しかし、あんまりはしゃぐと安く見られる。億劫《おつくう》そうなフリをしながらうなずいてみせた。

「あんた、自分のネイルサロンを持ちたくて、この商売頑張ってんだべ? 私の友達にもパチンコに嵌《は》まったバカがいっけんど、あんたの財布にタカってだうえに、他に女まで作ってだんなら救いようがねえな。バッチリ調査してやっがら」

夜の商売や風俗業絡みの仕事をしていると、たまに依頼がこうした形で舞い込んでくる。

暴走した客によるストーカー被害。彼氏の浮気や別れ話のもつれ。せっかく貯《た》めたカネを狙う胡《う》散《さん》臭い占い師や起業コンサルタントといった連中の素行調査などだ。

留美は元警察官だ。しぶとく探偵という職業にこだわるのは、警察官時代に民事不介入としてタッチできなかった個人的な事案にも気楽に応じてやれるからだった。依頼者の苦悩を少しでも和らげられればとの思いから、便利屋稼業をしながら続けている。

国道の道幅がぐっと広くなった。米沢市に隣接する川西町《かわにしまち》の中心地を走り抜けると、公立置賜総《こうりつおきたまそう》合病院《ごうびょういん》の巨大な建築物が見えてくる。

キラリの次の客が待っているのは、西置賜地方の西置《にしき》市の外れにある古いラブホテルだった。川西町と西置市の間にある工業団地の横にひっそりと建っている。総合病院とは目と鼻の先だった。

「彼氏の話は後で聞く。ケチな痛客をなんとかしたら、ゆっくり相談に乗っがらよ」

「ありがと。少しやる気でてきた」

キラリは気合いを入れるため、頬を両手で叩《たた》いた。

国道113号を西に向かうと、工業団地の無機質な風景が目に入る。青果物卸売市場や物流企業の大きな配送センター、食肉卸売企業の営業所などがあった。やがて『ヨーロピアンナイト』の赤いネオンサインが見えてくる。

ネオン管の一部が切れているようで、ホテル名がきちんと表示されていなかった。建物の外壁には、『平日ご休憩2800円～』と大きな赤い看板が張られてある。昭和のころに建てられたもので、色が剝《は》げ落ちた円柱や尖塔《せんとう》といった飾りのついた〝ワンガレ〟式のラブホテルだった。

ワンガレは郊外や田舎に多いタイプで、一部屋にひとつガレージが設けられてある。一階のガレージに車を入れるとセンサーが感知し、部屋の鍵が開くようになっている。部屋自体は二階にあり、客はガレージの横にある入口から階段で上る仕組みだ。

車で出入りするため、都会のラブホテルと違い、通行人に入室するところを見られずに済み、従業員とも顔を合わせずに利用できた。おかげで、セーラー服や看護師のコスプレをしたまま部屋に行けるのだ。

城門を模したゲートを通過し、キラリの客が待っている部屋へとミニバンを走らせる。

「たしか部屋は『ウィーン』だったなや」

部屋の名前はそれぞれヨーロッパの都市名がつけられていた。他に『モナコ』『バイエルン』『パリ』などがある。

このラブホテルは『上スギ！』と提携しており、休憩代がいくらか割引になることもあって、西置市や川西町の客がもっぱらここを利用していた。留美も送迎のために何度も来ている。高齢の経営者や従業員とも顔なじみだ。

『ウィーン』はゲートから二番目に近いところにあった。ガレージには、キラリの言う痛客のセダンがある。ミニバンを入口前へとつける。

「ああ、やっぱ嫌《や》んだなあ。本番せがむうえに、あいつ遅漏《ちろう》なんだよなあ」

キラリはひとしきりグチると、助手席のドアに手を伸ばした。

「ちょっと待った」

留美はキラリの肩に手をやった。

「いやいや、もう行がねえと。遅刻しっだし」

「なんか聞こえねえが？」

真夜中にもかかわらず、ガツンガツンと硬いものを打ちつけるような音がした。

「どっかで道路工事でもしてんでねえの?」

留美は『ウィーン』の隣にあるスタッフルームのドアを見やった。ドアが開けっぱなしだ。彼女は眉をひそめる。

町外れのおんぼろラブホテルではあるが、低料金のおかげでそれなりに繁盛している。従業員は部屋の清掃やアメニティの補充に追われるが、だからといって売上金を管理している部屋のドアが開けっぱなしになっていることなど一度もない。従業員は出入りするたび、ドアをいつもきっちり施錠していた。

「うわ! なんだあれ!」

キラリが後ろを指さした。留美は後ろを振り返った。思わず目を見張る。

建物の一番奥にある『バイエルン』のドアだ。大柄の中年男が、ドアになにかを叩《たた》きつけている。敷地内の照明が弱々しいため、はっきりと見えないものの、中年男が持っているのが薪割《まきわ》り用の手斧《ちような》だとわかった。中年男は一心不乱に重たそうな手斧を振り下ろしていた。

中年男から少し離れた位置に、顔なじみの従業員がいた。ベテランの五十代くらいのおばさんだったが、地面に尻餅をついたままへたりこんでいる。

キラリがおそるおそる訊《き》いてきた。

「働きに行っていいが? あれ……見ねがったことにして」

「ダメに決まってんべ、一一〇番!」

「う、うん」

「車の鍵をロックしろ。外に出んでねえぞ」

留美は武器の代わりに水筒を握った。六百ミリリットル入りのステンレスボトルだ。

「ちょ、ちょっと。留美さん、危ねえよ！」

運転席のドアを開けて外に降り立つと、従業員のおばさんのところまで駆けた。

「大丈夫が？　ケガは？」

「は、早く。警察呼んでけろ。人殺しだ」

おばさんはひどく取り乱していた。腰のあたりを痛めているのか、うまく立てないようだった。

中年男は手斧でドアを一心不乱に破壊していた。ドアは昭和の安アパートで見かけるような、合板を塗装しただけのタイプだ。肉厚の刃《やいば》でぶっ叩かれ、大きな裂け目ができている。

中年男は真冬にもかかわらず、スウェットの上下しか着ていない。傍《そば》には中年男のものと思われる汚れた軽トラックがあり、離れた位置にいてもきついアルコール臭がした。

「ナメくさりやがって！　首洗って待ってろ！　お前《め》ら、ぶっ殺してやっがらな」

中年男は『バイエルン』に向かって吠《ほ》え、ドアの裂け目に左腕を突っこみ、鍵を外そうとする。

一階のガレージには黒色のクーペがあった。キラリと同じく、男女のトラブルの臭いがした。中年男が放つ怒気は凄《すさ》まじく、凄惨《せいさん》な事態を招きかねない。

「あんた、武器を捨てろ！　バカな真似《まね》すんでねえ。人生棒に振るだけだず」

留美は中年男に声をかけた。

「うるせえ！　ド頭《たま》ぶち割っぞ」

中年男が振り返って叫んだ。言葉どおりに右手の手斧を振り回して威嚇《いかく》する。

留美は思わず怯《ひる》んだ。中年男の顔は肉厚なうえに眉毛がほとんどなかった。悪役プロレスラーみたいな迫力のある顔つきだ。憤怒《ふんぬ》とアルコールで赤鬼のようだったが、顔面を涙と鼻水でぐしょ濡《ぬ》れにさせている。

彼は左手をドアの裂け目から引き抜くと、ドアを開け放って、二階へのしのしと歩み出した。

「待てず！」

強い口調で制止したが、中年男は止まろうとしない。

留美は夜空に目をやった。濃密な闇に覆われている。警察車両が緊急走行で向かってくるとすれば、赤色灯で空は赤く染まり、サイレンも耳に届くはずだ。まだ空は真っ暗なままで、サイレンも聞こえてはこない。

西置署はこのラブホテルから約十キロは離れている。駐在所も近くにはない。警察官がやって来るのには、まだ時間がかかりそうだった。

厄介事に首を突っこんだのを後悔しそうになる。勇者をきどって自分の身になにかあったら娘はどうなるのか。キラリのように見て見ぬフリをするのがいいのでは。想《おも》いがあれこれと錯綜《さくそう》する。

留美の足が勝手に動き、中年男の後を追っていた。部屋へと続く階段は急角度で幅も狭い。それを一段抜かしで駆け上がり、上にいる中年男の右足首を右手で摑《つか》んだ。下へと力いっぱい引っ張る。

「うおっ」

足を取られた中年男は、うつぶせ状態で階段を滑り落ちた。胸や顔をガタガタと打ちつける。

下にいる留美も、中年男の大きな尻が頭に当たり、階段を転がり落ちた。顎を引いて受身を取るものの、コンクリートの土間に背中をぶつけて息をつまらせる。

痛みで涙が勝手にあふれた。だが、悶《もだ》えている暇はない。

留美は外まで後転すると、膝立ちになって中年男を注視した。彼は一番下の土間まで落下したが、手斧はしっかり握ったままだ。

「なにすんだず！」

中年男の顔面が血に濡れていた。

派手に階段の角に打ちつけたらしく、鼻血で顔の下半分を真っ赤に染めている。

「邪魔すんでねえよ！　浮気者《もん》のあばずれ、ぶっ殺してなにが悪《わり》いのや」

「落ち着《づ》いて。人殺していいわけねえべや」

やはり男女のトラブルらしい。中年男の動機がうっすらとわかった。

とはいえ、事態が好転したとは言い難い。血は人をより興奮させる。中年男から漂う酒の臭いも相当なものだ。話が成立しそうな気がまるでしない。

中年男は血に汚れた左手を不快そうに見つめた。手斧を持つ右手を震わせる。

「お前《め》、あのあばずれの仲間が」

「ただの通りすがりの者《もん》だず。悪《わり》いごとは言わねえ。そだな物騒なもん捨てて――」

「うっせえ！」

中年男が手斧を掲げて突っかかってきた。

留美は水筒の中身を中年男の顔にぶっかけた。親指ひとつでフタを開けられるワンタッチ式で、入っているのはお湯だった。

「熱《あっち》い！」

中年男は手斧を取り落とし、両手で顔面を覆った。

キラリのような人気嬢が出勤する日は、トイレに行く暇もなくなるほど忙しくなる。水分の摂取を控えていたため、水筒のお湯は満タンに近かった。

中年男の上半身からもうもうと湯気が上がった。熱湯を吸いこんだスウェットを脱ごうとする。

留美は中年男の無防備な腹めがけて体当たりをした。肩から思い切りぶつかると、中年男はよろけて建物に背中をぶつけ、地面にがっくりと膝をついた。

留美の肩がもろに鳩尾《みぞおち》に入ったらしく、彼は苦しげにうめきながら四つん這《ば》いになった。留美は中年男の背中に回ると、彼の腕を後ろにひねり上げた。中年男が痛みに悲鳴をあげ、地面に這いつくばる。

「留美さん！」

キラリがミニバンを降りて駆けてきた。

「お前《め》、降りんなって言ったべした」

「ひとりじゃ危ねえべや！」

キラリはスマホの充電コードを持っていた。彼女は中年男の両足を縛り上げる。

彼女の援護がありがたかった。熱湯は真冬の空気で早くもぬるま湯に変わりつつある。留美ひとりの力では、いつまでも大男を押さえられそうになかった。中年男は農業をしているのだろう。手はグローブみたいに硬く、二の腕も筋肉で盛り上がっていた。

「おばさん、手伝ってもらっていいがっす」

従業員のおばさんに声をかけた。ずっと地面にへたりこんでいたが、必死の形相で中年男のうえにのしかかる。

中年男の腕をロックしながら、あたりに注意を払った。防音がなされているとはいえ、派手な騒ぎが耳に届いたらしく、客室にいた男女がそっとドアを開けて、留美たちの様子をうかがっている。

「キラリちゃん、そだなどころでなにしった。もう三十分も遅《おぐ》ってたでねえが！」

キラリの痛客が『ウィーン』から出てきた。頭がだいぶ禿《は》げ上がった五十歳ぐらいの男で、部屋着とスリッパ姿で叫んでいた。

「うっせえ、バガ野郎《やろ》！　見てわがんねのが」

キラリが怒鳴り返した。彼女の剣幕にたじろいだのか、痛客は客室へと引き返す。

中年男が体力を取り戻したのか、ジタバタともがきながら吠《ほ》えた。かなり屈強な身体《からだ》をしているが、両足を縛られたうえに、女三人にのしかかられて動けずにいる。

サイレンの音が耳に届き、空が赤色灯で赤く染まる。ようやくモノを考える余裕が生まれ、果たして今日の日当はきちんと支払われるだろうかと不安が募った。

2

「あんたは立派だよ。さすが元警官だけはあっずﾞ」

店長の船井《ふない》はエナジードリンクを飲み干すと、大げさな仕草で拍手をした。

「斧《おの》でドアぶち破るなんてよ、まるで『シャイニング』のジャック・ニコルソンでねえが。そだな怒り心頭の寝取られ野郎なんかに、よく立ち向かえたもんだず。あんたは凄《すげ》えよ。とんでもねえ肝《きも》っ玉持ってだ。おれには真似できねﾞ」

船井は地元出身の男だ。東京でキャバクラのボーイやメイドカフェの店長などをやって客商売の修業を積んだ。

東京から戻ると山形市の『チェリースタイル』という人気のデリヘルで働き、その実力を買われて米沢市で姉妹店の店長を任された。活気のあるエリアとは言い難い地域で結果を出すだけあって経営能力があり、まだ三十代前半とあってガッツもあった。

ただし、人情味のある男とは言い難い。今も西置署から長々と事情聴取をされた留美に、嫌味をタラタラと口にしている。

「んだけど、デリヘルのドライバーとしちゃアウトだと言いてえんだべ？」

留美は話を促した。急な階段を転げ落ちたせいで、背中がずきずきと痛んだ。今ごろはひどい痣《あざ》になっているだろう。着ていたブルゾンは泥で汚れ、頭髪には砂が混じり込んでいる。早く風呂に入りたかった。

船井は血走った目を向けてきた。おそらく、留美も同じ目をしているだろう。どちらも徹夜明けだ。事務所の壁時計は朝五時半を指し示していた。

「アウトなんてもんでねえ。審判にボール投げつけたガルベス並みの暴挙だ」

船井はやたらと喩《たと》え話を用いたがる。留美は映画も野球も詳しくはないが、彼の言いたいことはそれなりに伝わってきた。

船井はビジネスチェアの背もたれに身体を預けた。

「あんたの仕事はデリヘルのドライバーだず。ギンギンにナニをおっ勃《た》てた野郎《やろ》どものところさ、うちの娘《こ》をスムーズかつ安全に届けることだべ。水戸黄門《みとこうもん》でもバットマンでもねえ。一円にもならねえことしやがって。一円どころかマイナスでねが。犬も食わねえ夫婦喧嘩《げんか》なんぞに首突っこんだおかげで、今日の売上は滅茶苦茶だ。キラリにはあの後にも二人予約入ってたんだず。そのうちのひとりは太客で、九十分のロングコースで予約しったんだ。警察からの感謝状で腹は膨《ふく》れねえぞ」

「ただの夫婦喧嘩で、ラブホのドアがぶっ壊れっかよ。あの修羅場をガン無視して、何食わぬ顔でキラリを客に届けてりゃよかったって言いてえのが？　それこそ無茶苦茶だべ」

あの酔っ払いの中年男に関わったおかげで、留美らの仕事が完全にストップしたのは事実だった。

中年男は西置市内の兼業農家だった。地元の建設業者で作業員として働きながら米を育てている。本業の作業員としての仕事があまり入らず、事情聴取を行った警察官によれば、少ない給料をスナックに使い込んでしまったらしい。

二階の『バイエルン』では、中年男の妻と六十代の男が真っ裸でトイレに立てこもっていた。中年男が留美らによって取り押さえられ、大挙して押し寄せた警察官らから出て来るように説得されても、鍵をかけたまま籠城していた。

ちなみにそのカップルは、あのラブホテルで初めて顔を合わせた仲だったらしい。中年男の妻は自分と二人の子どもの生活費を稼ぐため、SNSを通じて知り合った男に、ホテル代別の一万五千円で援助交際の話を持ちかけたという。単なる火遊びではないようだと聞かされ、取調室で気が重くなったのを覚えている。

中年男がなんらかの形で妻の売春を知り、軽トラックで酒酔い運転をしながらすっ飛ばしてきたのだった。妻の身体をぶった切るために。

留美はため息をついた。

「かりにあの騒動を見て見ぬフリしたとしても、どっちみち今夜のキラリはもう仕事にはならねがった。怒り狂った男が妻とお客を手斧で惨殺しっだときに、同じラブホでプレイ中だったとなりゃ、駆けつけた警察官に根掘り葉掘り訊かれるのが関の山だ。市民の義務も無視して商売に励む銭ゲバ業者と睨《にら》まれんのがオチだべ。ただでさえドライバーがスピード違反で免停喰らってんのによ。ここらで感謝状でも貰《もら》っておいたほうが、地元の生活安全課《セイアン》と仲良くなれっぞ」

船井の視線が一瞬だけ弱々しくなった。臨時ドライバーの女ごときにここまで言い返されると思ってなかったのかもしれない。

船井はデスクを強く叩いた。

「おれは結果のことを言ってんでねえず。あんたのそういう態度を危うく思ってだんだ。おれはこのエリアでナンバー1になるために命懸けっだし、おれの下で働くやつは同じように脇目も振らずに気合いを入れてほしいんだず」

「気合いだったらずっと入れっだつもりだげんど、これからも同じ場面に出くわしたら、私は人助けするほうを何度でも選ぶし、脇目だって振る」

「それだず、そのナメた口！　あんたは危険だ。あの『ヨーロピアンナイト』で待ちぼうけを喰らった客が、こっちに文句の電話を寄こしたぞ。キラリからとんでもねえ暴言吐かれたってよ。あんたのナメた気質が、あいつにまでうづっちまったとしか思えねえ」

「そんで？」

「あんたはクビだ」

船井は茶封筒を投げてよこした。留美は床に落ちた茶封筒を拾い上げた。息を吹きかけて中身を確かめる。

給与明細と現金が入っていた。安堵《あんど》の息を漏らす。解雇されるのは予想済みで、心配していたのは給料だった。船井があれこれと難癖をつけて、カネを出し渋るのではと危惧していた。

「本当なら、今日の分は払わねえつもりでいたんだ。けんども、ここで揉《も》めて、根も葉もねえ噂《うわさ》流されちゃこの店のためにならねえ。口止め料が含まれてると思えや。くれぐれもペラ回すんでねえぞ。おれには山形市《ヤマガタ》まで乗りこむヤンチャな連中がゴロゴロいっがら──」

「はいはい。お世話様でした」

船井に背を向けた。給金さえ受け取れば、もうこの場に用はない。

店との契約は二ヶ月で、途中で仕事を失うのは痛手ではあった。ちんけな脅しをかます船井にもイラッとさせられる。とはいえ、留美の機嫌は悪くなかった。

酒で暴走した手斧の大男を相手にして大怪我《けが》もせず、怪しげな業者がはびこる風俗業できちんと給金が支払われたのだ。幸運と思うしかない。おまけに、探偵としての仕事が待っている。

留美は米沢市の中心街にあるマンションの二階の事務所を後にした。外に出ると肌を切るような寒風が吹きつけてくる。記録的な暖冬とはいえ、やはり朝方は恐ろしく冷える。早朝といえる時間帯だったが、まだ日の出の時間は先で、あたりは深い闇に包まれていた。

公道の路面はテラテラと黒光りしており、凍結しているのが遠くからでもわかった。マンションから約五十メートル離れた位置にある有料パーキングに向かう。

有料パーキングには留美の軽自動車のアルトと、キラリが乗る日産の真っ赤なSUVがあった。彼女とは西置署から一緒に事務所へ戻っていた。

SUVの助手席に乗りこんだ。車内はボディシャンプーと芳香剤の匂いがした。キラリはもうセーラー服などではなく、細身のジーンズを穿《は》き、頭には暖かそうなウールキャスケットをかぶっている。派手にデコった爪と相まって、スタイルのいい今時の若い女性という感じがした。

キラリの表情は冴《さ》えなかった。

「店長にいっぱい怒鳴られたんでねえ？」

「それほどでもねえよ。コレだったがら」

留美は手で首を切るフリをしてみせた。キラリがうなだれた。

「あたしがイキって、あの痛客に怒鳴ったのが悪かったんだべ」

「関係ねえよ。私とあの店長が合わなかっただけだず。昨夜《ゆうべ》みてえなごどがなくたって、なんかの機会にぶつかり合って解雇されだと思う」

留美はバッグからメモ帳を取り出した。ボールペンを握る。

「そんでよ。浮気調査の件、進めていいが？　今日の午後からでも取りかかっけんど」

「それが……」

キラリの顔が一層曇った。彼女はスマホの液晶画面を留美に見せてきた。

無料通話アプリのチャットの画面だ。ヒロなる人物がチャットをキラリに送っていた。

『夏穂《かほ》ちゃん、今日はまったりできてよかった。あのパフェ超やばかったね。また食べたい。あと君もね www』

留美は首を傾《かし》げながら尋《たず》ねた。

「えーと……念のために訊くげんど、夏穂ってのはあんたの本名じゃねえよな」

「全然知らない女」

留美は思わず額を叩いた。

キラリの彼氏のヒロなる男は、だいぶ慎重さに欠ける軽薄な人物のようだった。うっかり〝誤爆〟までやらかしていた。メッセージを別人に送ってしまう行為だ。ヒロがメッセージを送った時間を見ると、留美たちが西置署の取調室で事情聴取を受けていたころだ。

無料通話アプリは気軽にほいほいとメッセージを送れる分、送り先を間違いやすいという欠点がある。とはいえ、浮気の事実を恋人に送りつけるほどのバカを見るのは初めてだ。

キラリは手を小刻みに震わせていた。怒りを押し殺しているのがわかった。

「こりゃ調査するまでもなさそうだなや」

「ごめんなさい。こっちから話振っといて」

キラリが深々と頭を下げた。ハンドルに額をぶつけそうな勢いだった。

「謝るごどなんかねえよ。いいごどだべした。いや、よくはねえけんど。調査にはけっこうカネがかかるし、苦い結末だげんど、こういうのはさっさと結果がわがったほうが健康にもいいべ。そんで、どうすんのや？」

「ソッコーで家から追い出す。もう一秒だって同じ空気吸いたぐねえ」

「それがいいべ。せっかく店持つために身体張ってんだ。バカな浮気野郎に小遣いやってる暇はねえ。がっちり貯めろ。ごたつくようだったら協力すっがらよ」

「また熱湯ぶっかけてけっが？」

「今度は私らが逮捕《パク》られちまう」

留美らは笑い合った。キラリは目に涙を溜《た》めながら笑顔を見せた。

彼女に念のため名刺を渡し、別れの挨拶をしてSUVを降りた。軽自動車のアルトに乗りこむと、有料パーキングを出て、米沢市の市街地を走る。

やはり道路はツルツルに凍っており、アクセルを強めに踏むとスタッドレスタイヤが空回りした。気を引き締めて運転する必要があったが、急にどっしりと重たい疲労が全身にのしかかってきた。

ドライバーの職を失うのは想定内だったが、探偵の依頼までポシャるとは。腕が鳴っていただけにダメージが大きい。ヒロなる男の予想を超える間抜けぶりに、ショックさえ受けていた。

国道13号を北上して家路を急いだ。いつまでもクヨクヨしてはいられない。娘の知愛《ちえ》を起こす時間に間に合わなくなる。国道沿いの二十四時間スーパーに寄り、朝食用の食料品を手早く買った。

早朝の国道13号はガラガラで、途中でスーパーに寄り道したにもかかわらず、約一時間で山形市の自宅マンションへ戻れた。置賜地方に比べて降雪量が少ない山形市内は、雪の塊さえ見つけられなかった。蔵王《ざおう》の山々こそ雪で覆われているが、とても一月とは思えない光景だ。スキー場もひどい有様らしく、今年は滑走可能なのは半分以下で、名物の樹氷も形成されないのだという。

留美の自宅は蔵王に近い山形市南部の賃貸マンションだ。築年数は二十年以上経っており、だいぶ古ぼけてはいるものの、部屋は3LDKでかなり広い。家賃も都会とは比べものにならないほど安かった。警察官を辞めてからはずっと住み続けている。

リビングを事務所代わりとしているが、それでも子ども部屋と寝室、茶の間用の和室もあった。田舎で探偵業などしているのは、この家から離れ難いからでもある。

留美はエレベーターを使って三階まで上った。ふだんは体力維持のために階段を使うようにしている。しかし、今はその気力が湧《わ》かない。

部屋のドアの鍵を外して入った。思わず留美は声を漏らした。

「あら」

部屋の灯《あか》りがついていた。ファンヒーターの稼働音が耳に届く。冬用のパジャマを着た知愛が歯磨きをしながら姿を見せた。

「お帰んなさい。遅かったね」

「ひとりで起きたのが。偉いなや」

「だって、今日は日直だもん。いつもより早く学校さ行がねえと――」

寝ぼけ眼《まなこ》の知愛だったが、留美を見て目を見開いた。

「な、なにしたの？　めっちゃ汚れてる」

「大したごどでねえ。仕事中に転んだんだず。今朝は道路カッチカチだがら、滑らねように気をつけろ」

「本当に？　髪まで汚《よご》ってだよ？」

留美はまっすぐに見つめ返した。

「本当。嘘《うそ》はつかねえ」

「……だったら、いいんだけんど」

「今すぐメシ作っがら。ちょっといい食パン買ってきたんだ」

留美は笑顔を見せて台所へと向かった。

知愛はケータイでアラーム設定をしていたらしい。留美が不規則な時間帯で働いているため、母親の目を盗んではゲームをやりすぎ、ちょくちょく寝坊していたものだった。自己管理ができるようになったのは素晴らしいことだが、今朝ばかりは眠りこけていてほしかった。娘に嘘をつくのはやはり心苦しい。

留美はキャップをかぶり、手を入念に洗うと、ベーコンつきの目玉焼きトーストをこしらえた。バナナにブルーベリーヨーグルトも添える。どれも知愛の好物だった。

娘と一緒に食事を摂《と》った。知愛はずらっと並んだ好物を用意されると、疑念を忘れて機嫌良く平らげた。子ども騙《だま》しの手口であって、これも近いうちに通じなくなるだろうと思う。

知愛はもう十歳だ。母の仕事をおおむね知っている。便利屋の合間に探偵として働いていると。探偵がどんな仕事なのかを、知愛には詳しく話さずにいた。そのおかげで、彼女が八歳のころに面倒な事態が起きた。

知愛とその友人たちが、留美は『シャーロック・ホームズ』や『名探偵コナン』のキャラクターのように、殺人の捜査で名推理を披露したり、危険なテロリストと戦っていると勘違いをしたのだ。そんなカッコいい業務内容ではないのだと、子どもたちに理解してもらうのに、けっこうな時間と手間を要したものだ。きちんと教えておかなければ、娘のためにならないことも学んだ。

以来、知愛には母の仕事をなるべく正直に話すようにしているが、何事にも例外はある。今は米沢市で運転代行のドライバーをしていると偽《いつわ》っていた。十歳の女の子にデリヘルがどんな商売なのかを説明するのは難しすぎる。

学校へ行く娘を玄関で見送ると、留美はバスタブにぬるめの湯を張り、シャワーを浴びて頭髪についた砂を落とした。ゆっくりと風呂に浸《つ》かりながら、次の仕事について考えを巡らせる。

スキー場は記録的な雪不足で次々と休業に追いこまれている。その一方でゴルフ場は降雪に悩まされずに済み、真冬の今でも休まず営業を続けている。地球温暖化のせいなのかどうかはわからないが、とくに宮城県は晴天続きで、昨年とは比較にならないほど客が訪れているという。

宮城のいくつかのゴルフ場には知り合いが何人かいる。キャディやレストランのスタッフに空きがないか、後で営業をかけてみようと考えた。

バスタブのなかでウトウトしていたとき、虫の羽音のような振動音で我に返った。バスタブから飛び出して、隣の洗面所に置いていたスマホを摑んだ。液晶画面には知らない十一桁の番号が表示されている。

バスタオルで身体を拭きながら、裸のままスピーカーフォンで電話に出た。

〈もしもし……あの、椎名さんだがっす〉

どこかで聞いた覚えのある女性の声がした。しかし、誰だか思い出せず、留美はひとまず愛想よく答えた。

「はい、そうです。失礼だけんど、どちらさんだったべが」

〈昨夜はお世話になったべ。『ヨーロピアンナイト』の者《もん》だげんど〉

「ああ、おばさん。なんだって、昨日は大変だったなや」

電話をかけてきたのは、あのラブホテルの従業員のおばさんだった。事件後はそれぞれ西置署員に事情を聴かれ、挨拶ひとつできずにいた。

「ケガはしてねのが?」

〈腰をちょっと痛めちまったな。あそこで二十年以上働いっだけんど、あだなひどいトラブルは初

めてだず。椎名さんがいねがったら、人殺しが起きてホテルも潰ってたがもしんねえって、オーナーとも話してだどごだ〉

「大事《おおごと》になんなくて、ひとまずよかったず」

おばさんはただお礼を言いたかったようだった。

見知らぬ電話番号だったので、誰かが新規で仕事をくれるのかと期待してしまった。デリヘルのドライバーをクビになった以上、あのラブホテルに行くことは当分ないだろう。

おばさんはひとしきり感謝の言葉を口にすると、声のトーンを落として訊いてきた。

〈刑事さんから聞いたけんど、椎名さん、本業は探偵なんだが？〉

「ええ、んだけんど」

留美は依頼の匂いを嗅《か》ぎ取った。ハンズフリーの通話にもかかわらず、スマホを両手で握る。

〈じつは頼みてえことがあってよ、時間ある――〉

「あります、たっぷりあります」

おばさんの質問に即座に答えていた。

やっぱり人助けはしておくべきだず。心のなかで船井に文句をつけつつ、留美はおばさんの話に耳を傾けた。

3

県道5号は気味が悪くなるほどスムーズだった。山形市から置賜地方に到《いた》る田舎道だ。

一月下旬ともなれば雪の壁で道幅がさらに狭まり、対向車とすれ違うのにも神経を使うのが通例だった。

今年はその雪がない。雪囲いをした家々と、冬枯れした山々の茶色い風景が続いているだけだった。薄汚れた道路をアルトで飛ばす。

天気こそ日本海側の土地らしく、毎日どんよりと曇ってはいるが、昼間の路面は乾いていた。おかげでスピードを遠慮なく出せる。雪のない年というのもたまにはいいかもしれない。そんな楽観的な考えさえ生まれてくる。

昨夜はラブホテルでの騒動で、背中をしたたかに打ちつけていた。打撲したところに湿布を貼っているが、シートの背もたれに身体を預けるたびにずきずきと痛みが走った。その背中の痛みさえ忘れそうになる。

南陽《なんよう》市の市街地を抜けて、国道113号を西に走った。やがて昨夜も目にした公立置賜総合病院が見えてくる。ドライバーの職をクビにされ、このあたりにしばらく来ることはないだろうと踏んでいた。まさか、数時間後に再び訪れるとは思っていなかった。

おばさんこと橋立和喜子《はしだてわきこ》の家は、西置市の南部にあった。彼女の職場である『ヨーロピアンナイト』からは車で数分とかからない。近所には有名なラーメン店があり、だいぶ昔に夫の恭司《きようじ》とラーメンを食べに来た覚えがあった。彼の実家もこの西置市にある。

和喜子の家はかつて農家だったらしく、息子とふたり暮らしのわりに、敷地は持て余しそうなくらいに大きい。『ヨーロピアンナイト』と同じくらい年月を経ているようで、トタン屋根の塗装がだいぶ剥がれ、敷地を囲うブロック塀には苔《こけ》がむしている。

家屋の隣にはトタンの鋼板でできた農作業小屋があった。かつてはトラクターやコンバインがあったのだろう。今の農作業小屋のなかはガラガラだ。和喜子の夫が二年前に死亡したのを機に農業を止《や》め、田畑の大部分を売却したのだという。

留美のアルトが敷地内に入ると、和喜子は待ちわびていたかのように玄関から飛び出してきた。和喜子に案内されて、愛車を農作業小屋の空いたスペースに停《と》めた。

和喜子とともに家に入った。玄関にはガラスケースに入ったスズメバチの巣と木彫りのクマが飾られ、地元政治家のポスターが貼ってあった。典型的な田舎の農家といった風情《ふぜい》だ。来月に市議選が行われるためか、郵便受けには政治家の顔写真が載ったリーフレットがたくさん入っている。

留美はこたつのある居間に招かれた。室内は大きめのファンヒーターでしっかり暖められており、むしろ暑いくらいだった。カチコチと年代モノの古時計が時を刻んでいる。液晶テレビが午後のニュースを伝えており、ラグビー選手が今年の東京五輪に対する意気込みを語っていた。

こたつの天板には煎餅《せんべい》とミカンが入った大きな菓子鉢と、冬の味覚である青菜漬《せいさいづけ》の皿がある。台所に向かった和喜子が、さらにショートケーキを盆に載せて運んできた。

昼飯を抜いてきてよかったと思う。和喜子は『ヨーロピアンナイト』で顔を合わせたときも、なにかとお菓子やミカンをくれた。田舎のおばちゃんはひたすら量でもてなしてくれるものだ。

「昨日の今日だってのに、わざわざありがとうなっす。これ食べてけろ」

「いただきます」

留美はショートケーキを口にした。こうしたもてなしにはひたすら食べるのが礼儀というものだ。甘い生クリームを食べながら、塩辛い青菜漬にも箸《はし》を伸ばした。

「しかし、昨夜は参ったねっす。あれから少しは眠れたが？」

「ちょっとばかりうとうとしたくれえだ。ただでさえ、ここんところしばらく眠らんねがったのに、あの男のせいで腰のあたりを思い切りぶつけちまった」

「んだみてえだなや」

タンスのうえには市販薬がいくつもあった。大量の湿布薬と鎮痛剤、それに睡眠導入剤だ。

昨夜は手斧の男を取り押さえるのに必死で、和喜子の様子に気づかなかった。

昼間の明るい場所で向き合ってみると、彼女のやつれ方が尋常でないとわかった。ひとり息子が急にいなくなり、だいぶ心労が積み重なっているようで、瞳には輝きがなくなっている。目の下には大きな隈《くま》ができていた。食欲もないらしく、頰が瘦《こ》けて見える。

おまけにラブホテルでの労働は留美が思っている以上にハードなようだ。和喜子の手はあかぎれでボロボロにひび割れ、掌《てのひら》にはマメをいくつもこさえていた。

昨夜は昨夜で一生忘れ難い事件ではあったが、和喜子は息子のことで頭がいっぱいのようだ。留美は雑談を早々に切り上げ、彼女からの依頼について話をした。

「電話で一応聞かせてもらったけんど、また一からうかがっていいがっす」

「わがった」

和喜子は天板の菓子鉢や皿を脇にどかした。

あらかじめ準備していたと思《おぼ》しき茶封筒を置いた。なかからA４サイズでプリントされた写真を取り出す。和喜子の息子の橋立翼《つばさ》が笑みを浮かべてピースサインをしていた。

翼は二十九歳の会社員だ。アイドルっぽい名前のわりには、顔立ちはけっこういかつい。頭髪を昔のサーファーみたいに長く伸ばし、サイドを短く刈りこんでツーブロックにしている。茶色く焼いた肌と極細に剃《そ》った眉と相まって、だいぶヤンチャな雰囲気を漂わせていた。額にサングラスをかけ、だぼっとしたジーンズに迷彩柄のパーカを着ていた。

「芋煮会《いもにかい》？」

「んだ。職場の」

和喜子がうなずいた。

翼がいるのは広場だ。彼の後ろには、葉が黄色くなった木々と枯れ草で覆われた土手があり、ビール缶を手にしながら大鍋を囲んでいる人々が目に入る。

最上川《もがみがわ》の河川敷にある西置市内の公園で、敷地内には芋煮やバーベキューが行える区画がある。芋煮は山形の秋の風物詩で、週末や休日は職場や友達、家族づれなどのグループで、公園はたくさんの人でごった返す。写真は晩秋に撮影されたものだという。

「写真はこれ以外にもいっぱいあんだ」

和喜子がスマートフォンの液晶画面を見せた。

画面には確かに芋煮会以外の翼の姿がある。彼は写真共有のＳＮＳサービスを使っていた。彼のアカウントを教えてもらい、留美も自分のスマートフォンで検索してみた。居酒屋やバーベキューで自撮りしている翼の画像がぞろぞろ出て来る。

なかには数秒の動画もあり、カラオケを熱唱したり、友人たちと花火に興じる姿を見ることができた。彼がパーティ好きであるのと同時にラーメン好きなのもわかった。姿を消す二日前まで、ラーメンの写真をコンスタントにアップし続けていたからだ。

その翼は五日前、西置市内の職場に行ったきり、忽然《こつぜん》と姿を消してしまった。ひとり息子の突然の失踪に驚いた和喜子は、翌朝になって職場に電話をした。

翼の勤務先は西置市のコミュニティラジオの放送局だ。前の晩まではいつもどおりに仕事をこなしたが、和喜子が電話した日は職場にも顔を出していなかった。息子のケータイにいくら電話をかけてもつながらず、メールやSNSでメッセージを送っても読まれた形跡すらなかった。

和喜子は自分が知っている翼の友人やクラスメイト、親類にも連絡を取った。しかし、誰も息子の行方を知る者はいなかったという。

「そんで西置署に駆け込んで、捜査してほしいって頼んだんだ。だげんど、書類だけ書かせるだけで、あの人らはなんも動かねえ。なんのために税金払ってんだがよ」

和喜子は悔しそうに手を震わせた。

留美は相槌《あいづち》を打ってやった。県警が動かないのは想定内ではあったが。

人ひとり蒸発したところで、警察が積極的に動くのは、特異行方不明者と認定したときぐらいだ。子どもや老人、殺人や誘拐といった犯罪に巻き込まれた可能性が高い者、それに遺書などを残して自殺をほのめかしている者などだ。

行方不明にはさまざまな事情が絡む。個人的な悩みやトラブルであったり、自分の意思で地元を飛び出している場合もある。警察としては民事不介入の原則が働き、かりに行方不明者を見つけ出せたとしても、行方不明者届を出した者においそれとは連絡はできない。失踪した当人が誰にも居所を知らせないよう、行方不明者届の不受理届を警察に提出していたり、失踪宣告の申立書を残している場合もあるからだ。

「警察からも訊かっだと思うげんど、翼さんはなにか書き置きとか残してねがったが？」

留美は尋ねた。遺書はなかったかという意味を、遠回しに訊いたのだ。

「ねえよ。そだなもん、どこにもねがった」

和喜子は首を勢いよく横に振った。

「あの子がいねぐなった日の朝だって、『晩飯はカツ丼にしてけろ』って言ってたんだ。これからどっかに消えようってもんが晩飯の献立なんかに口出すわけねえべした」

「んだね」

留美はうなずいてみせた。

一刻も早く猟犬のように息子を捜してほしい。和喜子から強い意志を感じていた。彼女の気持ちが痛いほど伝わってくる。留美も子を持つ母親だ。たとえ子どもが何歳になろうが、心配にならないはずがない。

すぐにでも調査に乗り出したいところだが、それでも警察と同じく踏むべき段取りはいくつもあった。探偵にも警察と同じくルールがある。

まずは警察に行方不明者届を出させる。正式に行方不明者届が出ているとなれば、探偵もその後の調査がやりやすくなるからだ。聞き込みの相手も協力的になってくれる。

その他にも、依頼人がストーカーやＤＶ加害者かどうか。暴力団といった反社会的勢力の人間かどうか――依頼人がまっとうかどうかを見抜くのも探偵の大事な仕事だ。焦燥に駆られた依頼人をなだめすかして、まずはとことん話をする必要がある。

翼の身長や体格、ほくろといった特徴、失踪した当日に着ていた服装や車種について詳しく教えてもらった。警察からも訊かれたのだろう。和喜子はすらすらと答えた。芋煮会の写真を用意したのは、失踪時と同じ格好だからだという。

　和喜子自身も独力で息子を捜してもいた。西置署に寄る前に、彼女は翼の職場に赴き、会社の同僚たちから聞き込みをしている。それによれば、翼は夜六時ごろに仕事を切り上げて、職場を去っているとのことだった。

　和喜子は茶封筒からコピー用紙を取り出した。翼のタイムカードが印刷されていた。会社の許可を得て、コピーを取ってもらったのだという。

「これ見てけろ。あいつはいつも夜八時ごろまで残業しっだのに、あの日に限って六時に帰ってだんだ。なにかあったとしか思えねべ」

　タイムカードのコピーを読んだ。翼の退勤時間は夜八時前後が多かったが、失踪した日は六時八分と打刻されてある。

「気になるねっす。会社の人はなんて言ってだっけ？」

「さっぱりだず。二十人くらいの小さなところだがらって、社長さんも含めて全員に訊いてみだんだ。翼とは毎日のように顔合わせてんだし、こだなふうに芋煮で和気藹々《あいあい》とやってるくらいだがらよ。ところが誰ひとり知らねって。そだなごどあんのがって、今でも不思議に思ってたんだず。なんでもいいがら知ってるごど教えてけろって、食い下がってみたけんど、とにかくみんな首を振るだけでよ。情の薄い職場だって呆《あき》れたず」

「ひとりぐらい知っててもいいはずなんだけどな」

「んだべ。アットホームな職場だって聞いてだがら、議員さんに口利《くちき》いてもらって入れだのに、みんなして『知らねえ、知らねえ』って。あの会社、なんか隠してんでねえべが」

和喜子はだいぶ鬱憤《うっぷん》が溜まっていたようだ。口角泡を飛ばして胸の内を語った。いい傾向ではある。陰口であれ呪詛《じゅそ》であれ、どんな些細《ささい》な情報も耳に入れておきたかった。留美はホステスのように合いの手を入れつつ聞いてやった。

彼女が翼をいかにかわいがっていたのかがわかった。息子の行方を一刻も早く知りたいと、不安で心が押しつぶされそうになっているのも。

翼はその母親の愛情を有り余るほど受けて育ったようだった。地元の高校を出ると、仙台にある情報処理系の専門学校で二年間過ごし、西置市に戻ってフリーター生活を送っていたという。コンビニや百円ショップのアルバイトを転々としていたが、きちんと定職に就くべきだと和喜子に説得され、今のコミュニティラジオ局を手がけているIT系の会社に入った。

その会社は西置市の第三セクターで、取締役には副市長や県議などが名を連ねている。県議の後援会の会員だった和喜子が、頭を下げて息子をコネで就職させたのが約一年前だ。職場の芋煮会でやけに堂々と写っているが、翼はまだ新人社員にすぎなかった。

しばらくアルバイトでブラブラしていたわりには、翼が所有している車は三百万円を超えるマツダの大型SUVで、今は本人と一緒に行方知れずとなっている。アルバイト時代はスズキの軽自動車を転がしていたが、就職するにあたってそれでは格好がつかないとふて腐れる息子のワガママに応《こた》え、田畑を売ったカネの一部を使って買い与えたらしかった。

息子にはしっかりとした勤め人になって、そろそろ嫁さんも見つけてほしいという願望を込めたのだろう。しかし、スズキの古い軽自動車をなだめすかしながら乗っている留美は、そこに歪《いびつ》な親子関係を感じずにはいられなかった。

その翼は五日前、会社で通常どおりに仕事をこなすと、マツダの大型ＳＵＶとともに消えた。彼の行方を知る者は今のところ見つかっていない……。

留美はひととおり話を聞き終えて天井を指さした。

「翼さんの部屋、二階だべ。見してけねが？」

「え……」

ずっと前のめりに語っていた和喜子だが、急に目をさまよわせながらうつむいた。

「なんか不都合でも？」

「いやいやいや。大丈夫だ。なんの問題もねえ。今、案内すっがらって」

和喜子とともに立ち上がった。

彼女が見せたわずかの間《ま》に再び引っかかりを覚えた。探偵まで雇おうと決断したのに、消えた本人の部屋を見せるのをためらったのだ。彼女が怖《おそ》れのような表情を浮かべたのを見逃さなかった。

和喜子とともに階段を上りながら訊いた。

「パソコンとかケータイとか、もし部屋にあったら預かっても構わねえが？」

「……ああ、構わねよ」

和喜子はやはり間を置いてから答えた。しぶしぶ認めざるを得ないと顔に書いてあった。

一階はファンヒーターやストーブでかなり暖かかった。二階は対照的に冷蔵庫のなかみたいに冷え切っている。

翼の部屋は広々としていた。二階のほとんどを占拠していたようで、八畳のフローリングの部屋を根城《ねじろ》にし、隣の和室をクローゼットや物置代わりにしていたようだ。

フローリングの部屋は生活感を感じさせた。床には脱ぎっぱなしの靴下が落ちており、部屋着と思しきスウェットの上下がベッドのうえに残されている。ベッドの掛け布団がめくられたままになっていた。

掛け布団の下には電気毛布があった。驚いたことに電気毛布のコントローラーが光っていた。電気毛布は誰もいないベッドを五日間も暖め続けていたことになる。

留美は和喜子に尋ねた。

「あんたはここをあんまし調べてねえみてえだなや。というより、二階にはろくに足を踏み入れてねえんでねえが?」

和喜子が居心地悪そうにモジモジした。

「勝手に入ると……怒《ごしやが》れっがらよ。ひょっこり戻って来るんでねえがと思って、あんまり入らねえようにしったたんだ」

彼女はファンヒーターのスイッチを入れた。燃料切れを知らせる警告音が鳴る。

「寒いべ。油《あぶら》汲《く》んでくっから」

彼女はタンクを手にすると、留美を残して一階に下りようとした。

「あの……いいのがっす。家《や》捜ししてても」

「やっててけろ。持ってぐものがあったら、後で教えてくれればいいがらって」

和喜子はそそくさと階段を下りていった。

留美は大きく息を吐いた。本来なら和喜子に立ち会ってもらいながら調べるのがスジだ。後で部屋からなにかが消えたとイチャモンをつけられないための探偵側の防衛策でもある。

ただし、和喜子が部屋から去りたがる理由もわかった。五十インチの液晶テレビの前には、AVのDVDのパッケージが散乱している。

ベッドの傍には成人コミックや十八禁の同人誌が積まれてあり、テレビや映画に登場する有名なアニメや漫画のキャラクターが、乱交している表紙が見えた。母親にとって目にしたくはないであろうブツがあちこちにある。

翼は〝聖域〟と化したこの部屋で、主《あるじ》のごとく振る舞いながら暮らしていたのだろう。定職にも就かずにブラブラしていた理由が部屋に表われているような気がした。

広めの部屋の隅にはDJブースがあり、液晶パネルやスイッチがたくさんついた機器類やターンテーブルがあった。ブースの後ろにはCDやレコードの棚があり、スピーカーが部屋の四隅に取りつけられている。

和喜子によれば、翼は仙台の専門学校に通っていたときに、クラブ系の音楽にハマっていたらしい。かなり高価そうなDJ機器だったが、しばらくいじられていないようで、機器類に埃《ほこり》がうっすらとかぶっている。

インテリアにこだわりはとくに見られず、テーブルにはチューハイの空き缶と吸い殻だらけの灰皿があり、むさ苦しい臭いを放っていた。きっちり掃除さえしていれば、高級家電に囲まれた立派な城といえる。

無給水で部屋に潤《うるお》いを与える高級エアコンに、マルチオーディオコンポ、値の張る最新型のゲーム機が備わっていた。液晶テレビの前にはゆったりとしたソファがあり、そのうえには高そうな

VRのヘッドマウントディスプレイが転がっている。

大きな掃《は》き出し窓からは飯豊山地《いいでさんち》と田園風景が見渡せた。ベランダはさして広くはないが、春になったら緑にあふれたいい風景が拝めるだろう。

隣の和室には真ん中に物干し竿《ざお》が取りつけてあり、翼の衣服がぶら下がっていた。有名なストリートファッションのブランド品がいくつかあった。セレブや有名芸能人が愛用しているため、ファッションに疎《うと》い留美ですら知っている。ただのパーカといえども一着数万円もする代物《しろもの》だった。同じブランドのダウンジャケットも残されてあった。パーカひとつで数万円するのだ。ダウンジャケットは推して知るべしだ。

心のなかに暗雲が垂れこめる。部屋は雄弁だ。母親の証言よりも客観的な情報を与えてくれる。

失踪者は大きく二つに分かれる。なんらかのトラブルに遭遇して、不本意に姿を消さざるを得なくなった者。もうひとつは意図的に自らの意志で消えた者だ。

人捜しで手強《てごわ》いのは後者だ。誰にも見つからないように周到な準備をしている場合があり、多額の現金を用意していたり、携帯電話を解約し、会社も退職していたりと、あらゆるつながりを断《た》って捜索を阻《はば》もうとする。そのうえで富士《ふじ》の樹海《じゅかい》でも向かわれたら、プロといえども捜し出すのは難しくなる。

翼はどうやら前者のようだ。スマホ用のACアダプタがコンセントに刺さったままだった。姿を消すとしたら必携というべきアイテムが残されている。つまり、翼は意に沿わぬ形で町から姿を消した可能性が高い。

翼を捜し当てるのはそう難しくないのかもしれない。慌てて失踪した人間の逃げ場所は限定されるものだし、逃走資金も尽きて地元に戻る場合も少なくない。だが、翼が物騒な事件に巻き込まれたケースも充分考えられた。和喜子が慌てるのも理解できる。

居心地のいい部屋があり、温かいメシを黙って用意してくれる母親もいる。DJ機器や高級衣料も、翼が自分ひとりで手に入れたとは考えにくい。極楽のような場所を捨ててまで消えたのだ。よほどの事情があると考えたほうがよさそうだった。

収納棚やカラーボックスを調べると、大量の名刺の束が見つかった。ざっと中身を確かめてみると、職場で名刺交換した相手と思しきものから、『今日はすごく楽しかったよ』と手書きのメッセージが添えられた風俗嬢のものまで一緒くたにまとめられてあった。

そこそこ収獲はあるものの、肝心なパソコンやケータイが見つからない。人捜しだろうと浮気調査だろうと、それらを押さえてしまえば居所をすぐに摑めることが多い。持ち主の趣味や嗜好《しこう》、友人とのやり取り、銀行口座の預金額、どこでいつなにをしたのかがすべて丸わかりとなるからだ。

収納棚の奥にショッピングバッグで厳重に包まれたなにかがあった。なかを覗《のぞ》いたところ、バイブレーターや乳首用ローターといった性具が入っており、すみやかに元の位置に戻した。和喜子が不在のときでよかったと思う。

ひととおり収納棚や和室の押し入れを調べてみたが、手がかりになりそうなものは見つからない。

やがて灯油タンクを手にした和喜子が戻ってきた。留美はテーブルに目を落として尋ねた。

「翼さん、パソコンはどうしったんだべ」

テーブルには複数のＵＳＢメモリやプリンターがあった。ソファにヘッドマウントディスプレイまで転がっていたが、肝心のパソコンだけが見当たらない。

「仕事で毎日使ってたみてえだ。あたしはそういうの詳しくねえげんど、ノートパソコンだのタブレットだのって、カバンに入れて持ち歩いてだがら」

「んだが……」

パソコンやスマホがあれば、業者にパスワードの解除を依頼して、翼を丸裸にできるのだが、そう事はうまく進まないものだ。

「あれ？」

留美はベッドの下を覗いた。パステルカラーのカラフルな箱が目に入った。ベッドの下から箱を引っ張り出す。

箱はかなり大きい。小型犬くらいならすっぽり収まりそうなサイズだ。

箱は段ボール製ではあったが、頑丈な造りとなっていて茶箱みたいにフタがついている。箱には船や飛行機、動物などの子ども向けのイラストが印刷されてあり、独身男性の翼の部屋にはまるでそぐわない。

留美は和喜子を見上げた。和喜子は不安そうに箱を見やり、わからないと首を振るだけだった。

嫌な気配を箱からひしひしと感じたが、確かめないわけにはいかない。せめて違法なブツだけは勘弁してくれと祈りながらフタを開ける。

「うん？」

性具や薬物関連を予想していたが、なかに入っていたのは青色のランドセルに、木製の筆箱や箸箱、通学帽や上履きといった小学生用の持ち物一式だった。どれも使った形跡はなく、それぞれビニール袋に入っている。

「これって……西置市が配ってだものでねえが？」

留美の友人には小さな子どもを抱えていた者が少なくない。西置市在住の友人がこれと似たような箱を持っていた。すこやかパッケージとかいう名前だったと思う。

すこやかパッケージは西置市の目玉政策のひとつだ。子育て支援の一環として、新一年生にはランドセルを無料配布、学校で使う道具一式も配り、子育て世代がのびのび働ける町とアピールしている。箱自体もおもちゃを収納できるトイボックスとして使えるようになっている。高価なランドセルがタダでもらえるのだから、友人からその話を聞いたときは素直に羨ましいと思ったものだ。

和喜子がおそるおそるすこやかパッケージに近づいた。

「これ、うちの市で配ってたやつでねが。ニュースとかでも取り上げられっだけんど、なしてこだなもの……」

「子どもがいだがらでねえが？」

「まさか！」

和喜子が驚きの声をあげながら目を丸くした。

三十間近の男に女性がいて、子どもがいたとしてもとくに不思議とは思えない。ただし、和喜子にとっては手斧で暴れる男を目撃したのと同じくらいの衝撃のようだ。

留美は和喜子の肩に手を置いて落ち着かせた。

「そもそも、翼さんには恋人はいねがったのが？」

収納棚の奥には性具が隠されてあった。使う相手がいるからこそ所持していたとしか思えない。

「彼女ならいてもおかしくねえげんど……あたしは知らねえ。ましてや子どもなんて」

和喜子は打ちひしがれたような声で答えた。

親とは哀《かな》しい生き物だ。子どもを溺愛《できあい》している人間ほど、なんでも把握していると勘違いを起こしがちだ。子どもの知らない一面を目撃して、気の毒なほどうろたえてしまう。

留美も他人事《ひとごと》ではない。娘の知愛を無邪気な子どもだとばかり思っていたが、最近は嘘やごまかしが段々と通じなくなった。今朝にしても、知愛にケガや身体の汚れを見とがめられ、留美は転んだと嘘をついたが、どこまで信じてくれたかは疑問だ。いずれ遠くないうちに、娘から痛烈なしっぺ返しを喰らう気がしてならない。

和喜子に翼の女性関係を訊いてみたが、彼女はしょげた顔で首を横に振るだけだった。

留美はすこやかパッケージをなでながら微笑《ほほえ》みかけた。

「翼さんの勤務先は第三《サン》セクター《セク》だし、いわば西置市の広報担当みたいな会社でねえが。仕事の関係で預かっただけかもしんねえし、早合点は禁物だず」

和喜子は深々と頭を下げた。彼女は洟《はな》をすすり、涙の滴《しずく》がポツポツと落ちる。

「お願いだ、椎名さん。翼を見つけてけろ。あいつはよそから見れば、ただの甘ちゃんがもしんねえ。だけんど、あたしにはあの子しかいねえんだ」

「よくわがっず。私も母親だがらよ。任せてけろや。さっそく今から動いてみっがら。あんたもここが踏ん張りどころだべ」

留美は胸を張ってみせた。

和喜子にもたらされるのはいい情報ばかりではない。息子の都合の悪い面も嫌というほど知るかもしれないのだ。気を強く持てと、ひたすら元気づけた。

4

「要するに借金ですよ、借金」

浦野《うらの》はあっけらかんと打ち明けた。トングで牛タンをひっくり返しながら。

「借金？」

留美はオウム返しに訊いた。同じくグリルの肉をひっくり返す。

彼女らがいるのは西置市内の焼肉店だった。米沢牛《ぎゅう》と地元の食材を売りにした高級店で、留美がたまに娘と行くチェーン店とは料金が倍以上に違う。席も半個室でゆったりとしており、他の客に会話を聞かれることはなさそうだった。

浦野はジョッキのビールを口にした。グビグビと喉を鳴らし、ジョッキの三分の二を空にすると、大きく息を吐いた。ビール会社のＣＭみたいな飲みっぷりだ。

「ああ、うめえ。生ビールは久々ですよ。やっぱ発泡酒とは違うねっす」

「借金って……町から姿消さなきゃなんねえほどの額なのが？」

「そういうことなんだべね。正確な金額までは知《し》ゃねげんども」

浦野はレモンを搾《しぼ》った牛タンを口に放った。

店員が米沢牛のカルビやハラミを次々に持ってくる。芸術的とさえいえる見事なサシの入った霜降りの牛肉だ。

浦野は次々に肉を焼き出した。翼の失踪で母親は食欲をすっかりなくしていたが、彼の先輩社員である浦野は正反対の様子だった。後輩の失踪などどこ吹く風で、高級焼肉に舌鼓を打っている。

――ずいぶん情の薄い職場だってがっかりしたんだず。

和喜子は息子の勤務先を酷評したが、浦野の食べっぷりを見ていると、彼女の言葉が正しかったようにすら見える。

「あんたも翼に貸しっだのが？」

「おれは全然。あだなやつに貸したところで戻ってこねえべし、貸せるほど実家が太いわけでもねえ。安月給なうえに奨学金の返済に追われで、ビールすらたまにしか飲めねえワープアだず。逆にカネ貸してもらいてえぐらいだ。ただ、うちの上司だぢはけっこう貸しっだみてえだ。二万か三万くらいで額は少ねえけんど、お偉いさんのほとんどから借りっだんでねえがな。社長も貸しっだがもしんね」

「入って一年のぺーぺーが、幹部や社長にまで借金するなんて太い根性してんな。貸すほうも貸すほうだべ。ずいぶん人がいいんでねえが」

「人がいいからでねえよ。恩を売っといて損はねえって思わせらっただけだず。あいつの得意技でねえがな。新人のくせに態度だけは重役並みにでかくて。それにあいつには大きなバックもついっだしよ」

浦野は鉄製の箸を向けて言い放った。翼に対する嫌悪感がにじみ出ていた。

留美は和喜子の家を後にすると、まっすぐに翼の職場へと向かった。彼の勤務先は『山形《やまがた》バードソリューションズ』と言い、西置市内の中心部にある九階建てのビルにあった。彼はコミュニティラジオの『ラジオあいべ』のスタッフとして、機材の設置や調整、イベントの運営などを行っていた。

バードというのは〝鳥〟の意味ではなく、十九世紀に活躍したイザベラ・バードの名を拝借したものだ。明治初期に日本各地を旅した英国人の女性探検家だが、彼女が置賜地方を「東洋の理想郷《アルカディア》」と絶賛したため、この地域ではバードの知名度がやたらと高い。

同社のサイトには、バードのように飽くなき冒険心と探究心を持ち続けたいと社長の挨拶が記されてあった。また、「あいべ」とは置賜の方言で「行こう」という意味だ。

いきなり会社を訪れた留美を、翼の上司であるラジオ部門のプロデューサーが親切に対応してくれた。留美を応接室に案内し、コーヒーに茶菓子まで用意してくれたが、翼に関することになると口が重くなり、失踪に関しては首をひねってばかりいた。

午後の生放送が終わってからは、他の社員らからも話を聞けた。母親の和喜子がすでに乗りこみ、息子の行方について訊いているのだ。その点については新しい情報を得られるとは思っていない。

知りたかったのは職場での翼の実像だ。上司のプロデューサーを始めとして、誰もが翼を「明るいムードメーカー」「なかなか仕事もできていた」と、当たりさわりのない答えしかしてくれなかった。故人について語る葬式の参列者みたいな口ぶりで、借金のことなどおくびにも出さなかった。

ろくな証言は得られずにいたが、職場を真っ先に訪問したのは大正解ではあった。丁寧に接してはくれるものの、翼について逆に知りたいと質問をぶつける者はなく、和喜子のように翼を本気で心配していそうな者も見つけられなかったからだ。社内における翼の立ち位置を容易に推し量ることができた。

建前しか語らない社員たちから、本音を引き出すために留美は作戦を変えた。翼と同じラジオ部門で働く同僚に対し、橋立親子が見せる奇妙な一面について語ってみたのだ。ある種の誘導尋問といってもいい。

——しかし、翼さんもちょっとどよくわがんねえところがあんだよな。学校を出てから長いことブラブラしっだわりには、でっけえ新型のＳＵＶなんか乗ってだし、セレブ愛用のブランドがいくつもあったべし。芋煮会で着てたパーカも調べたら四万円もするとわがってたまげたず。あれはお母さんに買ってもらってだんだべがね。子煩悩っていうが……。

自分は和喜子の飼い犬ではないと仄《ほの》めかすと、『ラジオあいべ』のディレクターである浦野がまんまと誘いに乗ってくれたのだ。

浦野は留美につられて本音をポロリとこぼしたものだった。

——そりゃ母ちゃんは必死がもしれねえげんど、おれらにとっちゃそんなになあ。

——なになに。聞かせてけねが？　もちろん秘密は厳守すっがら。

——ここだけの話だげんど、正直なところいなぐなっても、どうってことねえっつうか。やっぱりなって感じでしかねえんだわ。

——んだったのが。会社の雰囲気もなんかそだな感じだし、誰も慌ててる様子もねえべし、不思議に思ってたんだず。どうだべ、もうちょっと詳しく聞かせてもらえねえべが。

浦野の家の近所にある焼肉店に誘ったところ、彼の口は羽が生えたようにいっそう軽くなった。

留美も牛タンを口にした。旨《うま》みをたっぷり含んだ肉汁が口いっぱいに広がり、プリプリとした歯応えがたまらない。これらの飲食代は経費として和喜子に請求される。彼女がラブホテルで長年汗水流して貯めたカネだ。じっくり味わっている場合ではなく、浦野が持っている情報をきれいに引き出す必要があった。

「そんで、翼のバックってなにや」

浦野はビールを飲み干した。

「そりゃ、あのおっ母さんとうちの取締役の〝先生〟だよ」

「うん？　先生？」

留美はとぼけてみせた。その一方で、すかさず呼び出しボタンを押し、彼に飲み物を勧める。

「県会議員の須賀川《すかがわ》センセ。うちの取締役のひとりだげんど、雇われの社長なんかよりずっと偉《えれ》え。翼の両親は須賀川センセの有力後援者だ」

「んだのが」

留美は初めて知ったかのように深々と相槌を打った。

橋立家の玄関には須賀川のポスターがあり、『山形バードソリューションズ』の会社案内のサイトにも彼の名があった。

「父親の隆三《りゅうぞう》さんはずっと農協で営農指導やってた人だ。大して出世はしながったようだけんど、地元じゃあの人の世話にならねがった百姓はいねえって言われるほど有名な専門家だったらしい。あのおっ母さんだってラブホなんかでずっと働いっだけんど、もとは『マルオキ電産《でんさん》』系列の会社で働いてだ幹部の娘で、あれでもけっこういいどごのお嬢さんだったたって話だべ。センセとも親戚関係にあって、今も熱心に支援しったんだ」

「マルオキさんか……懐かしいなや」

留美は軽くうなずいてみせた。

マルオキ電産はかつて西置市に君臨していたコンデンサーメーカーだ。戦前から企業誘致を熱心にやっていた西置市は、大手電機メーカー『松芝《まつしば》』の工場の誘致に成功。松芝から独立したマルオキ電産は、昭和から平成前期にかけて急成長を遂げ、西置市は松芝系の企業城下町として栄えた。「西置はマルオキさん中心に回っている」と言われたほどだ。

平成不況がやって来ると、企業城下町としての西置市は一転して崩壊していった。円高の影響を受けた松芝グループが、国内製造拠点の見直しを図り、海外へ移転させたからだった。マルオキ電産はその煽《あお》りを受けて急速に縮小の道をたどり、他の電子部品メーカーにあっさり買収された。

留美の夫の両親も、このマルオキ電産が立ちゆかなくなったことで、かなり人生を狂わされている。

留美は話題を翼に戻した。今はマルオキ電産の話をしている場合ではない。

「この翼君、新米のわりに堂々としてんなと思ったけんど、気のせいでなかったってことが」

スマホを取り出した。芋煮会の翼を画面に表示させて浦野に見せる。

彼は嫌そうに顔を露骨にしかめた。酒が回ったようで目が据わり出す。

「仕事の覚えは悪くなかったずね。情報処理系の学校に行ってだわけだし、音楽も作ってただけあって、パソコンや機械類にはまあまあ強かったけんど、もうすぐ三十になるってのに、あいつには常識ってもんがからっきしなかった」

「そんなにひどかったのが」

「ひでえなんてもんでねえ。あの野郎《やろ》のせいで、どんだけこっちが泥ひっかぶったか。遅刻は当たり前のようにすっぺし、カジュアルな格好が許される職場だがらって、サンダルで出社したこともあったず。こっちがいくら叱っても、ガキみてえにブスッとふて腐れやがって。しまいにゃ『おれには須賀川センセがついてんだ』って逆ギレしやがる。最初こそセンセが推したルーキーだがらって、みんな甘い顔してカネまで貸してやったげんど、このところはすっかり持て余しったんだず」

酒が入った浦野は止まらなかった。石油タンクに火がついてしまったかのように、翼がいかに非常識で甘ったれのアラサー男であったかをまくしたてた。

浦野は大卒後に東京のテレビ制作会社に就職したが、そこはかなりのブラック企業だったらしく、八ヶ月で辞めて地元の西置市にUターン。コミュニティラジオの運営に携わることになった。小さなラジオ局であるため、ラジオの番組制作はもちろん、地元の祭りやイベントの企画、番組のスポンサー探しといった営業など活動は多岐にわたっていた。

今の職場もそれなりに忙しく、給料も恐ろしく安いが、三週間も家に帰る暇もくれなかったテレビ制作会社ほどひどくはなく、今の仕事にはやりがいを感じていたという。

ラジオマンとして充実した毎日を送っていたところで、コネ入社してきたほぼ同年齢の生意気な部下を押しつけられ、この約一年で酒量と体重がぐっと増えてしまったらしい。

留美はここでも聞き役に徹した。せっかくの高級肉をミディアムレアで焼きたかったが、話の腰を折るわけにもいかない。おかげで、グリルのうえで黒焦げと化す米沢牛を見る羽目になった。

浦野によれば、翼の傍若無人《ぼうじゃくぶじん》ぶりは職場の人間に対してだけではなかったという。

番組のゲストとして招いた県内の有名人や地元の名士に対しても、翼の態度は相変わらずだった。地元出身のミュージシャンがアルバムのプロモーションで出演すれば、収録されている楽曲を一丁前に批評して怒らせたこともあれば、スポンサーの老舗《しにせ》菓子店の商品に文句をつけるなど、胃に穴が開きそうなトラブルをしょっちゅう起こしていた。

留美は息をついた。

「いやはや。そりゃ予想以上の大物だなや」

「大物なんかでねえ。たまにあのズケズケ物を言う態度を勘違いして気に入っちまう社長さんや有名人もいだげんど、大抵はトラブルばっかだったず」

浦野も翼には相当な思い入れがあるようで、その証言は和喜子と同じく客観性にいささか欠けているように映った。すべての話を鵜呑《うの》みにするわけにはいかなかったが、その率直な語りっぷりは耳を傾けるのに値する。

留美は再びとぼけてみせた。

「んだげんど、職場の借金ぐらいで、なにもいきなり姿を消すことはねえんでねえべが」

浦野は眉をひそめた。わかってねえなと言いたげな表情だ。

「職場だけなわけねえべした。たぶん、ダチだの同級生だのからもっと借りっだはずだべ。あいつがケータイで珍しく謝ってんのを何度か見たことあっず。あの我が物顔の翼がペコペコするぐれえだ。けっこうヤバいところからつまんでるんでねえべが」

「ヤバいところ……怖い闇金とか?」

「そこまではわがんねえけんどよ」

浦野はロックの米焼酎に切り替えた。ペースの速さは変わらず、すっかり赤ら顔になっている。グチを思い切り吐き出してすっきりしたのか、一転して機嫌よさそうに笑いだした。

「このまま無事に逃げ切ってほしいと思ってだよ。仙台でも東京でもどこさでもいいがら。戻ってこられるのが一番困っずね。さすがにこんだけ無断欠勤が続いてんだ。もう職場に席なんかねえと思いてえげんど、センセの力もバカにできねえがらなあ。探偵さん、あいつをあんまり早く見つけねえでけろね」

「参ったなや」

留美は迎合の笑みを浮かべてみせた。浦野の口が滑《なめ》らかになったのを見計らい、もっとも尋ねたかった質問を投げつける。

「翼には子どもがいだんだべが？」

浦野が米焼酎を噴き出した。激しくむせては、鼻と口を焼酎で濡らす。

「笑わせねえでけろ。そだなもん、いるわけねえべ。彼女だっていねえはずだず」

「あんたが知らないだけかも。なにしろ、子どもを育てるのにはカネがかかっぺ」

留美は翼の部屋からすこやかパッケージが発見された事実を打ち明けた。

また今日の昼間のうちに、和喜子には市役所に行かせ、翼の戸籍を確認してもらった。とくに翼の戸籍に変わりはなく、母親に秘密で誰かと結婚していたわけでもなかった。当然ながら翼が市役所からすこやかパッケージを受け取った事実もない。

浦野はおしぼりで口元を拭いた。

「すこやかパッケージ自体はよく知ってたず。うちの市の目玉政策だべ。市の担当者やら発案したNPO法人の代表やら、番組にロハで何度も何度も出てもらって、しつこいぐらいにアピールしてもらっだぐらいだからよ」

「女性のほうはホントに知ゃねが？　翼の部屋からは、すこやかパッケージ以外にもいろいろと興味を引くブツが見つかってでよ」

「なにや」

「さすがにプライバシーってもんがあっがら、具体的には言えねえなや」

浦野が口に手を当てて、声のトーンを落とした。

「どうせアレだべ。バイブとか乳首ローターとかでねえが？」

「ありゃ。そこまでお見とおしだったが」

留美は素直に感心してみせた。浦野は鼻で笑った。

「言っておくけんど、おれはあいつに興味なんかねえよ。こっちが聞いてもねえことまで、あいつが勝手にペラペラ喋《しゃべ》りやがるからだず。あいつにガキなんかいねえ。恋人だっていねえよ。借金こさえたのは、単にあいつが無類の風俗好きだからだず」

「そんなに注《つ》ぎこんでだのが」

「あいつの風俗自慢にはうんざりだず。どうしようもなく品がねえし、おまけに少しも面白《おもし》ゃぐねえ。『昨夜はなんとかってデリヘルの女を手マンでイカせた』どが、そだな調子だべ。聞くに堪《た》えねえ話だげんど――」

「続けてけろ。興味深《ぶけ》え話だべ」

浦野によれば、翼はだいぶデリヘルや性感エステといった無店舗型の風俗にハマっていたらしい。

翼は米沢市や山形市のラブホテルに足繁く通っていたという。出会い系サイトにものめりこんでいたようで、性具はもっぱらそのときに使っていたようだった。

浦野はいくつかの店名しか覚えていなかったが、そのなかには昨日までドライバーとして働いていた『上スギ！　テクニシャン学園』の名前もあった。

手取りの給料が二十万円にも満たない新人社員が風俗にのめりこんだとなれば、あっという間に干《ひ》上がるのは火を見るよりも明らかだ。

田舎で暮らせば金を使わずに生きていける——そう思っている人は少なくない。従業員の給料を低く抑えるためか、そんな主張を唱える地方の企業経営者の意見もよく目にする。

しかし、とくにそんなことはない。スマホやパソコンの画面に目をやれば、世界中の魅力的な商品が並び、ゲームアプリやキャッシュレス決済サービスの宣伝を頻繁に目にする。

オンラインで公営ギャンブルの投票券も買えれば、株や先物取引のマネーゲームもできる。翼のようにセレブ愛用の衣服や最新のゲーム機器も配送業者が届けてくれる時代だ。

風俗業にしても堂々と店舗を構えてはいないが、デリヘルのような無店舗型の店も県内には数十店もあり、そこで働く女たちを毎日せっせと男のもとへ送り届けている。

退屈で自然しかない田舎であろうと、刺激的な誘惑から逃れるのが難しい時代だ。おまけに車がなければ生きてはいけない。カネにまつわるいざこざだってしょっちゅう起こる。

浦野はシメに冷麺を食べ終えると、満足そうに腹を叩いた。

「勢いあまってペラペラ喋っちまったけんど、おれが話したってことは秘密にしてけろや。親バカのお母ちゃんに恨まれたくねえがらよ」

「それは間違いねえ。約束すっず」

「すこやかパッケージはよくわがんねげんど、話はかなり単純だず。女遊びで借金こさえて、あいつは地元からトンズラした。そんだけの話だべ。どうせ一ヶ月もしたら、母ちゃんのどごさ泣きついて戻ってくんでねえが」

「んだがもな」

店内の壁時計に目をやった。時間は二十時を迎えようとしていた。

今日は山形市のトワイライト事業を利用し、娘の知愛を母子生活支援施設に預けていた。夕方から夜間まで施設が面倒を見てくれるサービスで、利用時間は二十一時半までだ。そろそろ山形市に戻って、知愛を迎えに行かなければならない。

精算をしようと伝票に手を伸ばしたとき、留美の携帯端末が震えた。

液晶画面に和喜子の名前が表示された。出ないわけにはいかず、浦野に断りを入れ、席を外して店の外に出た。

「もしもし。椎名です」

〈あっ！　椎名さん、ちょっと来てもらっていいべが！〉

和喜子が早口で告げてきた。ただならぬ様子だ。

「なんかしたのが？」

〈い、今、うちにゴロツキみでえなやつらが来てんだ。さっきから『翼を出せ』『カネ返せ』って、なにがなんだかわがんなくて〉

スピーカーを通じて、ガシャンガシャンという物音が聞こえる。留美は息を呑《の》んだ。

「まずは警察に通報して！　すぐ向かうがら」

留美は店内に戻って精算を済ませ、浦野に事情を打ち明けた。

「そりゃすげえ。おれの言うこと、間違ってながったべ？」

彼はトラブルをむしろ楽しむかのように、グラスの米焼酎をゆっくり飲み干した。

5

留美はアルトを飛ばした。

焼肉店から橋立宅までは八キロほどの距離だ。夜の西置市はひっそりとしていた。市議選が近いこともあってか、ポスターやビラがあちこちに貼られている。郊外の大型スーパーがあるエリア以外、歩いている人はなく、行き交う車の数も少ない。いくつかの信号で足止めを喰らったものの、十分程度で橋立宅に到着した。

アルトを玄関の前に乗りつけた。後部座席から護身用の懐中電灯を取り出す。約五十センチにもなる長いサイズで、ジュラルミン製の頑丈なタイプだ。いざというときは警棒の役割を果たす。

車を降りながら、スイッチを入れて敷地内を照らした。濡れた地面を踏みしめた。飯豊山地からの湿った冬風が吹きつけ、シャーベット状のミゾレがベチャベチャと降ってくる。

和喜子の言う〝ゴロツキ〟や警察官でごった返しているものと思ったが、敷地内は真っ暗で人影ひとつ見当たらない。

留美は周囲を警戒しつつ、玄関の引き戸をノックした。

「椎名だげんど。和喜子さん、大丈夫だが？」

家のなかは暗かった。灯りが外に漏れているが、茶の間や仏間の電気はついていない。

ややあってから玄関のほうで物音がし、引き戸のロックが外され、和喜子がおそるおそる扉を開けた。

昼間に会ったさいも相当くたびれて見えたが、夜の今はより疲れ果てた様子だった。身体が小さくなったような気さえする。

「無事だったが？　ケガはねえが？」

留美が尋ねると、和喜子は力なくうなずいた。

「大丈夫だ……」

「警察は？　まだ来てねえのが？」

和喜子は恥ずかしそうにうつむいた。

「いや、通報はしてねえがら」

「なしてや」

「騒動にしたぐねがったもんだがら。『おまわりさん、早く来てけろ』って、通報したように見せかけたら、ひとまずどっかに行っちまったし……」

留美は玄関前を懐中電灯で照らした。

確かにコンクリート製の玄関口には、泥のついた足跡が複数残されており、タバコの吸い殻が落ちていた。敷地内の地面にも、昼間には見られなかったタイヤ痕がある。

和喜子が留美の腕にすがりついてきた。

「本当だず。嘘なんかでねえ。今さっきまで三人くらいで、うちさ押しかけてきたんだ」

留美は和喜子の手を握ってやった。彼女の手は小刻みに震えている。

「なにも嘘だなんて思ってもいねえよ。怖い思いしたべ。危ねえから早く家に入っぺや。まだこのあたりに、そのゴロツキがいだがもしんねえし」

和喜子とともに家のなかに入った。

奥の台所の電灯のみがついているだけで、大きな家であるだけに、ひどく暗く感じられた。暖房も効いておらず、外と同じく冷え切っていた。

ドアに鍵をかける和喜子に、留美は忠告をした。

「近所の目とかもあっかもしんねえけんど、こだなときはすぐに警察呼んだほうがいいず」

「わがってはいだんだ。だけんど、四日前に西置署のおまわりさんに『息子を捜せ』って文句つけて、昨夜もあのホテルの騒動でお世話になってたべ。三度目ともなっと、なんかもう合わせる顔がねくてよ……」

留美は相槌を打った。山形人は総じてシャイだ。とくに農村部の人々は周りの目を気にする。

「驚かしてすまねえな。上がってけろ。お茶でも淹《い》れっがら」

留美はうなずいて靴を脱いだ。

本当は山形市に戻らなければならなかったが、もう少し和喜子の傍にいてやる必要がありそうだった。彼女はファンヒーターやこたつの電源を入れ、茶の間を暖めてから台所に移動した。

和喜子が茶を淹れている間に、ママ友に連絡を取って、施設にいる知愛を迎えに行ってくれるように頼んだ。ママ友は快《こころよ》く引き受けてくれたものの胸がずきりと痛んだ。

――探偵だなんて、お前《め》はなに考えてんのや。子ども放《ほ》っぽらかす気が？

仕事で知愛の面倒が追いつかなくなると、決まって母の言葉を思い出した。五年前に探偵事務所を開いてから、両親との関係はうまくいっていない。

探偵の仕事はシングルマザーに向いているとは言い難い。仕事の時間は不規則だ。調査対象者の動向次第なので、決まった予定など立てられない。子どもを預かってくれるファミリー・サポート・センターといった仕組みを利用しているが、それでも出張する調査対象者を追って県外に行ったり、丸一日張り込んだりするため、友人や親戚の手を借りてばかりいた。

和喜子がお茶と漬物を運んできた。留美は頭を切り替えた。まずは依頼者としっかりと向き合わなければならない。

「時間は大丈夫が？」

和喜子に訊かれ、留美は笑顔を見せた。

「こっちは問題ねえよ。それより例のゴロツキって、なにが心当たりはあんのが？」

和喜子はお茶に目を落として答えた。

「いきなり来らっだときはわがんねがったけんど、たぶん……あれは志賀松《しがまつ》君でねえべが」

「志賀松……ここらの人が？」

「翼の高校の後輩だべ。あのころ、翼と一緒に遊びに来たこともあって、ひっぱりうどんとか食ってったこともあっぺ」

和喜子は志賀松行雄《いくお》について話してくれた。

翼と志賀松が通っていたのは西置市の工業高校で、後輩とは言っても、翼とは年齢が同じだった。志賀松が高校を一年ダブったのだという。

志賀松は高校のときから悪ガキだったようで、バイクの暴走行為や傷害で何度となく停学になるといった前科があった。翼も停学になるような問題こそ起こさなかったが、志賀松となにかとつるんでいた時期があったらしい。翼が仙台の専門学校に進んで今に到るまで、高校のときのように遊びに来ることはなく、和喜子は息子とのつきあいはもうなくなったものと思っていたようだ。

留美は湯呑《ゆの》みを握って手を温めた。

「その志賀松君は今、なにしっだの」

「さあ……高校卒業して精密機械の部品工場に就職したって聞いたげんど、そこもだいぶ前に潰っちまったしよ。今はなにしてんだが。いぎなり玄関の扉をガシャガシャ叩いて騒ぐもんだがら、話聞きたくても、おっかなくて開けるに開けらんねがったず」

志賀松らしき男が、仲間ふたりを連れて前触れもなく現れ、怒鳴りこんできた。彼らは「翼を出せ！」「カネ返せ！」と吠えまくったらしい。

「開けなくて正解だったべ。その手の輩《やから》はなにすっがわがんねえしよ」

和喜子が身を乗り出した。

「なあ、椎名さん！」

「わっ」

「あ……すまね。なにやってんだべ、私は」

和喜子が身を乗り出したため、天板の湯呑みがひっくり返り、緑茶がこぼれた。和喜子が慌てて布巾で拭き取り、留美も近くにあったティッシュの箱を手に取った。布団にかかったお茶をティッシュで吸い取る。

和喜子が天板を拭きながら呟《つぶや》いた。

「翼は借金なんてしったんだべが……」

「その話だげんど、まんざらデタラメでもなさそうだず」

留美は浦野から聞いた話を教えた。まだ情報のウラは取れていないと断りを入れつつ。

翼が職場で複数の人から借金をしていると知ると、和喜子の顔色は一層悪くなっていた。報告の途中で苦しげに目をつむる。

探偵の仕事でもっともつらいのは、長時間の張り込みでもなければ、調査対象者の予想外の行動に振り回されることでもない。依頼人に真相を報告することだ。告げなければならないのは仕事柄、グッドニュースとは言い難いものばかりだった。伴侶に浮気相手がいた。婚約相手には隠し子がいたとか、つらい知らせのほうが圧倒的に多い。

和喜子は声を震わせた。

「そんなに借金しっだなんて、全然知ゃねがった。なしてそんなに方々《ほうぼう》から……もしかして子どもが本当にいだんだべが」

彼女もすこやかパッケージの件を思い出したようだった。しかし、留美は首を横に振るしかない。

「そこはまだわかんねえけんど、どうもその……借金は遊びに使いこんだみてえだ」

「遊びって？」

留美は小指を立てた。

「こっち。私や和喜子さんにとっては、なじみ深《ぶけ》え業界っつうか」

「風俗が……」

和喜子は顔を赤らめ、困惑したような顔つきになった。息子の自慰行為を目にしたような表情だ。

「心当たりあっが？」

「いや、それも。なんだか恥ずかしくなってくんなや。息子のことはなんでも知ってだつもりでいだのに」

「仕方《しゃあ》ねえべ。子どもだって大きくなりゃ、親には言えねえことが出て来るもんだず。母親に風俗遊びしてくるって、いちいち報告する息子のほうがおかしいべ」

和喜子を労《いたわ》るつもりで言ったが、彼女の暗い表情は変わらなかった。

「留美さん、プライベートなごど訊くけんどいいが？」

「うん？　ええ、なんでも」

「シングルマザーって聞いてっけんど、旦那さんとうまく行がなかったのが？」

和喜子の質問の意図がよくわからなかったが、留美は気楽に答えてみせた。

「死に別れたんだ。八年前に事故に遭《あ》っちまって。警察官だったから、殉職《じゅんしょく》ってやつだべ」

「それは……申し訳《わけ》ねえ」

和喜子が慌てて頭を下げた。

「構わねよ」

しばらく互いに沈黙し、古時計の振り子だけがカチコチと音を立てた。和喜子が口を開いた。

「あたしはうまく行がねがった。離婚こそしねがったけんど」

「んだったのが」

和喜子は昔を振り返るように、遠い目つきで語り出した。

「あのボロいラブホテルで働き始めて、今年で二十年になっぺ。マルオキさんが左前になってがら、とにかくこの町は景気悪くってよ。これといって資格なんか持ってねえ中年女が稼げるところといったら、あのラブホテルぐらいしかねがった。交通費もしっかり出たし、深夜手当もあったがらよ。『あだな嫌らしいところで働くなんて』って、親戚や近所から白い目で見られたもんだず。翼にいい教育を受けさせたがったし、不自由な生活させたぐねがった」

「旦那の隆三さんは、あんまり家にカネ入れねがったのが？」

留美が尋ねると、和喜子は息を吐いた。

「あの人が立派だったのは間違いねえべ。とにかく勉学一筋でよ。学校出て農協に勤めでがらも、ひたすら勉強と研修の連続だった。農業のことだけでねくて、経営やら物流やら学んで、ノウハウを農家に細かく教えてやってよ。んだがら、このあたりの農家からは尊敬されたもんだず。ただ、口が達者なほうではねえし、学究肌でプライドも高かったがらよ。共済だの電化製品だのを売るのはあんまり得意でねがった。ノルマもいろいろ厳しかったがら、自爆営業すっごども多かったべ。カネもねえのに自分で共済に入ったり、お歳暮セットを何十セットも買ったりしてよ。ストレスも半端《はんぱ》ねがったようだな」

留美は黙って耳を傾けた。橋立家の実態をさらに知ったためか、最初に会ったときとは印象が大きく変わりつつある。

立派な家と田畑を持ち、夫は有名な営農指導員で、地元の政治家を応援して人脈まで築き、田舎でしっかり生きている小金持ちのおばさん。

そんなふうに見えたものだが、どこにでも修羅は潜んでいるものだと思わざるを得ない。牧歌的な家のなかも、和喜子の告白で違ったふうに見えてくる。

茶の間には古時計だけでなく、骨董《こっとう》マニアが喜びそうな小物ダンスがあった。側板《がわいた》や抽斗《ひきだし》には、硬いものをぶつけたような痕跡があり、ところどころに穴が開いていた。

　鉄製の引き手がついた年代モノだけあって、壊れた箇所があってもとくに不思議に思わなかった。

留美は小物ダンスの穴を指した。

「もしかして、それは旦那さんが？」

「酒飲んで暴れたときだ」

　和喜子の口数が急に減った。

　留美は詳しく訊こうと口を開きかけたが、彼女の切なげな顔を見て思い留まった。聞かずとも充分に伝わってくる。和喜子が決して平坦な道を歩んできたわけではないことを。

「あの人が定年迎えだら、離婚届に判をつかせる気でいだんだ。定年前に脳の血管切れちまって、先に逝《い》かれちまったけんどよ」

「それは翼さんも知ってたのがっす」

「もちろんだず。翼とは嘘や隠し事だけはしねえって約束だったがらよ。あの子もけっこうきつい目に遭ってきたがら、私の味方でいるって言ってくれたもんだげんど……」

　和喜子が深々と頭を下げて言った。

「私にはもうあの子しかいねえのよ。お願いだ。どうか見つけてやってけろ」

「……わがった」

　留美は表情を引き締めて答えた。

6

留美はアルトに乗った。

すばやく橋立邸を辞して、一刻も早く家路につきたかったが、水っぽい雪が積もり、フロントガラスは結露と雪で覆われていた。

曇りを解消するためのデフロスターと、冬用のワイパーで視界を確保しようとしたが、走れるまでには数分かかりそうだった。早く家に帰りたいときほど、なぜかフロントガラスは曇るものだし、雪がしぶとく行く手を阻もうとするものだ。

留美はサイドウィンドウを下げ、玄関の前に立つ和喜子に声をかけた。

「寒《さみ》いがら家に入っててけろ！」

和喜子は留美を見送ろうとしていた。夏季であればすぐに立ち去れるが、急な移動がままならない冬季はこうした場合、対応に苦慮してしまう。

「風邪引くがらって。家に入って、入って。見送りなんていいがら」

留美がしつこく言って和喜子には家に引っ込んでもらった。彼女は別れ難そうな顔をしつつ、頭を深々と下げて家のなかへと戻った。

夜中に駆けつけた甲斐《かい》があり、和喜子との距離が縮まった気がした。息子の翼を見つけるというミッションとは、あまり関係ないかもしれないが、橋立家にまつわる情報をより詳しく仕入れられた。役に立ちそうにない話ほど、案外宝が埋まっていたりするものだ。

視界が確保できたところで、シフトレバーをドライブに入れ、橋立家から立ち去る。

留美はラジオをつけた。やっていたのはニュース番組だ。中国の武漢《ぶかん》で集団発生している新型肺炎が猛威を振るっているという。気の滅入《めい》りそうな話題だったので、FMの音楽番組に替えた。

道路を南に走ると、大きな駐車場のあるコンビニ横の交差点で左折した。国道113号を東に走って川西町へと入る。置賜総合病院の巨大な建物が見えてくる。

「うん？」

留美はバックミラーに目をやった。橋立家から走り出して約一キロしか進んでいないが、背後に不審な車がついてくるのがわかった。

コンビニの駐車場にいたカスタム系軽自動車で、留美がコンビニ前を通ったのと同時に動き出していた。駐車場で動き出したときから、留美の注意を嫌でも引いていた。

その軽自動車はリアスポイラーや太いマフラーをつけており、サイドには英文字とストライプのデカールが貼られてあった。もとはスズキのエブリイワゴンだが、だいぶ改造されていかつい見た目に変わっている。自分が警察官だったら、職務質問せずにはいられないタイプの車だった。

国道113号から外れ、置賜総合病院の前を走り抜けた。昼間は患者とその家族でごった返し、広大な駐車場がいっぱいになるが、夜中の現在は静まり返っていた。駐車場はガランとしている。

病院周辺の道路は小ぎれいに整備されており、ポツポツと真新しい一軒家やマンションが建っているが、コンビニやスーパーは見当たらない。病院を中心にメディカルタウンとして整備を進めているというが、まだまだ空き地が幅を利かせていた。

エブリイワゴンは隠れる様子をまるで見せず、留美の後ろにぴったりとついてきた。今夜はさっさと帰りたかったが、やはり探偵業は予定どおりに進まないものだ。

病院の周囲には、大きな駐車場を備えたドライブスルー型の調剤薬局がずらっと並んでおり、まるで郊外のファストフード店を思わせた。

すべての薬局が商売繁盛というわけではなさそうで、なかには潰れたところもあった。その敷地に無断で入ると、枯れた雑草が生えた駐車場に車を停めた。エブリイワゴンも後からついてきて、留美のアルトから離れた位置で停止した。

助手席には仕事道具を入れたバッグがある。なかから赤外線双眼鏡を取り出し、エブリイワゴンのほうを見やった。

エブリイワゴンがいじられているのは外側だけではなかった。インテリアもだいぶ手が加えられている。車内はブルーの灯りに包まれており、シートカバーとステアリングを迷彩柄にしていた。バックミラーにはモンテディオ山形のキーホルダーをいくつもぶら下げている。なかには三人の男女がいた。

留美はスマートフォンの録音アプリを起動させ、スラックスのポケットに入れた。バッグから金属製の懐中電灯を取り出す。昨夜もとんでもない修羅場に首を突っこんでしまったが、今夜もどうやらキナ臭いことになりそうだった。

「いぐぞ」

留美は己に発破をかけてアルトを降りた。

彼女が車を降りると、それを待っていたかのように、エブリイワゴンからふたりの男が降り立つ。

車の派手ないじりっぷりから想像がついていてはいたが、乗っている本人もやはりヤカラ風のファッションに身を固め、物騒な気配を醸《かも》し出していた。ひとりはロゴ入りの黒いジャージという、部屋住みのヤクザみたいな姿だ。

運転席から降りた男に目を見張った。赤いエナメル製のダウンジャケットを着て、土管のような太いデニムを穿いていた。ダウンジャケットには黒いドラゴンの模様まで入っていた。東京の歌舞《かぶ》伎町《きちょう》や大阪のミナミならともかく、高齢者だらけの田舎町ではあまりに浮いた格好だ。

おまけに相撲取りを思わせる巨漢で、身長は百八十センチをゆうに超えていそうだ。体格と衣服だけで関わり合いを避けたくなるような風貌だというのに、おまけに頭を丸刈りにし、ゴールドのネックレスや指輪といった光り物も大量につけていた。

留美は懐中電灯を逆手で握ると肩に乗せた。ふたりに光を向けると、彼らは不愉快そうに顔を歪《ゆが》めた。巨漢のほうがあからさまに睨み返してくる。

留美がぶっきらぼうに尋ねた。

「どっちが志賀松さん？」

ふたりは不思議そうに顔を見合わせた。巨漢のほうが声をあげた。体型に似合わず甲高《かんだか》い声だ。

「おれだず。なしておれを知ってる」

「『なして』もなにも、あんたら橋立さんの家で騒いだそうでねえが。カネ返せだのなんだの吠えて。あの人はすぐにピンと来たみてえだべ。警察呼ばれなかったのを感謝すんだな」

志賀松が鼻で笑った。

「んだったら、話しは早《はえ》え。あんた、あの婆《ばあ》さんに雇われた探偵なんだってな。探偵なんて生まれて初めて見っず」

黒い格好の男がじろじろと不躾《ぶしつけ》に見つめてきた。

「んでも、ただのおばちゃんだどれ。本当に探偵なのが？」

一瞬、懐中電灯で叩きのめそうかと物騒な考えがよぎった。冷静さを失わずに話を続ける。

「そんで、私をわざわざ追っかけ回して、あんたらなにがしてえのや？」

「決まってんべ。あの婆さんに伝えろや。バカ息子がこさえた借金、五十万円。耳揃《そろ》えて返すようにってよ。明日にでも取りに行ぐがら、逃げねえで待ってろや」

「断っず」

「ああ⁉」

志賀松がずいっと前に出た。ＬＥＤの光を彼の目に向けた。彼は眩《まぶ》しそうに顔をそむける。

「そうオラつかねえでけろや。私は弁護士でもねえし司法書士でもねえ。借金問題はそっちのほうにお願いすんだな。和喜子さんに取り立てんのもお門違いだべ。あの人が保証人のサインでもしてるんならともかく、息子がそだな借金背負ってたことも知《し》ゃねがった。そもそも借用書はあんのが？」

「グダグダうるせえ。居直ってんでねえよ！」

黒い格好の男が距離をつめて前蹴りを放ってきた。

重そうなブーツを履いているため、蹴り自体はスピードも威力もない。横にステップして蹴りをかわしたものの、ブーツについていた泥水と雪が、留美の顔やダウンジャケットに飛び散った。土の臭いが鼻に届く。

ダウンジャケットのクリーニング代が頭に浮かんだ。かなりいい値段がしたはずだ。

留美はハンカチで顔を拭《ぬぐ》った。暗闇でちゃんと確認できないが、ハンカチはうんざりするほど泥で汚れていた。

「あのよ、グダグダ言うに決まってんべ。もしかして借用書すらねえのが？　そもそも五十万円って金額も本当なんだがず。どっちにしろ、私に突っかかるのも、和喜子さんに迫るのも的外れだず」

「だったら、翼はどこにいんのや！」

志賀松が膝まで伸びていた雑草を踏みしめた。

「こっちが訊きてえよ。あんたらみでえなヤカラにびびって逃げ出したんでねえのが？」

「ソッコーで見つけ出せ。そんで見つけたらおれらに教えろ。ちんたらやってっど、あの婆《ばばあ》ん家《ち》に押しこむがらな」

黒い格好の男が吠え、志賀松が指を鳴らした。

「そうだ。さっきお前《め》、『百秋《ひゃくしゅう》』で焼肉食ってたべ。あだな高《たけ》え米沢牛食ってたんだ。あの婆からいくらか前金貰《もら》ってんだべ。とりあえず、そのカネでいい。こっちに回せや」

『百秋』とは浦野と行った高級焼肉店だ。翼の職場に聞き込みをしたため、志賀松の耳にまで留美のことが届いたのだろう。

留美はため息をついた。

「『そうだ』でねえよ。どういう理屈だず。まるで中学生のカツアゲだなや」

「お前《め》こそ、さっきがら余裕こいったけんどよ、どういう状況がわがってんのが？　すぐそこに森が見えっぺよ。あそこはなんとかアカシジミって天然記念物の蝶《ちょう》の保護区だ。人もめったに入れねえ。あんましカッコつけてっど、あそこに永遠に埋まる羽目になっぞ」

「しびれる名台詞《ぜりふ》をあんがとな」

ポケットからスマートフォンを取り出した。

「音声はきっちり記録させてもらったがらよ。こりゃ立派な脅迫罪だべ。二年以下の懲役か三十万以下の罰金。それなりに前科前歴もあるんでねえのが？　翼さんが無事に戻ってきたとしても、あんたらが会えるのは塀のなかから出てきた後だなや」

「ざけんでねえ！」

志賀松が勢いよく突っかかってきた。

留美は懐中電灯を振って牽制《けんせい》し、スタンガンを取り出してスイッチを押した。バチバチと耳障りな音が響き渡り、青白い光が迸《ほとばし》って周囲を照らす。

「うおっ」

志賀松が上半身を仰《の》け反《ぞ》らせた。黒い格好の男も後じさる。留美はスイッチをすぐにオフにした。

ふたりはいかにも粗暴な気配を漂わせ、喧嘩にも慣れているようだったが、スタンガンは初めて見るらしい。凄まじい音を立てるうえに、夜中であれば青白い稲妻が一層映える。大抵の人間は音と光だけで戦意を喪失するものだ。

志賀松がスタンガンを指さした。

「お前《め》、危ねえでねえが」

「ああ、危ねえよ。あんたらの身体と将来がな。私は正当防衛だげんど、あんたらは脅迫罪に暴行罪もプラスされる。たった数十万のカネで、長い時間を檻《おり》のなかで過ごすことになんべ」

志賀松がニヤリと笑った。

「んでねえよ。こだなベチョベチョなミゾレ降ってだどきに、スタンガンなんかでビリビリやったら、あんたが感電しちまうってごとだず。こっちは工業高校でしょっちゅうアーク溶接やってでだんだ。ほれ、もっと放電させてみろや」

「なんと……」

志賀松にズバリ指摘され、留美は思わず黙りこんだ。

彼の言い分は正しかった。スタンガンを握る左手は、ミゾレと雨水で濡れていた。撥水《はっすい》性のダウンジャケットの表面はすでにビショビショだ。こんな状況では、スタンガンを持っている留美が一番危ない。

田舎のヤンキー兄ちゃんなど、スタンガンの音と光で追っ払えるだろう。そう考えてスイッチを入れたが、まったくの裏目に出てしまった。久しぶりの探偵仕事で、勘が鈍ったとしか思えない。

「さすが志賀松君。置賜最強の男だけあっず」

黒い格好の男がはやし立てた。志賀松は男の後頭部を小突く。

「置賜でねえ。東北最強だず。踏んでる場数《ばかず》が違うんだよ」

留美は顔が火照《ほて》るのを感じた。

こんなオラつくことしか取り柄のなさそうなド田舎のあんちゃんコンビにしてやられるとは。無性に腹立たしくもあり、自慢げにスタンガンをちらつかせた己の愚かさが恥ずかしかった。

ひとまず車に退却しながら通報すべきか。本当はスタンガンでふたりをビビらせて、捨て台詞のひとつでも吐いてゆうゆうと立ち去りたかったのだが、そうもいかなくなってきた。格闘は避けたい。昨夜に負った背中の打撲傷をこれ以上悪化させたくはない。

留美はダウンジャケットのポケットに手をすばやく入れた。

「んだったら、これでも食らえ！」

志賀松らが再び身体を硬直させた。ポケットにはなにも入ってはいない。

アルトへと駆けようとしたときだった。エブリイワゴンから声がした。小さな子どもの泣き声だ。

「うん？」

留美は足を止めた。逃亡作戦を急遽《きゅうきょ》取り止《や》める。

「逃げんな！」「待て、こら！」

志賀松らが血相を変えて突進してきた。彼女の胸ぐらを摑もうと腕を伸ばしてくる。避けられそうな速度ではあったが、留美は黙って胸ぐらを摑ませた。強い力で揺さぶられる。

「わがった！　わがった。降参だず。降参すっがら。暴力は止めにすっぺや。警察の世話になりたくねえのはお互いさまだべ」

「ざけんでねえ！」

黒い格好の男に肩を突き飛ばされた。留美は足をふらつかせた。

「話し合いで解決すっぺや。あんたらもそれが望みだべ」

黒い格好の男が怒鳴った。

「コラァ！　そんな武器みでえな懐中電灯振って、スタンガンで脅しかましておいて、今さらなにが話だず、おばはんよ。きついヤキ入れ覚悟しとげや！」

「まあ待て」

志賀松が男の襟首を掴んで、強制的に後ろへと下がらせた。

「いいぜ。あんたボコって警察《ポリ》に捕まるのはごめんだしよ。互いに相談と行こうじゃねえの。まったく、つまんねえ小細工して手こずらせやがって。そのへんの手数料も話させてもらうがらな」

留美は首をすくめ、両手を合わせて拝《おが》んだ。

「わがった、わがった。そのへんの相談に乗っがら。といっても、私はヒラの調査員でしかねえのよ。電話一本かけさせてけろ。そっだな数十万なんて大きな話ともなっと、私ひとりじゃ決められねえもんだがら」

「とか言っで、通報する気でねえべな」

「そだなごどしねえよ。上司の所長にかけるんだず」

留美はスマホを見せた。液晶画面には畑中《はたなか》という名前と電話番号が表示されている。

エブリイワゴンの後部座席の窓が下りた。大柄で丸顔の女がかったるそうに顔を覗かせた。モコモコとしたファージャケットを着ているためか熊みたいに見える。

「ねえ、いつまでこんなところでウダウダやってんの？」

「うっせえ。もうすぐ話《ナシ》つけっがら。ガキの面倒見とけや」

志賀松が丸顔の女に命じた。

関係性を問うまでもなさそうだった。彼女と志賀松は驚くほど顔がそっくりだったからだ。どちらも重たそうな厚ぼったい一重瞼《まぶた》で、大きい団子鼻の持ち主だった。おそらく妹だろう。彼女は黒い格好の男とお揃いの指輪を左手の薬指に嵌めている。留美の前に立ちはだかっているのは、志賀松とその妹夫婦だとわかった。

丸顔の女の隣には、フードつきのキッズコートを着た男の子がいた。チャイルドシートに腰かけながら、顔を涙でグシャグシャに濡らしている。大人たちの剣幕に怯《おび》えているようだった。

「やっぱ、そういうごどが」

留美は小声で呟くと、スマホの通話ボタンを押した。

逃走という手段を選ばず、急に話し合いへと方針転換したのは、幼稚園児くらいの子どもがいたからだった。子どもは翼を捜すうえで重要なキーワードだ。

〈おう、留美さん。そろそろ声かけてくんでねえかと思ってたんだず。探偵の仕事でも舞いこんできたのが?〉

畑中逸平《いっぺい》がすぐに電話に出てくれた。

「じつはそうなんです、所長」

〈え？　はあ？　なにや、所長って？〉

「夜遅くにすみません、所長」

留美に上司などいるはずもない。探偵事務所のトップは彼女であり、ひとりで切り盛りしている。しかし、ときおり臨時のアシスタントを雇うことがあった。それがふだんは山形市内の自動車工場で働く逸平だ。

逸平は今でこそそれなりに家族を養い、カタギの生活を地道に送っているが、警察官時代の留美の手をもっとも焼かせた筋金入りの悪ガキだった。

〈ははあ……わがったぞ。所長ねえ〉

逸平は学もへったくれもなく、汗水垂らして働いたカネを、せっせとパチンコ屋に献上するバカだが、どんな荒くれ者を前にしてもビクともしない腕と度胸がある。探偵としての仕事も何度か手伝わせているため、勘もだいぶ鋭くなった。

〈さっそく厄介事に巻き込まっだみてえだなや。急いで駆けつけたほうがいいのが？〉

「ええ、んだっす。私の一存じゃなんともいがなくて」

〈鉄パイプとか金属バット持ってたほうがいいがっす〉

逸平の声がイキイキとしてきた。

カタギとして生きてはいるが、三度のメシよりも喧嘩を好むお祭り男だ。かつては不良の巣窟と言われた村山《むらやま》地方の工業高校で番を張り、有り余るエネルギーを放出させては近隣の暴走族や他校生と派手に抗争を繰り広げたほどだ。ときには遠征と称し、仙台までバイクを走らせて、宮城県警のお世話にもなっている。

頼りになる相棒ではあるが、うまく操縦しなければ余計にトラブルがこじれるおそれもある。諸《もろ》刃《は》の剣《つるぎ》みたいな若者だ。

留美は電話で芝居を続けながら、逸平に釘《くぎ》を刺すのを忘れなかった。

「夜遅くに申し訳《わけ》ねっす。私が力不足なばっかりに。ひとまず来てけるだけで大丈夫っす」

そんな物騒なものはいらないから、身ひとつで駆けつけてくれと言外に匂わせた。

〈なんか知んねえけんど腕が鳴るなや。高速使って四十分で行ぐ〉

留美がいる場所を知らせると、逸平はそれ以上の事情を訊こうともせずに電話を切った。

静かに気合いを入れ直した。逸平を呼ぶのが正しい選択だったとは限らないからだ。志賀松も武勇伝を持っていそうなヤンチャ系に見えるだけに、逸平とド派手に衝突して、西置署を騒がせるような事態になりかねない。

留美は電話を終えると、低姿勢で志賀松に告げた。

「お待たせしてすまねえ。所長が今から車飛ばして山形市《ヤマガタ》から来っがら、ファミレスにでも行って話しねえが？　なにもこだな寂しいどごろで濡れ鼠《ねずみ》になってる必要もねえべ」

「支払いはあんただだろうな」

「もちろんだす」

黒い格好の男が顔をほころばせた。

「これで今月はなんとかなりそうだなや」

志賀松が男の背中をどやしつけ、留美に鋭い目を向けた。

「バカ、足元見られるようなごど言うでねえ。安心すんのはまだ早《はえ》えぞ」

志賀松の言うとおりだった。ファミレスの代金ぐらいは支払ってやるが、この連中の借金など論外だ。どこの世界に、調査対象者の借金を肩代わりする探偵などいるものか。

「お前《め》は、おれらの車に乗れ」

留美はエブリイワゴンの助手席に乗せられた。黒い格好の男がハンドルを握り、後部座席の志賀松が睨みを利かせる。

空き地だらけの土地を離れると、留美たちは再び西置市へと戻った。

エブリイワゴンの車内はやはり派手だった。非日常空間を演出するために、市松《いちまつ》模様のフロアマットが敷かれ、グローブボックスには青いステッカーが貼られてある。ダッシュボードには王冠型の芳香剤が置かれ、ギラギラとシルバーの輝きを放っていた。

その一方、男の子のおかげで所帯じみた雰囲気に変貌していた。男の子はスマホで特撮ヒーローものの配信動画を熱心に見つめていた。ヒーローの雄叫《おたけ》びや勇壮な劇伴《げきばん》のおかげで、なんとも締まらない空気になっていた。

後部座席やドアポケットには、仮面ライダーやポケモンのフィギュアやグッズがいくつもあった。コワモテの志賀松が腕組みをして睨みを利かせてはいるが、男の子と肩を寄せ合うようにして座る姿はシュールでさえある。

「かわいいお子さんだなや。父親はあんただべ?」

留美は後ろの男の子を見やり、運転手の黒い格好の男に語りかけた。

黒い格好の男は口を固く閉じるだけだった。留美は後ろの志賀松にも語りかけた。

「そんで、あんたが伯父《おじ》さん。そっちは妹さんでねえが?」

志賀松は気味悪そうに口をへの字に曲げた。

「なんでわかった」

「ただの勘。顔と雰囲気が似てたがらよ。自己紹介させてけろや。お互いに正体もわかんねえと話になんねえべ」

留美は名刺を渡した。志賀松は名刺を芝居がかった様子でじっくり見つめた。

「椎名留美さんが。よーく覚えておくべ。あんたまでトンズラこくようだったら、ここに書いてある住所に押しかけっがらな。仲間動員して電話回線パンクするまで鬼電《おにでん》もすっぞ」

「そだな物騒なこと勘弁してけろや」

「もう録音アプリは止めたべな、おばはんよ。脅迫罪だとか汚《きたね》え脅しかましやがって」

「もちろんだず」

留美は録音アプリの記録データを消去した。するとようやく男は名前を口にした。

男は江成隆太《えなりりゅうた》と名乗り、後部座席の女は妻で江成亜優《あゆ》と教えてくれた。江成隆太は志賀松の二歳下だった。子どもは男の子で、名前を尊《たける》と言う。

再び西置市内に戻ると、西置駅近くにあるファミレスに着いた。市内唯一のファミレスであるためか、広めの駐車場には車が多数停まっていた。酒場が連なる繁華街から近いこともあり、二次会やシメの食事で寄る者も多いようだ。

五人でぞろぞろとファミレスへと向かった。ミゾレが止む気配はなく、亜優は尊の頭にフードをすっぽりかぶせた。江成が傘で妻と子どもを濡れないように覆った。

その傘の骨はいくつか折れており、傘を持つ江成自身の髪はミゾレで濡れた。目の色を変えて翼から借金を取り返そうとしているだけあって、彼らの姿からは経済的な困窮《こんきゅう》が随所に見て取れる。尊は相変わらず特撮ヒーローに夢中だったが、スマホの画面にはヒビが入っている。

ファミレスは賑《にぎ》やかだった。順番待ちをするほどではなく、いくつか空席はあるものの、留美らが入店してもなかなか店員がやって来ない。

入口のドアに〝スタッフ急募〟と大書《たいしょ》した貼り紙があることから、人手不足に陥《おちい》っているのかもしれない。制服を着たウェイトレスがひとりで、端末を手にして客の注文に応じていた。とてもさばききれないのは明らかで、酔っ払いのサラリーマン風のグループが苛立《いらだ》った様子で呼び出しボタンを連打している。店内の雰囲気はあからさまに悪かった。

留美はなに食わぬ表情を保ったが、内心では深々とため息をつきたかった。交渉事をやるのに、これほどふさわしくない店もない。

志賀松は店の事情など知ったことかと言わんばかりに、ずかずかと店内に入り、隅のテーブル席に陣取った。留美に逃げられないよう隅の席に座らせ、その横を江成が陣取る。正面には志賀松が腰かけた。

「なんだず、えらく小汚えでねえが」

江成が隣のテーブルを見やった。

パフェの食い残しやハンバーグの皿が片づけられておらず、テーブルにはこぼれたジュースや米粒が落ちていた。店のセレクトに失敗したと言わざるを得ない。

エブリイワゴンで移動中に、志賀松たちが何度か腹の虫を鳴らしているのに気づいた。和喜子や留美を見張るため、しばらく食事を摂っていなかったらしい。メシでも一緒に摂って、ひとまず彼らの機嫌を取ろうと企《たくら》んでいたが、余計に不機嫌にさせてしまいそうだった。最近はどこもかしこも人手不足で、手の回らない店にちょくちょく出くわす。

場所を変えたくなったが、夜遅くに子どもを連れて入れる店はここぐらいしかない。志賀松らもそれを知っているようで、出て行こうとはしなかった。

留美はメニューを広げた。

「なんでも好きなもの頼んでけろ」

「言われるまでもねえ。そうさせてもらうべ」

志賀松らは本当に遠慮がなかった。

巨漢の彼はリブロースステーキとハンバーグ&エビフライ、それに海鮮あんかけ焼きそばにすると言った。妹もかなりの大食いのようで、オムライスに大盛りポテト、デザートに巨大ないちごパフェも選んだ。旦那の江成もカツ丼だけでは足らないらしく、サイドメニューの鶏の唐揚げや牡蠣《かき》フライを指さした。

志賀松はならず者らしく、呼び出しボタンを何度も押すと、ひとりで客の対応をしている店員に大声を張り上げた。

「さっさと来てけろや！　いつまで待たせせんだず」

「すみません、もう少々お待ちください」

ウェイトレスは必死な顔つきで端末を操作し、客たちの注文を聞いて回っていた。

いくら催促したところで、ウェイトレスの動きが速くなるわけではなく、店内の空気が一層悪くなるだけだった。留美たちのところにウェイトレスがやって来たころには、食事中の客たちの顔から笑みが消え、サラリーマン風の酔客が急に静かになっていた。オーダーをなんとか済ませると、江成がドリンクバーに行き、人数分の飲み物を運んできた。

留美はメニュー表のアルコールのページを指さした。

「どうせならビールもどうだず。あんたは運転しなくて済むべ？」

志賀松が口を歪めて笑った。

「その手には乗らねえ。おれらが満腹になるのを待って、翼の情報を聞きだそうとしてんだべ」

「そだなことはねえよ」

志賀松は背もたれに身体を預け、なみなみと注がれたコーラをうまそうに飲んだ。

「そっちの考えはお見とおしだ。そりゃ翼のごどなら、あんたの何十倍もよぐ知ってでだ。ガキのころからのつきあいだ。あの親バカな母ちゃんよりも詳しいべな。翼のごどを知りてえんなら、あいづの借金とは別に情報料も貰わねえどよ」

「そりゃあんた、ちょっと欲張りすぎってもんだべ」

「ざけんでねえ！　こっちは二日も足を棒にして、あの野郎を捜しまくったんだ。こだなファミレスのメシ程度で教えてやるわげねえべ。甘く見んでねえぞ」

志賀松の怒鳴り声が店内に響き渡った。サラリーマンの酔客たちが関わり合いを避けるように、伝票を持ってレジへと向かう。

志賀松はカトラリーケースからフォークを摑んだ。留美に先端を向ける。

「こっちは一歩も引く気ねえがんな。そのへんはあんたの所長さんとやらにもしっかり理解してもらわねえどよ。言っとくが、ここらの悪そうなやつらはみんな友達《ダチ》だべ。あんましナメた態度取るようなら、翼の居場所を探るどころか、この町さ近寄れねぐなるほど手厚くもてなしてやっぞ」

「わがった、わがった。前向きに検討させてけろや」

留美は降参したように両手を挙げてみせた。フォークの先端を怖々《こわごわ》と見やり、志賀松の嗜虐心《しぎやくしん》を満たしてやる。

それとなく腕時計に目をやった。逸平と連絡を取ってから三十分以上が経っている。金属バットの一本でも持ってくるよう言うべきだったかもしれないと後悔する。

「お待たせして申し訳《わけ》ねっす」

調理服姿の女性店員が、料理を載せたトレイを手にして現れた。ホールスタッフの女性店員が精算に追われているため、キッチン担当の店員が料理を運んできた。

志賀松は上目で店員を睨みつけた。

「おっせえんだよ。高級料理でもあんめえし、どんだけ待たせんだず」

「それと周りの汚え食器、なんとがしろず。食欲なぐなっぺや」

江成も志賀松の勢いを借りてクレームをつけた。隣のテーブルを指さす。

「申し訳《わげ》ねっす。すぐに片づけますんで」

店員は老齢の大柄な女性で、深々と頭を下げると、キビキビと料理を並べ始めた。しょっちゅうクレームをつけられているのか、ヤカラ風の男らに臆する様子はない——。

「あっ」

女性店員が驚いたような声をあげた。

「うわ」

留美も目を見張った。思わず身体を仰《の》け反《ぞ》らせながら訊く。

「お、お義母《かあ》さん。なしてこだなところで」

女性店員は姑《しゅうとめ》にあたる椎名富由子《ふゆこ》だった。

富由子は西置市在住だ。そのため調査中にどこかで会うかもしれないと考えてはいた。だが、まさかこんなタイミングで出くわすとは。

「こだなもなにも。時間余ってだし。それにまだまだ稼がねえど」

富由子もひどく戸惑っている様子だ。料理の皿を持つ手が震えている。彼女に訊かれた。

「探偵の仕事が?」

留美はうなずいてみせた。ただし、目を合わせられない。

富由子も調理や配膳で忙しかったようで、直前まで留美に気づかなかったようだ。気まずそうな表情でステーキやカツ丼をテーブルに置く。

富由子は留美の探偵業を応援してくれる数少ない味方だった。だからと言って、こんなならず者どもと同席しているところで会いたくはなかった。

志賀松は案の定ニヤニヤと下品な笑みを浮かべ、富由子と留美を交互に見つめている。

「あ、後で連絡すっがら」

「ん」

富由子は短くうなずき、留美のテーブルから離れた。周りの汚れた食器をトレイに載せて片づけてキッチンへと戻る。ゆっくり話し合いたかったが、お互いにそんな悠長《ゆうちょう》な状況になかった。

留美はテーブルに並べられた料理に目を移した。

「さあ、冷めねえうちに食べてけろ」

志賀松はおかしそうに口角を上げながら、ナイフで切り分けたハンバーグを口に運んだ。

「いいもん見してもらったべ。あんた、山形《ヤマガタ》市の人間かと思ったら、こっちにも縁があんだな。見だところ、実のおっ母《か》さんでねくて、お姑さんって感じか。旦那もこっちの人が？　もしかすっど、旦那も知ってだ人がもしんねえな」

「関係ねえべや。忘れてけろ」

「いーや、忘れらんね。あんたらとの話がまとまんねえときは、わざわざ山形《ヤマガタ》市なんかに行かなくても、ごごさ来ればいいだけだべ。お義母さんに話持ってくだけだ」

志賀松はスジだらけのステーキをナイフで切った。ギコギコと鉄板を擦《こす》る不快な音を立てる。

「私はともかく、さっきの店員さんは完全に無関係だ。警察に捕まるだけだぞ」

留美は呆れたように首を横に振った。志賀松がテーブルを叩き、皿からポテトや唐揚げが転がり落ちる。

「警察上等だっつーの。こっちも遊びでやってんでねえんだず！」

志賀松が吠えた。江成と亜優も黙々とメシを口に運びながらうなずく。尊は志賀松に怯えて、また泣き出しそうになっていた。

段々とむかっ腹が立ってきた。志賀松たちはもちろんだが、留美自身に一番苛立ちを覚える。こんなならず者との交渉もままならないどころか、変に弱みまで握られてしまった。彼らの強情さもなかなかで、容易に丸め込まれたりはしないという頑《かたく》なな意志が伝わった。己の力を過信せず、逸平を呼んで正解だった。

「なにが上等だってや？」

留美たちのテーブルに、冬用のツナギを着た逸平が近寄ってきた。

彼は長く伸びた頭髪を白いタオルで巻き、顎鬚《あごひげ》を指でいじくっている。ツナギはお世辞にも清潔とは言い難く、粉塵《ふんじん》やオイルであちこちが汚れていた。埃っぽい機械オイルの臭いがした。

江成と亜優が咀嚼《そしゃく》しながら、逸平を胡散臭げに睨みつけた。

「なんだ、おめえ」

逸平は隣のテーブルの椅子を引き寄せ、江成の横にどっかりと腰かけた。

「『なんだ』って、お前《め》の兄貴分はご存じみてえだぞ」

逸平は顎で志賀松を指した。

志賀松の態度がすっかり一変していた。肩を縮めて顔を強ばらせ、残ったハンバーグにじっと目を落としている。逸平と顔を合わせようとしない。

「な、なにしたのや、志賀松君？」

江成が義兄の異変を悟って戸惑う。留美が志賀松の顔を覗き込んだ。

「うちの所長が来たげんど、なにかしたのが？」

志賀松の額に汗がじっとりとにじみ出した。とくに店内が暑いわけでもないのに、彼の顔は真っ赤だった。

「な、なにが所長だず……汚《きたね》えでねえが」

志賀松が留美に呟いた。これまでの大声とは対照的に、消え入りそうな声だ。

「んだず！　そだな汚え格好した小僧が所長なわけねえべや。兄ちゃん、あたしら完全にナメられてっぺ。こうなったらゴチャマンだべや。駐車場に連れてってこいづらシメっぺ」

亜優が場の雰囲気を読めずに、志賀松の言葉を取り違えて叫んだ。

「おう、やっぺ。やっぺ。タイマンでもゴチャマンでも、どっちでもいいぞ」

逸平がおちょくるようにはやし立て、江成の唐揚げに手を伸ばした。うまそうに口へ放る。

「兄ちゃん、どうしたのや。腹でも壊したのが？」

亜優が志賀松の腕を摑んで揺すった。だが、志賀松は借りてきた猫のようにおとなしい。

「は、畑中君、久しぶり」

「おう、マツヤマ君。元気でやってだが？」

「あの……志賀松だべ」

留美はふたりのやり取りに注意を払いながら、コーヒーゼリーを口にした。さっきまでは苦みしか感じなかったが、今はほんのりとした甘みが舌に伝わった。

「畑中って……まさか畑中逸平。う、嘘だべ」

江成が目を見開いた。

留美の読みはどうやら正しかったようだ。志賀松たちのような二十代後半のワルをきどった連中の間では、逸平の伝説は留美の想像を超えるほど知れ渡っている。山形市内はもちろんだが、遠く離れた庄内《しょうない》地方や置賜地方でも名が通っている。

じっさい、少年時代の逸平は北斗《ほくと》の拳《けん》のラオウや戦国武将の織田信長《おだのぶなが》きどりで、南東北のあちこちに出没して喧嘩を売っていた。おかげでワルの道をそのまま歩んだアラサーや若い半グレたちの顔をよく覚えており、同世代くらいの悪党たちのことなら、県警の警察官よりも詳しいかもしれなかった。

志賀松もそんな逸平をよく知っているようだ。悪そうなやつらはみんな友達《ダチ》だと自慢しただけはある。急に態度を一変させたところを見ると、彼から相当痛い目に遭ったのかもしれない。

逸平はポケットに右手を突っこみ、赤銅色《しゃくどういろ》のメリケンサックを嵌めた。

「こだなミゾレ降る夜にやり合うとは、お前《め》もなかなか血に飢えた狼《おおかみ》でねえが。見上げたもんだべ。こっがらなら小学校の校庭が近くて戦場にもってこいだな。二対一で構わねし、武器《エモノ》使ってもいいぞ。ここらへんに来んのも久しぶりだべ」

「志賀松君」

江成が義兄の顔を不安そうに見やる。逸平は椅子から立ち上がり、彼らを手招きした。

「さて行ぐべや。おれに意見呑みこませてえんだべ。シンプルに応じてやっがらよ」

留美が志賀松を指さした。

「この志賀松氏、東北最強の実力だそうだべ」

逸平は目を丸くし、大げさに驚いてみせる。

「ホントがっす。なにや。あれがらかなり奮起して、大山倍達《おおやまますたつ》みでえに山ごもりでもしたのが？こりゃフンドシ締めてかからねど」

「いや……それは」

小声でブックサ言う志賀松を無視して、留美は立ち上がってダウンジャケットを着た。

「んじゃ、支払い済ませっがら。うちの所長とゆっくり話つけてけろや」

留美と逸平が外に出ようと促すものの、志賀松らは座席に根が生えたように動かない。

逸平が留美のダウンジャケットを見て顔をしかめた。

「ひでえな。えらく汚れったぞ」

「ちょっとこの方たちを怒らせちまってよ。泥をひっかけられちまったんだ」

逸平が笑顔を見せた。口を開いた狼みたいな獰猛《どうもう》な笑みだ。

「これはこれは。うちの所員がえらぐお世話になったみてえだなや」

ベソを掻いていた尊が、逸平の怒気を感じ取ったのか、ブルブルと身体を震わせた。亜優が子どもをなだめながら、なおも兄をけしかける。

「兄ちゃん、なにしっだのや。こだなナメられっぱなしで。一歩も引かねえって言ったでねえが」

「お、お前《め》は黙ってろ！」

志賀松が怒鳴り返した。唾に混じってステーキ肉の欠片《かけら》が飛び散り、亜優の顔にひっついた。彼女は目に涙を溜め、紙おしぼりで顔を拭く。

志賀松らに戦意はもう見られない。もはや牙を抜かれた獣だ。そろそろ逃げ道を作ってやる必要があった。

留美としても、大物のケツモチを呼び出したチンピラみたいな気分になり、いささか虚《むな》しさを覚えつつある。志賀松たちには随分とコケにされたからといって、必要以上にこちらがコケにしたとしても得るものはない。

留美は窓に目をやった。再び椅子に腰かけ、志賀松に問いかける。

「止《や》めっぺや。十代の子どもじゃあるめえし。こだな天気の中で暴れ回っても、身体は冷えるし、服だってもっと泥だらけになるだけだべ。そう思わねえが？」

「ああ、んだな」

隣の江成がホッと息を吐いた。その一方で、逸平は頬でも引っぱたかれたように悲しげな顔に変わった。

「えっ。や、やんねえの？　そのために車ぶっ飛ばしてきたんだげんど」

「所長、落ち着《づ》いてけろや。話し合いで済むのなら、それに越したことはねえべ」

逸平はメリケンサックをポケットにしまった。早口でまくし立てる。

「そ、そしたらハンデつけっがら。おれは素手で構わねえし、そっちはその気の強そうなねえちゃんも入れて、三対一の変則マッチでいいがらよ。仲間も武器も呼び放題で使い放題。サブスクってやつでどうだず。お子さんの相手すんのは得意だがらよ、もしお前《め》らがケガしても、おれがきちんと面倒みっがらって。な、ちょっとどぐらい、いいべ？」

逸平はやはり諸刃の剣だった。

せっかく生きた伝説としての風格を見せつけ、相手の闘志を挫《くじ》いて有利な状況を作り上げたというのに、なぜか己を大安売りしだす。血の気が多いケンカ中毒者なのを熟知しているつもりだが、へりくだってまで闘いたがるとは。一児の父とは思えぬガキ大将ぶりに呆れた。

「いや……こちらの探偵さんの言うとおりだべ。せっかくの申し出だけんど」

志賀松は伏し目がちに答えた。江成も深々とうなずく。

留美は内心ホッとした。逸平の安売りセールに乗って、大勢の仲間を呼び寄せるのではと危惧した。何人呼ぼうが、武器を使おうが、お前らなんぞ相手にならないと挑発されているのに等しい。しかし、志賀松たちも逸平の提案についていけないようで、塩をかけられた青菜のごとく、さらに戦意を失っていくのがわかった。

「なにがサブスクだず、バカにしやがって！」

亜優がグラスを手にし、中身のジュースを逸平にぶっかけようとした。志賀松と江成が身を乗り出して止める。

江成が車のキーを亜優に放った。

「お前《め》は、尊連れて車で待ってろ」

「なして――」

留美が亜優に言った。

「ままま。短気は損気だべ。骨でも折ったら働けねぐなって余計に金回りも悪ぐなっぺず。悪いようにしねがら」

亜優が不服そうに尊を連れて席を外した。捨て台詞を残して。

「カネ、しっかり取り立てんだぞ」

留美は逸平にも声をかける。

「所長、それこそ東北最強のあんたが、そだに自分を安売りしてどうすんだず。遊びに呼んだんでねくて、あくまでビジネスってことを忘れねえでけろや」

「東北最強……おれが？」

「現代の伊達政宗《だてまさむね》だべ」

「おれが目指すのは信長だげんど、独眼竜《どくがんりゅう》も悪ぐねえなや」

逸平は顎をなでると、まんざらでもなさそうな顔をした。

「名のある武将は戦《いくさ》なんかするまでもなく、風格だけで人を味方につけるもんだず」

「それも一理あっがもな」

逸平は亜優がいた席に移った。隣の志賀松の大きな背中を親しげに叩く。

「わがった、わがった。なんかゴタゴタしっだみてえだけんど、平和路線で行くべや。尊君っていうのが？　ボコボコにされるお父さんや伯父さんの姿見ちまったらトラウマになっがもしんねえし、教育にもよくねえがらな。んだべ？」

「あ、ああ……んだな」

志賀松は肩をすぼめて答えた。相変わらず逸平とは目を合わせようとしない。

プライドが高そうな彼に虚勢さえ張らせず、これほど露骨に弱気な態度にさせるとは。かつてどれほど痛い目に遭わせたのか。過去はどうあれ、ふたりの関係を利用しない手はない。留美は仕切り直しの意味で手を叩いた。

「悪いげんど、私は橋立翼の行方を粛々《しゆくしゆく》と捜すだけで、あいつの汚れたケツまで拭くつもりはねえ。そんな義理もねえしよ。あくまで追いこみかけるのは翼だけにしとけず。母親のほうに嫌がらせすんのも止めとけや。ましてやここのキッチンスタッフにまで会いに来るなんて言語道断だず」

志賀松や江成は逸平を怖れ、これといった反論はしなかった。ただし、承服しかねると不満そうな表情も隠さない。親に叱られる悪ガキみたいにブスッとふて腐れた顔を見せる。

留美は逸平に目配せをした。彼は己の役割を思い出したのか、隣の志賀松の肩に腕を伸ばした。

「マツヤマ君、キッチンスタッフってなにや」

「いや……それは」

留美が逸平に教えた。

「死んだ旦那のお母さんが働いっだの。ここの料理作ってんのも、みんなお義母さんだべ」

逸平の顔が険しくなった。

「えっ、留美さんのお義母さんが？　世の中狭《せめ》えもんだな。しかし、そっだな全然関係ねえ人に因縁つけてどうすんのや。警察に目つけられるし、地元で余計に生きづらくなるだけだべした。ガキのころもだいぶ鼻息荒かったげんど、しばらく見ねえうちに昔のごど忘れて、えらくイキってんでねえの」

志賀松の身体を左腕で引き寄せ、首のあたりを鷲摑《わしづか》みにする。志賀松の顔が苦痛に歪む。

「い、痛《いて》えず。あと、おれは志賀松――」

「おれは頭がポンコツだがらよ。どうでもいい野郎《やろ》のごどなんて、翌朝にはケロッと忘れちまうんだず。んでも、これは覚えっだぞ。子分にデジカメ持たせて、ボコボコにしたおれの姿を記念撮影しようとしだのに、逆にボコボコにされぢまった間抜けがこの町にいだってごどはな。おれにスッポンポンのフルヌードを撮られでよ。家に戻って探せば、あのデジカメのメモリーカードも出てくっがもな」

「畑中君、それは……」

弱る志賀松を無視し、逸平は江成に声をかけた。

「あんどきの子分はお前《め》だったが？」

「イヤイイヤイヤ。僕じゃねえっす。僕じゃねえっす。そんときただの中坊《ちゆうぼう》だったんで」

江成は首と両手を盛大に振った。さっきまでずっと自分を〝おれ〟と呼んでいたのに、逸平を前にして〝僕〟へと変わる。

志賀松たちが態度を一変させた理由がわかった気がした。かつての逸平は狂犬同然で、不良はもちろんだが、警察官をも敵とみなしてケンカをふっかけてきた。

パトカーで追跡すれば、フロントガラスにマヨネーズを投げつけて事故を誘い、取り押さえようとすれば容赦なく金的や嚙《か》みつきといったケンカ殺法を使い、武道家でもある警察官たちの手までひどく焼かせた。警察官時代の留美も、あのころの逸平に小便のつまったビニール袋を顔に投げつけられている。

そろそろころ合いだった。留美が割って入る。

「まあ待てや。こうは考えてみねが？　あんたらの腕ずくなやり方は見過ごせねえけんど、もとを正せば翼の不義理が原因だべ。さっさとあいつを見つけ出すべや。私らはその方面のプロだし、あんたらは翼をよく知ってて、この土地にもめっぽう明るい。出会い方こそまずかったけんど、あんたらみてえな人を待ってたんだず」

留美はこのあたりで志賀松らの顔を立ててやった。彼らはすがるような目を留美に向けてきた。

「探偵さん……」

大昔の刑事ドラマだったら、犯人にカツ丼を食わせるような落としどころだ。留美は続けた。

「あんたらの情報をもとに、私らはすばやく翼を捜し出してみせる。あいつ自身は煮るなり焼くなり、好きにしたらいいべ。部屋には贅沢《ぜいたく》品がゴロゴロあったなや。立派なＤＪ機器やらブランド品の衣服やら。ネットオークションにでも出せば、すぐに回収できるはずだ。必死に追いかけた手数料もつけてやっどいいべ。私らはひとつのチームだず」

「ん、んだな。あんたの言うとおりがもしんねえな」

志賀松は根負けしたようにうなずいた。

「決まりだ」

留美は呼び出しボタンを押した。

あたりを見渡すと、留美がガラの悪い連中を引き連れ、大声で駆け引きをしたせいか、客はすっかり少なくなっていた。他のテーブルで食器を片づけていたホール担当の店員に、ノンアルコールのビールを二本頼んだ。

「本当なら酒でやりたいところだげんど」

人数分のグラスと缶のノンアルコールビールが用意された。缶のフタを開けてグラスに注いだ。

「ここらで手打ちにして乾杯と行くべ。チームとして絆《きずな》を深めるためによ。所長さん、そろそろ放してやってけろ」

「おっと、悪《わり》がったな、志賀松君。メモリーカードなんてとっくに捨てちまったがら安心しろ」

逸平は志賀松を解放した。志賀松は手の甲で汗を拭い、促されるままグラスを握った。

「んだな。おれらの目的は同じだもんな。翼を見つけるためのチームだべ」

「ちょっとゴタゴタしたけんど、そのあたりの遺恨《いこん》は水に流してうまくやっぺ。乾杯」

留美が音頭を取って飲むと、志賀松らも居住まいを正してグラスの中身を飲み干した。協力関係を取りつけると、留美はさっそく志賀松たちに尋ねた。

「んで、翼のごどだげんどよ」

「ああ、なんでも訊いてけろや」

志賀松は口の周りにビールの泡をつけながら答えた。

「よく知るあんたらでも、翼を見つけ出すのには苦労しっだようだな」

「さっぱりでよ。置賜にはいねえみでえだ。あいつが立ち寄りそうなどころは回ってみだべし、道の駅どがスーパーの駐車場も捜してみたけんど、あの野郎《やろ》の車もねえ。残りは専門学校時代の同級生ぐらいだべが。仙台まで逃げてんのがもしんねえ」

「確かにな。あんたらが血眼《ちまなこ》になってこのあたりは捜してるべし、そう広くもねえ町だ。五日もカクレンボができる土地でねえ」

留美は頭を掻いて疑問を口にした。

「んでも、いろいろわがんねえんだよな」

「なにがや?」

「確かに五十万円は大金だげんど、居心地のいい地元を捨ててまでトンズラするには額が少ねえのよ。桁《けた》がひとつ違うっていうが。あんたら以外にも翼にカネ貸しっだ人はいだが? それこそ身柄《ガラ》までさらっちまいそうな危ないスジの人どが」

志賀松は腕を組んで中空を睨んだ。

「口のうまい野郎《やろ》だがら、あちこち小銭はつまんでっがもしんねえげんど、そこまでは聞いたごねえな。かりにあったら、おれの耳に入ってでだはずだ」

「んだよな」

「それに、そこまででかい金額ともなりゃ、母ちゃんに泣きついてるはずだべ」

留美が寄り添うように相槌を打つと、志賀松は口を歪めてノンアルビールを啜《すす》り、積極的に翼についで語ってくれた。

「翼の野郎《やろ》のごどなんて誰も信用してねえよ。あいつにはSUVの4WDをポンと買ってやる母ちゃんがいっがら、みんな甘い顔してやってだんだし、じっさい何度もケツ拭かせてたべ。正直などごろ、おれらだって翼が自力で返せるなんて、これっぽっちも思ってねえのよ。翼を何発かどついて、母ちゃんに泣きつかせて、迷惑料だとか文句つけて一割ぐらい余計に貰うつもりだった」

「そんだけおいしいカモだったたってわけが」

「あの母ちゃんの苦労は知ってたず。あだなボロボロのラブホで、客のザーメンだのクソだの陰毛だのを毎日片づけて稼いでだんだべ。んだけんど、息子をそだなふうに甘やかしてだら、誰だってカモにすっぺや」

江成がふいに笑った。

「母ちゃんに泣きついたっていや、翼のやつ、何年か前にデリヘルから罰金喰らったべ」

江成が翼のエピソードを披露してくれた。

米沢市のデリヘルを利用した翼が、嬢に本番行為をしつこく迫ったため、スタッフにどやしつけられ、百万円の罰金を支払うように脅されたという話だった。

複数の怖いおじさんに床で正座させられ、近くのコンビニのATMまで連れていかれた。翼自身はカラッケツであり、けっきょく和喜子にすがりつき、彼女のタンス預金の四十万円で怖いおじさんを納得させたのだという。

逸平は腹を抱えて笑った。

「翼君、かなりの男前だなや。風俗の罰金を母親に払わせるなんてよ、なかなかできるごでねえ」

留美は黙ってノンアルコールビールを口にした。

翼を小馬鹿にする逸平にしても、ボーナスが出た週末の二日で、二十万円以上をパチンコで溶かし、元暴走族の女房に木刀で半殺しにされている。人はそれぞれ赤面したくなるような過去を持っているものだ。

留美にしても、一時の激情に駆られて県警に辞表を叩きつけた。県内では高給取りの部類に入る警察官という職業を捨てたため、そのせいで実の両親との仲も悪くなった。

留美は咳払《せきばら》いをしてから言った。

「女遊びがだいぶ好きだったみてえだなや。そだなみっともねえ目に遭ってからも、相変わらずデリヘルだの性感マッサージだのにカネ注ぎ込んでだって話だべ」

「懲《こ》りねえやつなんだず」

志賀松がグラスを握りしめて続けた。

「あんたらの調査には協力すっけんど、翼を見つけた暁《あかつき》には鬼にならせてもらうべ。いわきに土建屋やってだ親戚いっがらよ。あいつには原発あたりで汗かいてもらうしかねえ」

「私は別に止めねえよ。あのお母さんは止めに入るがもしんねえけんど」

「翼はよ、ナメてんだず。おれらだけじゃねえ。遊びも仕事も、世の中すべてだ。親にチヤホヤされすぎて、いい車乗って、いい服着て、黙っててもねぐらやメシも用意してもらってやがる。そんな野郎《やろ》が、おれらみでえな貧乏人から、なけなしのカネをパクって逃げやがったんだ。あいつに必要なのは探偵でねくて、目の覚めるようなきついビンタだず」

志賀松の手を見やった。和喜子も苦労人の手をしていたが、彼の手荒れもだいぶひどい。爪には塗料がこびりつき、皮膚がガサガサに割れている。ハードな肉体労働に従事している者の手をしていた。

留美は軽く手を振ってみせた。

「そうがもしんねえげんど、本人を見つけ出さねえかぎり捕らぬ狸の皮算用でしかねえべや。私が気になったのはすこやかパッケージのごどだず」

「すこやか？　なんだそりゃ？」

志賀松が首をひねった。

隣の江成がさっと目を伏せるのを、留美は見逃さなかった。彼の腕を肘で突《つっ》く。

「ありゃ、あんたのだべ。せっかぐ市から尊君のためにもらっただもんを、なんで翼なんかにやったのや？　貧乏だなんだって言いながら、カネだけでねくて、ランドセルまでくれてやるとは。あんたも随分と気前いいなや」

「おい、待てず。なにや、そのすこやかなんたらってのは。おれはなにも聞いでねえぞ」

吠える志賀松を無視し、江成の横顔をじっと見つめた。彼は亀みたいに首をすぼめ、なかなか口を開こうとしない。

「江成君。がっかりさせねでけろね。たった今、おれらはチームの盃《さかずき》交わしたばっかでねえが。隠し事はなしにすっぺや」

逸平が握り拳《こぶし》を見せつけた。空手家みたいな丸い拳《けん》ダコがいくつもできており、拳自体が鈍器と化している。

彼の喧嘩人生を物語るかのように、手の甲にはムカデのような傷痕があった。親指は先端が欠けており、爪が半分ほどしか生えていない。メリケンサックなどチラつかせるまでもなく、拳ひとつだけで他人を戦《おのの》かせるほどの迫力がある。

江成が彼の拳に息を呑んだ。留美がすかさず詰め寄る。

「翼には隠し子でもいだのが？」

江成は首をブルブルと振った。頸椎《けいつい》を痛めそうなほどの勢いだ。

「いやいやいや。あいつにガキなんていねえっすよ。あのすこやかパッケージを少しの間だけ貸してけろって言わっただけで。それだけっす。マジです！」

「この野郎《やろ》……おれに隠れで」

志賀松が江成をじっとりと睨みつけた。江成は縮こまって何度も頭を下げる。

「まあまあ。私らはもう仲間だべした。それにすこやかパッケージなんて、そもそも市が無料で配ってだもんだべし、目くじら立てるほどでねえよ」

留美が間に入った。

志賀松にすこやかパッケージがなにかを一から教えた。江成の口をもっと軽くさせるために、義兄の怒りをなだめる必要があった。店や周りにも気を使わなければならない。ガラの悪い男たちが大声で吠え、ヤクザの掛け合いのごとく暴力をちらつかせ、怒気や殺気をさんざん振りまいている。

志賀松には穏やかな口調で語りかけた。

「ランドセルは高価がもしんねえげんど、それを売るような真似しだら、困るのはこの江成夫妻のほうだべ。あと入ってだのは筆箱だの帽子だので、そんなに高《たけ》えもんは入ってねえはずだず」

「それが……」

江成がおそるおそる口を開いた。「翼がすこやかパッケージ見て、『こりゃひょっとすっと、大金を生むがもしんねえ』って言ってたんだず」

留美はすかさず逸平に目配せした。案の定、志賀松が目をつり上げて腰を浮かせた。逸平が志賀松の両肩を摑んで座らせる。

留美は江成の目を直視した。

「本当がっす。大金っていくらぐらいや？」

「わがんねえ。十日前くらいだったが、あいつがおれん家《ち》に来て持っていったんだず。こっちはようやくカネ返してもらえるもんだと期待しでだら、『もう少し待ってけろ、助けてけろ』って、担保にゲーム機と古いノートパソコン持ってきてよ。こっちは質屋でねえってのに」

「おい、それも初めて聞く――」

「お前《め》も落ち着《づ》けって」

口を挟もうとする志賀松を、逸平が彼の両肩をアイアンクローのように力をこめて黙らせた。

「それで？」

留美は江成の腕を突いて促した。彼は志賀松の様子を気にしながらも続けた。

「翼の野郎《やろ》、すこやかパッケージの中身見だら、変に興味持ち出しやがって。すぐに返すがら、貸してくれって言われたんだず。おれだって売りさばかれたらたまんねえがら、嫌《や》んだって言ったんだげんど、あいつは中身には手をつける気はねえし、ひとつもチョロまかしだりはしねえって」

「どういうごどだべ」

江成の証言がやけに気になった。

彼によれば、亜優の反対に遭いながらも、翼の口車に乗ってしまって貸したのだという。大金という言葉に心を揺り動かされたらしい。

翼の部屋から見つかったすこやかパッケージを思い出した。江成の言うとおり、確かにどれも使った様子はない。もっとも高価なランドセルも新品で、包装用のビニール袋に入ったままだった。

「ほ、本当だず。なんなら亜優にも聞いてみだっていいがら」

留美が考え込んでいると、江成は目に涙を溜めて訴えてきた。

志賀松と逸平を前にし、すっかり怯えているようで、嘘をつくだけの余裕はなさそうだ。

すこやかパッケージの中身に一切手をつけてはいない。それなのに翼は大金になるかもしれないと言い放った。ベッドの下にあったあれを見つけてから、ずっと奇妙な違和感を覚えていたが、江成の証言を耳にしてさらに疑念が深まった。

翼が借金の返済を遅らせるため、芝居を打った可能性もあった。疑り深い巨漢の志賀松ならともかく、小物で純朴そうな江成ならペテンにかけるのはそう難しそうに見えない。留美はまだ翼と会ってはいないが、周りの人々の証言を通じて、なかなかずる賢い面があるのを知った。

カネに窮《きゆう》した人間ほど怖いものはない。全力でもっともらしい嘘をひねり出し、肉親だろうと親友だろうと、これまで築いた関係を壊してまで財産に目をつける。

留美も例外ではない。実の両親はかつて留美を〝自慢の娘〟と褒め称《たた》えたが、今はすっかり縁が切れた状態にある。絶縁に到ったのもカネが少なからず絡んでいた。

志賀松がスマホをいじり、液晶画面を睨んだ。西置市の公式サイトを見ていた。

「すこやかパッケージってこいつが。こだなもんがなして大金になるんだず。バックレた翼も謎《なぞ》だげんどよ、あの野郎《やろ》の与太話に引っかかったお前の頭はもっと謎だず」

「いや、与太話かどうかはまだわがらねえ。このあたり、もう少し探らせてけろや」

留美は志賀松をなだめた。彼は弟分に隠し事をされ、ひどく不機嫌そうだった。

志賀松が苦々しそうに訊いてきた。

「……だったらゲーム機とノートパソコンは？　これは売っ払うけんどかまわねえべな。おれらもマジで懐《ふところ》厳しいんだわ」

「勤務先は建設業が？」

「んだ。米沢の景勝興業《かげかつこうぎよう》ってとこだ。ガラにもなく勉強して大型免許も取ったってのによ、この有様じゃ仕事なんかありゃしねえ」

志賀松は窓に目をやった。

景勝興業は道路整備や河川の護岸工事を手がける小さな建設業者だ。冬は自治体や企業から除雪作業を請け負い、二メートル近くも積もる豪雪地帯の住民の暮らしを守る……ことになっている。

このあたりの建設業者は、冬は雪で食べている。除雪車をフル稼働させて道路や駐車場の雪をどけ、ダンプで川っぷちの排雪場《はいせつじょう》にじゃんじゃん捨てる。ところがその肝心の雪がないのだ。外はミゾレのままだ。もっとも冷え込むはずの真夜中ですら、きっちりと雪とならないのだから、今夜もまず積雪は見込めないだろう。

志賀松は江成を指さした。

「こいづんところはガキがいて物入りだべし、おれだって仕事がねえからカツカツなんだず。探偵さん、翼をどうにか見つけてけろや。あんたらや翼からすれば、五十万なんて端金《はしたがね》かもしんねえげんどよ、おれらにとっちゃ冬を越すための貴重なゼニなんだ。頼む」

彼は両膝に手をつき、テーブルに頭を下げた。

ヤクザ者のように罵声や怒鳴り声を浴びせ、あれこれと留美に不愉快な思いをさせた男ではあるが、今までにないほど真剣な表情だった。警察を呼ばれるのを覚悟で、橋立家に乗りこんできたほどだ。かなり切羽詰まっているのだろう。

「わがった。あんたらの協力を無駄にはしねえがら」

留美は表情を引き締めて答えた。同じく暖冬で仕事をなくしていることもあり、同情を覚えずにはいられなかった。

ひとしきり話を聞き終え、留美たちは席を立った。伝票を持ってレジへと向かう。ホール担当の店員が疲れ切った顔でレジを打つ。

店員が精算をしている間、留美はキッチンに目をやった。調理服を着た富由子が顔を見せていた。彼女にスマホを振ってみせ、あとで連絡すると身振りで告げてから店を出た。

志賀松たちと仲良く駐車場に出て、彼らと固い握手を交わした。事情を知らずにエブリイワゴンにいた亜優は、当惑した顔つきで留美たちを見やっていた。

「うお……これは」

志賀松たちは逸平自慢のセルシオに深い感銘を受けたようだ。彼の愛車は九十年代半ばに発売された二代目モデルで、ヤンキー車の代表格として名を馳《は》せた。

タイヤにはゴールドに輝くホイールをつけ、車高もかなり低く落としてある。大雪が降ろうものなら、バンパーや車の腹に引っかかって走行不能に陥りそうだった。ダッシュボードの上にはハイビスカスの造花が大量に飾られており、シートやマットといった内装は豹柄《ひょうがら》で統一されている。

留美の目には悪趣味極まりない改造車にしか映らないが、同じく車をカスタムするのが好きな志賀松たちは、古いセルシオに美を見いだしたようだった。

「さすが畑中君、こりゃ鬼ヤバだべ」

「む……こいづのよさがわがるとは、お前《め》らの目も大したもんだ」

逸平は満足そうにセルシオのボンネットをなでた。

彼も大好きなケンカこそできなかったものの、〝伝説の男〟として扱われ、愛車をベタ褒めされて上機嫌だった。

「お前《め》らも大変だろうけんど、ここはひとつ、おれらにどんと任せとけや。悪いようにはしねえ。東北最強のおれと東北一の腕を持った探偵さんがタッグ組んでんだがらよ」

逸平の短所は調子に乗るところだ。

豚もおだてりゃ木に登るという言葉があるが、木どころかスカイツリーに登りかねない危うさがある。悪い友人に言葉巧《たく》みにそそのかされて鉄砲玉と化し、知らぬままヤクザの事務所へ突っこんだことさえある。

本来ならこのあたりでたしなめるべきではあったが、逸平は今夜のＭＶＰというべき男だ。せめて志賀松たちの前ではカッコつけさせてやった。

近所迷惑な大音量のユーロビートも、胸が悪くなるような芳香剤にも文句をつけずに、留美は黙ってセルシオに乗りこみ、志賀松たちに見送られながらファミレスを離れた。留美のアルトがある川西町の潰れた薬局へと向かう。

「本当に助かったず。志賀松たちの格好見だら、すぐにあんたの顔が浮かんでよ」

逸平はハンドルを握りながら弾《はず》んだ調子で言った。

「んだべや。おれの知ってだ野郎《やろ》でいがったず。まあ、あいづらもなんだかんだ言って、なかなか気のいい連中でねえの。連中もこのセルシオ君の美しさもわがってだしよ。茶器の価値をちゃんと心得てる戦国武将みてえな格さえ感じたべ」

なにが戦国武将だ、田舎のドヤンキー以外の何者でもねえべ。留美は喉元までこみ上げた文句を呑みこみ、言葉を選んでやんわりと諫《いさ》める。

「戦国武将には裏切りがつきもんだべ。いくら気のいい野郎《やろ》だって、進退窮《きわ》まりゃなにすっがわがんねえし、そもそも独眼竜逸平様の米蔵《こめぐら》も、志賀松と同じで空っぽ寸前なんでねえのが？」

逸平の顔から笑みが消えた。恨めしげに横目で留美を見やる。

「人が気持ちよく勝ち鬨《どき》上げてっどぎに、なしてそだな意地悪なごど言うがな。もうちょっと勝利気分に浸《ひた》らせてけだっていいべした」

「そだな暇はねえよ。私もあんたも志賀松も、戦国武将どころか、米が育たねえのを嘆くお百姓さんでしかねえ。毎日こだな天気だ。あんたの工場もぴいぴいでねえのが」

「う……」

「やっぱ図星が」

逸平がうんざりしたように前を見つめた。ワイパーを作動させてミゾレを払いのける。

「地球温暖化だかなんだか知ゃねげんどよ。まったく忌々しいずね。ドカドカ降られんのも嫌《や》んだげんど、こんな下痢便みでえなベシャ雪しが降んねがったらよ、からっきし商売になんねえべ」

逸平が勤める自動車工場は、車検整備の依頼が増える春と、雪や凍結で交通トラブルが増える冬が書き入れ時だ。

雪に嵌まって出られなくなった車をレッカーで引き上げ、あるいは上がったバッテリーを充電する。スリップ事故なども当然増えるため、探偵の手伝いなど容易に頼めなくなるほど大忙しとなる。にもかかわらず、今夜の彼はすぐに駆けつけてくれた。車のトラブルがなく、給料に残業代がろくにつかないため、好きなパチンコをやる種銭《たねせん》すら持っていないのだ。

「職場がそんなもんだがらよ、なんぼでも頼んでけろや。西置でも米沢でもどこでも駆けつけっがら。と言っても、その翼君とやらも今週中にひょっこり顔見せんでねえのが？　せっかぐ探偵仕事にありついても、すぐにお役御免になる気がすっけんどな」

「依頼者のごどを考えりゃ、むしろそうなってけだほうがいいんだげんどよ」

留美は窓に目をやった。ひどく寂しい風景が続く。ミゾレで濡れた田んぼと冬枯れした木々しか見えなかった。

7

留美はアルトのトランクを開けた。トランクのなかにはポリ袋に入れたすこやかパッケージがあった。

調査二日目の朝、再び西置市に向かって依頼人の和喜子の家を訪れ、すこやかパッケージを借りてきたのだ。

彼女には昨夜の報告もした。この家を出た直後、志賀松たちと出くわし、ファミレスで彼らからじっくりと事情を聴くことができたと。

翼が彼らに五十万円の借金をし、その返済に追われていた様子だったと伝えると、和喜子はひどく困惑した表情を見せたものだった。

「五十万？　たったの？」

和喜子はそう漏らしてから、自分の言葉を否定するように首を横に振った。

「あ、いや、もちろん大金には違いねえず。だげんど、なにも姿消すほどの額ではねえべ」

「そこは人それぞれだなや」

和喜子の金銭感覚を知ったような気がした。そもそもカネに余裕があるからこそ探偵など雇えるのだろうが。

翼の月給は手取りで十五万円にも満たない。会社の上司たちから借りた金額を合わせれば、その負債額は月給の約四ヶ月分にもなる。おまけに志賀松のような地元のコワモテを怒らせたとなれば、逐電《ちくでん》する動機には充分といえた。この実家がなかなかに太く、和喜子の息子への溺愛ぶりを知らなければ、借金が原因だと判断して調査しただろう。

留美は和喜子が淹れてくれた緑茶を啜った。

「んでも、私も借金でねえと思ってはいだんだ。昨日、翼さんの職場にお邪魔したり、志賀松氏とゆっくり話して、よりその考えが強まったべ」

「……いろいろ耳にしたべ？　翼のしょうもねえ話も」

「んだねっす」

職場の上司の浦野が翼を酷評していたものだが、志賀松たちが披露してくれたエピソードはもっとえげつなかった。緑茶を再び啜ってから尋ねた。

「訊きづれえ話だげんど……翼さんがデリヘルでNG行為やらかして、あんたが尻拭う羽目になったってのは本当だがっす」

和喜子は顔を赤らめながらうなずいた。

「んだ。四十万ぐらいで勘弁してもらったけんどよ」

「その日のうちに四十万渡したのが？」

「あまり大きな声では言えねえげんど、今はけっこう蓄《たくわ》えがあっがら」

彼女は古時計に目をやり、留美に断りを入れてからエンジンスターターのリモコンのボタンを押した。

エンジンスターターは寒冷地で暮らすには欠かせないアイテムで、乗車前からエンジンをかけて車内を暖めたり、フロントガラスを覆う霜《しも》を取るために使う。

彼女もいつまでも家で休んでいる場合ではないらしい。昨日こそ斧男の大暴れで職場のラブホテルは臨時休業に追いこまれたが、今日から営業を再開させている。

リモコンが電子音を鳴らし、外の車のエンジンがかかる。彼女の車はトヨタの質素なコンパクトカーだった。

和喜子はコンパクトカーを見やった。

「貧乏暮らしはもう懲り懲《ご》りだげんど、カネが入ったがらって事がうまく進むとはかぎんねえんだなって思わされてばっかだず」

「蓄えってのは、田んぼを売ったおカネが？」

和喜子は首を横に振った。

「このへんの土地なんて二束三文だず。死亡共済金とか退職金とか、定年後にもらうはずだった年金とか、そっちのほうのおカネだべ」

「なるほど」

留美は相槌を打ってみせた。

和喜子の夫の橋立隆三はＪＡの職員だった。農業の仕事だけでなく、共済から電化製品、新聞や雑誌、旅行の斡旋や墓石までなんでも扱うのが職員の仕事だ。

　隆三は厳しいノルマを達成できず、自分で共済に入るいわゆる〝自爆営業〟などをして、どうにかメンツを保っていた。二年前の夏、田んぼで農作業をしている最中に脳出血を起こし、五十九歳という若さで亡くなっている。和喜子は彼の死によってかなりのカネを受け取ったのだという。

「毎月の掛金が半端ねがったがらよ。もう働く必要なんかねえぐらいにドサッと入ったんだ。私ひとりぐらいなら、もう悠々と暮らせるだけの額だべ」

「んでも、あんたは仕事を辞めねえ。なしてや」

「翼に大金が入ったと思われるわげにはいがねがったがらだず。数千万円も一度に入ったと知られりゃ、あいづはもう就職する気なんてなくして、いよいよ引きこもりにでもなんでねえがって思ってよ。ずっと大金が入ったごどは秘密にしたんだず」

　和喜子はため息をついて続けた。

「んでも……隠し通せるもんでねえな。父ちゃんが毎月の掛金でいつもぴいぴいしてんのを見て育ったべし。翼はあっさり見抜いてたんだな。デリヘルのトラブルってのも、父ちゃんの四十九日も過ぎてねえころだべ。もう情けなくなって、あたしまで父ちゃんの後を追いかけたぐなったず」

「責めるつもりはねえげんど、その罰金だけでねくて、ＳＵＶもポンと買ってあげたら、あんたを打出の小槌だって思うがもしんねえな」

「んだな。うちにカネなんかねえんだがら、就職したがらには三万ぐらいうちにカネ入れろって言ったげんど、一度も入れたごどなんてねがった。なにが言いてえがっていうと、五十万は大金だげんど、なにもかもを捨てて逃げ出すほどの金額ではねえってごどだず。トンズラなんてするぐらいなら、父ちゃんの遺産をちょろまかすほうに目つけるはずだべ」

和喜子の言葉には説得力があり、留美もおおむね同意見だった。

まだ調査はスタートしたばかりではある。翼の〝借金逃亡説〟は依然として捨てきれないが、とにかく借金の問題となれば、翼の性格を考慮すると、この母親に泣きつくものと思われた。借金以外に失踪した可能性もありそうだった。

和喜子にすこやかパッケージを貸してほしいと頼むと、彼女は快く承諾してくれた。

「やっぱり、翼に子どもがいだどが……」

「そういった情報はまだ入ってねえなや。職場の人も志賀松氏も『それはねえ』って、キッパリ否定してたべ。ただ、このブツが妙に気になるんだわ」


「さてと」

留美はビニール製の手袋をつけた。ポリ袋からすこやかパッケージを取り出し、改めて中身をひとつひとつ確かめる。

今日は風がいささか強いものの、やはり冷え込みはさほど厳しくない。天気予報によれば、今日もずっと晴れとの予想だ。誰にも邪魔されず、ゆっくり調べるのにはちょうどよさそうな場所だ。

留美は和喜子とともに橋立邸を出ると、彼女の家からほど近い自然公園の駐車場へと向かった。

フットサルができそうなくらいの駐車場には車が一台もなく、周りには一軒家が点在しているが、人の気配もない。〝危険！　クマ出没中〟と大きく記された幟《のぼり》が一本だけ立っていた。

すこやかパッケージの箱は、トイボックスとして使用されるのを目的としているだけあり、段ボール製とは思えぬほど頑丈そうで淡い水色を基調としたカラフルなものだ。
そのなかに入っている筆箱や給食用の箸は、伝統工芸品を手がける西置市の木工職人が手がけているという。置賜紬《おいたまつむぎ》の帽子や給食袋、環境に配慮してリサイクルゴムを使用した上履きなどが入っている。

西置市のすこやかパッケージは、翼の上司の浦野が言ったとおり、市の目玉事業だった。朝早くに起きてネットで検索したところ、西置市の公式サイトはもちろん、複数のメディアにも数多く取り上げられていた。有料の新聞記事検索サービスを使い、全国紙の地方版や地方紙にも記事が載っていたのがわかった。

すこやかパッケージの開発に関わったのは、内閣府のクールジャパン・地域プロデューサーなる男性。それに日本の伝統工芸を世界へ発信するのを目的としたファッション・ジャーナリスト。地域活性化を目指す西置市のNPO法人の代表などだ。彼らはすこやかパッケージの開発プロジェクトを起《た》ち上げたさい、今の市長とともに大々的に記者会見を開いて、意気込みを語ってもいた。

二年前にすこやかパッケージの配布が始まり、その贈呈式が催されたことを伝える記事もあった。入学を控えた子を持つ女性に、市長自らすこやかパッケージを手渡す写真も掲載されている。西置市の努力が功を奏し、同年にはグッドデザイン賞を受賞していた。

それだけの代物《しろもの》であれば、案外レアな価値が出ているのかもしれないと、オークションサイトやフリマアプリを調べてみた。しかし見かけるのは、もっぱらサンリオやディズニーのキャラクターもので、西置市のすこやかパッケージは出品すらされていなかった。

「モノはいいのがもしんねえげんど……」

いくら見つめても、大金を生み出すブツには見えない。箱自体にあらゆる方向から触れてもみた。やはり頑丈に作られた段ボール以外の何物でもない。翼が江成を騙くらかしただけの話なのかもしれなかった。こんな子育て用の箱をいじくっている暇があれば、翼を知る人間にひとりでも多くあたるのが本筋ではないかとも思う。

腕時計に目をやった。思い悩んでいるうちに日が高くなり、約束の時間を迎えようとしている。すこやかパッケージを再びポリ袋に包み、トランクにしまった。

アルトに乗りこみ、自然公園の駐車場を離れた。一時間ほど滞在したが、他に誰もやって来ないし、クマとも遭遇せずに済んだ。

西置市の南部に移動した。市役所がある中心地から二キロほど南に位置する郊外だ。

このあたりに足を延ばすのは約五年ぶりだ。大規模な住宅開発がなされたのをきっかけに、県内ではおなじみのスーパーである『デワロク』を始めとして、大型のホームセンターや衣料品チェーンがあり、ロードサイド型の商業圏《けん》が形成されていた。それなりに賑わいを見せる場所とあって、ずっと空き店舗だった場所には市議選に向けた事務所がいくつも開設されている。

留美は千円カットの理容店の前を通りかかった。その店は潰れたコンビニの建物を利用したもので、理容店のわりには草野球ができそうなほど駐車場が広い。

車のスピードを緩めて理容店を見やった。コンビニ特有の大型ガラスには目隠しのフィルムが貼られ、看板にはカットの安さが表示されている。

胸が締めつけられそうになる。ここはかつて義理の両親が人生をかけて守ろうとした城だった。理容店から数十メートル離れた新興住宅地に、富由子の家があった。橋立邸ほどではないにしろ、堂々とした二階建ての一軒家だ。椎名家もともとは兼業農家で、義父の広満《ひろみつ》はマルオキ電産の管理職をしながら米を育てていた。あの理容店があった土地もかつては椎名家の田んぼだったのだ。

最後にここを訪れたのは五年前になる。留美はアルトを車庫に停め、紙袋を手にして車を降りた。

車庫も大きい。農機具をしまう納屋《なや》を改造したもので、三台分のスペースが確保されている。かつては広満が乗るセダンのシーマと富由子用の軽自動車のモコがあり、それに息子夫婦がいつでも立ち寄れるように一台分を空けていた。今は古びたモコしかない。

庭にさくらんぼの木があるのを見て、懐かしさがさらにこみ上げてきた。たった一本だけで、とくに雪囲いや剪定《せんてい》をマメにしているわけでもないのに、六月には食べきれないほどの果実をもたらしてくれた。

さくらんぼの木は健在ではあったが、家のほうは約二十年前にリフォームしたきりで、その後は補修をしていないらしく、二階のバルコニーの鉄柵は錆《さ》びており、屋根や壁のペンキの色も剝げ落ちている。

家や敷地のサイズは大きいが、周囲が新しめな家々ばかりであるため、どうしてもみすぼらしさが際立って見える。椎名家の歴史を物語っているようだった。

留美が玄関ドアのチャイムを鳴らした。すぐにドアが開いて、富由子が出迎えてくれた。色彩豊かなカーディガンにジーンズという若々しい格好だ。

富由子は破顔して言った。

「水臭《みずくせ》え。チャイムなんか鳴らさねで、自分の家《うち》みでえに入ったらいいべした」

「そうはいがねべ。親しき仲にも礼儀ありだず。なにしろ長いごどご無沙汰《ぶさた》だったべしよ」

「……んだね」

昔を思い出したのか、富由子の顔に翳《かげ》が差した。

「というわけで、これはお土産」

留美が紙袋を手渡すと、彼女はすぐに明るさを取り戻した。

「『シェ・アララギ』のケーキだどれ！　あの店、今じゃ超有名だべした」

「んだ。すぐ行がねえと売り切れっがら、朝早くに行って買ってきたんだず」

富由子は洋菓子に目がなかった。彼女は留美を手招きした。

「食うべ、食うべ。紅茶淹れっがら」

彼女は台所へいった。

昨夜は思いがけぬ形での再会をして、お互いにバツの悪い思いをしたものの、ほんの少し言葉を交わしただけで、わだかまりがみるみる消えていくような気がした。

富由子はもう前期高齢者というべき年齢に達しているが、深夜のレストランで働くだけあって活動的だ。血色もよく元気そうだった。コンビニ経営に追われていたころは、ずっと顔が灰色で、内臓の状態も悪く、しょっちゅう蕁麻疹《じんましん》だのに苦しめられながら働いていた。

留美は遠慮せずに上がりこむと、まず仏間へと向かった。仏間はきれいだった。昔のように仏壇が埃にまみれていることもない。昔は週に一度はやって来て、店の経営に忙殺される義父母に代わり、部屋の掃除をよくやったものだ。

仏壇の前に置かれたライターを手に取り、ロウソクに火をつけて、夫の恭司と義父の広満に線香をあげた。

ふたりの位牌《いはい》や仏壇は留美の家にもあるが、部屋のサイズに合わせた小さなものだ。目の前にあるのは素材も細工も高級の大きな唐木《からき》仏壇だ。義母も留美も信心深いほうではない。ただ、ふたりが相次いでこの世を去ってから、カネを出し惜しみせずに弔《とむら》おうと富由子と決めたのだ。

仏壇のうえには、椎名家の人々の遺影が額縁入りで飾られてあった。留美にとって義理の祖父母にあたる広満の両親。それと義父の広満と夫の恭司の写真もある。

恭司の葬式には、制服を着た肩肘張った警察官姿のものが使われた。警察学校で執《と》り行われた警察葬でもそうだ。

この写真の恭司はツツジの花をバックに、ポロシャツ姿で柔らかな微笑みを浮かべていた。彼が殉職する一年前に撮られたもので、撮影したのは留美だった。写真に写ってはいないが、彼の傍にはまだ一歳の知愛を乗せたベビーカーがあった。

写真を見るたびに胸が痛んだ。恭司とは同期で、警察学校では厳しい訓練をともに受けた仲である。写真の恭司はいつまでも若々しいままだ。

恭司の隣には、元気だったころの広満の写真があった。彼の全盛期の五十代前半くらいのものだ。約十五年前で、コンビニ経営に全力投球した結果が数字に表われ、地域一番店として表彰もされたころだ。ゴツゴツと岩みたいないかつい顔つきをしているが、息子と似て子どもみたいな笑顔を見せる、富由子と似て陽気な人だった。

お鈴《りん》を鳴らして故人の冥福を祈り、茶の間へと移動した。留美が物思いに耽《ふけ》っている間に、富由子はケーキを皿に移し、二人分の紅茶を台所から運んでいた。

茶の間は昔と随分と変わっている。十二畳の大きな和室で、冬は大きなコタツが真ん中を占めていた。かつては広満の両親も住んでいたこともあり、夏場の座敷机も田舎風で巨大だった。店の経営で多忙を極めていたため、手製のＰＯＰ《ポップ》やチラシ、伝票などでいつもゴチャゴチャしていた。

今はコタツが姿を消し、部屋の中央には小さめのダイニングテーブルと二人掛けの椅子がちんまりとあるだけだった。ひとりで暮らしている以上、座敷机やコタツは不要だったのかもしれない。広い部屋の隙間を埋めるように、観葉植物と大きな鉢があちこちに置かれていた。和室に合うシュロチクやカンノンチク、トクサなどで、隅には竹細工のスタンドライトがある。

久々に留美がやって来るとあって、部屋を掃除したのかもしれないが、和モダンを謳《うた》う旅館の部屋のように清潔で、かつてのような雑然とした生活感を感じさせなかった。

昔と変わりないのは大型の液晶テレビぐらいだろうか。テレビはローカルニュース番組を放送していた。地元ケーブルテレビ局の専門チャンネルで、置賜地方の祭りや運動会、小さな催しまで細かく紹介している。

富由子らがコンビニ経営に励んでいたころ、西置市内はもちろん、近隣の市町村で行われるイベントを、こうしたローカルニュースやネットで頻繁にチェックし、売れ筋となりそうな商品の発注に役立てていた。

夏場に花火大会が行われるとなれば、大量の飲料水やアルコール飲料を業務用の保冷容器に入れ、駐車場内にテントを張っては焼き鳥やフランクフルト、手巻き寿司をひたすら売ったという。中学のころからひそかに店を手伝っていた恭司は、寅《とら》さんのようにテキ屋顔負けで売りさばいていたらしい。

「さ、座って」

富由子に椅子を勧められた。留美は腰かけながら室内を見回す。

「なんか、すっかり様変わりしだなや」

「あれがら五年も経ったべし、生活もガラッと変わったがらよ。今までは旅行どころか庭いじりひとつできなかったべし。人生に悔いを残さねように、やってみたかったごどにトライしてんだ。そのシュロチクの鉢、私が陶芸教室で作ったやづだべ。米沢の成島焼《なるしまやき》だず」

「ええ？」

シュロチクが植えられた鉢に再び目をやった。海鼠釉《なまこゆう》の深みのある青色と黒釉《こくゆう》の黒色が鮮やかな色合いで、あの上杉鷹山《うえすぎようざん》が興《おこ》したとあって、どっしりとした実用的な形をしている。素人目ではプロのものと見分けがつかない。

「今は園芸にも凝《こ》ってだんだ。初夏にはきれいな花咲かせっぺ」

掃き出し窓に目をやった。窓からは大きな庭が見える。約二メートルの木製のフェンスが設けられ、つるバラの枝がフェンス沿いに伸びていた。剪定や誘引をマメに行っているらしく、一定の長さで切り揃えられている。

富由子はケーキを口に運んだ。うまそうに頬を緩める。

「うめえ。最近はこのへんの菓子店も頑張ってだげんど、やっぱ洋菓子は山形《ヤマガタ》市みでえな都会には勝でねえな」

「まずは元気そうでいがった。ずっと顔も見せねえで申し訳《わけ》ねっす」

富由子は左手を大げさに振った。

「なに言ってんだず。謝んなきゃなんねえのは私のほうだべ。あんたには足向けられねえほど助けてもらっだのに、恩知らずもいいどごろだず。こうやって趣味にうつつ抜かしてられんのも、借金返して身ぎれいになったからだべ。二晩くらいの徹夜が当たり前だったあんどきと比べたら、時間が余ってしゃあねえがら、身体が動くうちは働いだほうがいいと思って、あのファミレスに週三日ぐらいで入ってだんだ」

「週三日が。もっとシフト入ってくれって言われっぺや」

「ひでえ有様だったべ。あたしらのときと同じだず。都会だったら外国の人雇ったりできんのがもしんねえげんど、こだな田舎で募集かけてもなかなか集まんねえし、このへんはもう年寄りしかいねがらって。私も週三日がもう限度だなや。週五で入ってけねがってお願いさっでもよ、こだな七十近い婆さんに毎日深夜まで働かせるほうが無茶だべって断ったんだず。もうとっくに労働は一生分やっだつもりでいだがらよ」

富由子はカラッとした調子で言った。

広満の死から七年が経ち、昔を振り返られるだけの余裕が生まれたのだろう。旦那が心筋梗塞で急死し、葬儀と初七日を済ませると、そのままコンビニの深夜のシフトに入って働いたときは、富由子まであの世に行ってしまうのではないかとハラハラするほど、精神的にも肉体的にも追いこまれていた。

広満がコンビニをオープンさせて一国一城の主になったのは、今から二十四年前のことだ。西置市に君臨していたマルオキ電産がバブル崩壊を機に、大規模なリストラを始めたのがきっかけだ。

会社に未来はないと判断した生産管理課長の広満は、早期退職制度を利用して退職すると、父親を説得して土地を譲り受け、約四千万円を投じてコンビニのオーナーとなった。今ではどんな田舎にも進出しており、飽和状態にあるコンビニ業界ではあるが、当時の西置市内はまだ個人商店や小さな酒屋がほとんどだった。

コンビニの売上は立地で決まるというが、広満の目はその点においては冴えていた。駅や市役所のある商店街ではなく、宅地開発が始まったばかりで周りになにもない市道沿いに建てたのだ。ドーナツ化現象で市の中心地が瞬《またた》く間に空洞化していき、広満の店の周りに新しく家々が建てられた。郊外に移転していた工場の労働者も店に寄るようになった。

店を開いてから五年後、広満が予想したとおりマルオキ電産は、東京の大手コンデンサーメーカーに買収された。今も工場は操業を続けているものの、社員の数は最盛期の十分の一にまで減った。

ただし、広満の読みがすべて当たり、経営がうまく行ったわけでもなかった。今でこそコンビニ経営の難しさや過酷な労働が報道され、本部に不満を覚えるオーナーたちの声が聞こえるようになったが、当時はまだ業界の成長神話が幅を利かせていた。

ポジティブで楽天家の広満も、ゆくゆくは複数の店舗を持ちたいという野望を抱き、寝る間を惜しんで働いた。妻の富由子はもちろん、彼の両親や学生だった恭司も協力した。

だが、彼が店を開いてから三年もすると、業界自体の成長にも翳りが見え始めた。オープンする店舗の数こそどんどん増えているが、既存店の売上はマイナスを記録するようになったのだ。

広満の店にも手強いライバルが次々に現れた。新興住宅地ができて顧客も増えたが、大手スーパーやドラッグストアも進出。大規模小売店舗法の緩和で、スーパーも休日を削減し、夜遅くまで営業時間を延長するようになると、複数の店舗を持つどころではなくなった。

西置市内にも続々とコンビニができ、さらに広満の店があるエリアが、西置市内の事実上の中心部として注目され、ドミナント戦略として同じチェーンの店舗がすぐ近くに出店するようになった。

温厚だった広満もこのときばかりは本部のスーパーバイザーに摑みかかったという。

さらに深刻な人手不足なども加わり、深夜から朝までシフトに入ってくれるアルバイトを見つけられず、義父母は老骨に鞭《むち》を打って働き続けたのだ。

富由子はクスッと笑った。

「あんたのごどをずっと気にかけてたんだげんど、あだな形で会うどは思わねがったな」

「まさかあそこで会うとはね」

「心配してよ。キッチンのほうから、あんたらの席をちらちら見てたべ。なにしろ、一緒にいだのは、志賀松とかいう荒くれ者《もん》だったたべした」

「あいづらを知ってたのが？」

「ハナタレ小僧のときがら知ってだよ。うちの店で万引きしやがったもんだから、長らく出入り禁止にしてやったべ。そんでも気の弱いバイトしかいねえころを見計らって、未成年のくせに酒買いこんじゃ駐車場で酒盛りしやがって。警察にも何度もお世話になってる悪ガキどものボス猿だべ。よりによって息子の嫁と街のワルがゴチャゴチャやってだんだがらたまげたず」

富由子は約二十年もこの地で店を営《いとな》んできたのだ。コンビニは今やコミュニケーションの場であり、地域のインフラとしての役割を果たしている。西置市内の情報に精通していてもなんらおかしくはない。

「驚かせてすまねがった」

「んでも、すぐにほっとしたず。あんたはどっしりと構えっだし、あのボス猿を最後まで呑んでかかってたべ。探偵ってのがどんな仕事かはわがんねえげんど、ひとまずバリバリやってんだなってわがったがらよ」

「さすがの洞察眼だべ。なんとかやってだよ。知愛も元気だし、最近は生意気言うようになったず」

「知愛ちゃんも大きくなったべな」

富由子は遠い目をして答えた。孫とは約五年間会っていない。

留美は紅茶をひと口啜ってから切り出した。

「あのよ、ずうずうしい話だげんど、昔みたいに……うちに泊まりに来てけねが？　あだな夜遅くにワルと掛け合うくらいだがら、本格的な調査ともなっど、生活がかなり不規則になっでよ。知愛とも一緒にいてやれなくて」

富由子の喉が大きく動いた。

「い、行ってもいいのが？」

「もちろんだず。むしろ、こっちがお願いしたいぐらいで」

富由子がふいに顔を曇らせた。

「んでも、あんたのご両親がいい顔しねべ」

「そのへんは心配いらねえよ。あんどぎがら口は利いてねえし、半分縁も切れてるようなもんだがら。うちに来ても顔を合わせるごどはねえよ」

実の両親とは探偵業を開いたのをきっかけに一度も会ってはいない。昔からソリも合わなかった。とくに実母の藤枝美枝《ふじえだみえ》とは。

留美は中流のサラリーマン家庭で育った。県内では裕福なほうの部類に入るかもしれない。父親の藤枝正《ただし》は優良企業といわれる工作機械メーカーのエンジニアで、美枝は小学校の教師だった。

ふたりともに大学出の学究肌であり、留美にも同じ道を進ませようと、小さなころから学習塾や英語塾に通わせた。だが、留美が夢中になったのは柔道や空手といった荒っぽいスポーツだった。道場に通わせてほしいとせがむと、女の子が習う必要はないと美枝に嫌な顔をされた。

塾には真面目に通うと約束し、小学生のころから空手に熱を上げ、中学校からは女子柔道部に入った。テストの点数が悪ければ、すぐにやめさせるという条件がつき、両親を安心させるために文武両道で励んだ。テストの点数がよければ、両親は笑顔を見せてくれたが、柔道や空手の大会で優勝しても喜んではくれなかった。九十年代に格闘技ブームがやって来て、K－1や総合格闘技に夢中になる娘を、両親は快く思っていなかった。

高校を出て警察官の道を選んだのは、そんな両親を安心させるためだった。美枝は大学に行かせたかったようだが、留美は学問に興味が持てなかった。警察官という堅い職業にさえ就いていれば、美枝にこれ以上うるさく言われずに済む。山形県警に採用されたのはそんなデタラメな理由からだった。じっさい、両親はそれなりに満足したと思う。

警察官になってしばらくは波風立てずに済んだが、恭司との結婚がきっかけで関係に亀裂が入った。留美は当時山形署の刑事であり、交通畑の恭司は交通機動隊で白バイを走らせていた。

両親が難色を示したのは、恭司の親が経営するコンビニ店の経営状態が悪かったからだ。娘の行動をなにかと疑う美枝は、県内の調査会社に信用調査を依頼していたのだ。広満らの店が苦戦を強いられ、さらに店の改装費用や人件費がかさみ、多額の借金を背負っているとの情報を摑んでいた。娘を思いやる気持ちは理解できなくはなかったが、娘の生き方にためらいなく干渉する実母の支配欲が気持ち悪かった。

美枝の反対を押し切って恭司との結婚に踏み切り、翌年には知愛が生まれた。

孫の誕生で美枝との溝が消えるかと思ったが、より修復不可能なレベルにまで深まるだけだった。

恭司と結婚して二年後、彼が豪雪地帯で知られる西川町《にしかわまち》の山道で、交通事故の処理中に雪崩《なだれ》に遭って命を落としたからだ。

富由子が労るように言ってくれた。

「それじゃ、ずっとひとりでやってきたのが。あんたは大したもんだず」

「どうだべな。私のワガママにつきあわせで、知愛にもお義母《かあ》さんにも迷惑かけっぱなしだべ」

富由子は真顔になって首を横に振った。

「そだなごどねえ。ワガママにつきあわせたのは、あたしたちのほうだべした」

留美は知愛を妊娠したのを機に、山形署警務課へ異動してデスクワークに従事した。

いつ休めるかもわからぬ激務の刑事から、定時で帰れる職場に移ったのを機に、夜はひそかに西置市に車を飛ばし、コンビニ店の手伝いやこの家の掃除をするなどバックアップをした。県警本部の監察課あたりに見つかれば、もちろん問題になっていただろう。

しかし、借金を抱えながら人手不足にもあえぎ、八方塞《ふさ》がりになっていた義理の両親を見過ごせなかった。知愛を産んでからも、義父母に孫を会わせるため、しょっちゅうこの家に通う日々が続いた。

大晦日《おおみそか》の夜は珍しく全員が休みを取れ、この部屋で恭司と知愛とともに年越しそばを食べた年もあった。留美は初めて自分の家を見つけたような気がした。

あのころがもっとも幸せだったかもしれない。恭司に続いて、広満も無理が祟《たた》って亡くなり、生きていく意味さえ見失いかけたのだから。

——それ見たことか。

美枝の冷え冷えとした言葉が頭をよぎる。

広満の葬式の帰り際、彼女が留美に言い放った。留美の視界が怒りで真っ赤になったのを覚えている。

当時は殺意さえ抱いたが、年齢を重ねるにつれてわかることがある。十歳の娘を持つ身ともなれば、美枝の言い分も理解できなくはなかった。

親は子どもにのびのび育ってほしいと思う反面、自分の夢や理想を無意識に押しつけてしまうものだ。東京出身の美枝は大学を出ると、大手の酒類製造メーカーに就職した。現在は酒類だけでなく、清涼飲料水から健康食品まで扱う巨大コングロマリットだ。

美枝はそういった企業でバリバリ働いていただけに、大学の同級生だった父と一緒になり、山形という地方都市で暮らす道を選びはしたものの、心のどこかで道を誤ったと思っているのかもしれなかった。地元のコミュニティに溶けこむわけでもなく、山形ではとくに友人を作りもせず、教員免許を活《い》かして教師の仕事を淡々とこなした。東北の地に来て約四十年も経つというのに、地元の方言すら使いたがらない。エリート志向の強い都会派で、娘には自分と同じように東京の大企業で働いてもらいたいという願望を持っていた。

留美は母の期待に背《そむ》き続けた。大学には進まず、結婚相手も白バイを乗り回すのが得意な肉体派で、勉強をひどく苦手とするヒラ巡査だった。おまけに実家のコンビニ経営は火の車だ。母の意に沿わないばかりか、娘に反逆された気にさえなったのかもしれない。

　恭司がこの世を去り、シングルマザーとなった留美のため、美枝が孫の面倒を見てくれた時期もある。留美にあれこれと嫌味を言いつつも、やはり孫はかわいいらしく、仕事をしている間は知愛の面倒を見てくれた。彼女の過去の暴言に腹を立てはしたが、知愛の存在が美枝と留美をつなぎ止めてくれていた。

　だが、その関係も長くは続かなかった。留美が警察官を辞め、探偵業をやると言い出したからだ。美枝と留美は激しく言い争い、ついには富由子も巻き込んでしまった。

　富由子がフォークを置き、留美の左手を両手で握った。

「できるごどがあったら、なんでも言ってけろ。あんたは自慢の義娘《むすめ》だがら」

「ありがとう」

　彼女の温かな言葉に励まされると同時に、もっと早くに会うべきだったと後悔も感じていた。探偵事務所を開いてからは、食うためにシャカリキになって働いてきた。富由子とのわだかまりをどうにかしなければと思いながら、目先の仕事に追われて、ずるずると後回しにしてきた。昨夜のファミレスに導いてくれた志賀松に感謝すべきかもしれない。

　ケーキを食べながら、富由子としばらく雑談をした。話すべき話題は山ほどあった。広満や恭司との思い出話、コンビニ経営の苦労話や、全員揃って過ごした大晦日の夜。留美は知愛や探偵仕事について語った。探偵というよりも、半ば便利屋稼業と化しており、今年の暖冬で貴重な力仕事を失ったことまで打ち明けた。

「そんで、どうにか探偵仕事にありついて、今はここで人捜しに追われれっだってわけ」

留美はバッグからクリアファイルを取り出し、富由子にA4サイズの写真を見せた。会社の芋煮会で堂々とピースサインをしている橋立翼の姿が写っている。

彼女は老眼鏡をかけて写真をじっくりと見つめた。

「見だごどあっぺ。あのボス猿の子分にこだなのがいだな」

「橋立翼っていって、『ラジオあいべ』で働《はだら》いっだんだげんど、ぷっつり姿を消して六日目になるんだず」

「橋立って、あの隆三さんのどごが?」

「やっぱ知ってたが」

「このあたりの百姓はみんな知ってっぺ。うちもコンビニやる前は米やってだがら、農機具修理してもらっだり、稲の育ち具合を見てもらったりしたもんだず。ただ、うちの父ちゃんと違ってあんまり笑わねえ人だったな。いつもくたびった顔しっだし。コンビニも恵方巻《えほうま》きだのクリスマスケーキだのきっついノルマあったげんど、農協のノルマも隆三さんには堪《こた》えたらしいべ。まあ、それを言ったら郵便局も銀行もみんなノルマに苦しんでだんだげんどよ」

留美はうなずいた。

橋立隆三が営農指導員として、多くの農家から尊敬を集めながらも、共済や購買のノルマに苦闘していたと、和喜子も証言している。

「ああ、んだ」

富由子は写真を見つめながら、頭を人差し指で突いた。スーパーがある方向を指す。

「たしか、この息子さん、そごの『タイコー』で働いてたんでねえがな」

「さすがだなや」

富由子の記憶力のよさに改めてうなった。

タイコーは全国展開をしている百円ショップで、スーパーなどが建ち並ぶロードサイドの一角に大きな店舗を出している。翼は山形バードソリューションズに就職するまで、そのタイコーでアルバイトとして働いていた。

彼が誰にも告げずに失踪したのだと教えると、富由子は眉間にシワを寄せて中空を睨んだ。やがて肩を落とし、残りのケーキを口に入れた。

「なにか役に立ず情報ねえべがって、いろいろ頭ひねってだげんど、さっぱり出てこねえ。橋立さんの世話になったのは大昔だもんな」

「無理しねでけろ。そもそも聞き込みに来たわけじゃねえがらよ」

「うん」

富由子にそういいはしたが、彼女の目は写真に釘付けで、目つきは真剣だった。義娘のためになんとかしてやりたいという強い意志を感じる。昔の恩をどうにかして返したいと考えているのかもしれない。

約六年前、彼女は経営していたコンビニを閉店させた。土地と建物を不動産屋に売却しても、店を畳《たた》むのに費用がかかり、借金はまだ大きく残っていた。

留美は夫の死亡退職金や慰労金を銀行から引き出し、借金を清算するよう彼女に渡した。もっとも、富由子は当初頑なに受け取ろうとはしなかったが。それらは留美や知愛の生活費や養育費として使われるべきで、借金の返済なんかには使えないと固辞した。

留美は根気よく説得して受け取らせた。恭司や広満を相次いで失い、富由子まで借金返済のために無茶をして失うのは耐えられなかったからだ。

当時の富由子の身体は広満と同じで危うかった。人手不足で昼も夜も休みなしで働いたのと、売れ残った高カロリーの弁当や総菜を長年にわたって食べてきたため、上の血圧が百八十を超えていた。体重も今より十五キロ以上はあったはずだ。さらに過労やストレスが加わり、内臓がいつ壊れてもおかしくなかった。

おまけに一粒種の恭司を事故で亡くし、パートナーの広満も急死してしまい、自分たちの城を失ったばかりか、借金だけが残ってしまった。精神的にもだいぶ参っていて、この世から消えてしまいたいという危うさすら感じた。

留美の想いを知った富由子は、夫のセダンも売り払い、働き詰めでガタが来た心や身体を休めるのに専念した。その甲斐あって、今はすっかり健康を取り戻したようだ。

富由子は頭を小突いた。

「ダメだ。あとはなんも思い出せねえな」

留美は質問を変えた。

「すこやかパッケージって知ってたがっす」

「そりゃ知ってだよ。市がランドセルどが無料で配ってたアレだべ。こだな地味な町にしちゃ、随分思いきっだごどするもんだと感心しったたっけず」

「あれって高く売れるもんだが？」

「へ？」

留美は質問の意図を打ち明けた。翼が志賀松の義弟に対し、大金を生むかもしれないと話を持ちかけ、すこやかパッケージを借りたエピソードだ。

　富由子は首をひねった。

「大金ねえ……ランドセルはいい値段すっどは思うげんど。どうだべね。『なんでも鑑定団』が好きで毎週見ったけんど、汚えガラクタみでえなもんでも、数百万円って評価されっどぎもあっぺし、上等そうなもんが数千円しかしねえどぎもあっしよ。あれにそだなお宝入ってだどは思えねえけんどな。そだなもんがあるなら、とっくに噂になってだはずだべ」

「やっぱ、んだよねえ」

「あっ。噂をすればなんとやらだべ。あの人に直接訊いてみだらいいんでねえが?」

　富由子がテレビを指さした。

　テレビの画面に目をやると、三十代くらいのきらびやかな女性が映っており、数十人の聴衆を前に、マイクを手にして講演を行っていた。留美は膝を打った。

「なるほど。それもそうだなや」

　女性の名は吉中奈央《よしなかなお》と言う。

　奈央は米沢市内のコミュニティセンターで、『ソーシャルビジネスで田舎を元気に』と書かれた垂れ幕を背景に、笑顔を絶やさず喋っていた。ケーブルテレビのニュース番組がその模様を簡単に伝えている。

　奈央は西置市内のＮＰＯ法人の代表者であり、すこやかパッケージの開発に携わった中心人物だ。今度の市議選に立候補すると噂された町の有名人だった。

8

留美はアルトを飛ばした。

勇気を出して富由子のもとを訪れてよかったとつくづく思う。何年にもわたるわだかまりが消えたばかりか、調査に対する意欲もさらに増したような気さえする。

アクセルを踏み込んで、椎名邸から数百メートル離れた位置にある書店の駐車場に入った。書店の出入口近くに愛車を停める。

書店の隣には翼がかつてバイトをしていた百円ショップのタイコーがある。広大な駐車場は八割がた埋まっており、土曜ということもあって、書店はなかなかの賑《にぎ》わいを見せていた。

留美は双眼鏡を手にして書店を見やった。出入口には看板が立てかけられており、吉中奈央の写真が大きく飾られてあった。今日の午後から、彼女の初エッセイ集の刊行に合わせたサイン会が始まるのだという。やけに書店が賑々しいのはそのせいのようだ。

留美自身はまったく知らなかったが、少なくとも西置市内では知らぬ人はいないようだ。かりに市議選に立候補すれば、まず楽々当選するのは間違いないどころか、トップの得票数を獲得する可能性までありそうだという。

富由子の茶の間のテレビで彼女をじっくりと見た。奈央は華のある女性で、すでに〝美人すぎる候補者〟などと噂されているという。高い鼻と薄い唇をした顔立ちで、ブラックのニットのうえにピンク柄のストールを首に巻き、肩までの長さでツヤのあるブラウンの髪も緩くカールさせ、かわいげのある大人の女性の装いをしていた。ただ、キツネのような抜け目のない目つきといささか濃いめの化粧のせいで、上昇志向がかなり強そうにも映る。

ピンと来るものがあり、留美は再び調査に戻った。富由子の家には立派なデスクトップのパソコンがあり、それを借りて奈央について調べたのだ。

最近の探偵はＩＴを熟知しておく必要がある。新たな調査対象者が出て来れば、まずは検索サイトで名前をサーチする癖がすっかりついた。大抵のＳＮＳのアカウントも持っている。上昇志向が強そうな彼女なら、なんらかのＳＮＳを利用しているように思えた。

留美の予想は大当たりだった。彼女の名前を検索したところ、県内の有名人だけあって、かなりのヒット数が出てきた。彼女自身が複数のサイトを利用していたからだ。

フェイスブックは毎日のように更新し、自分の活動を熱心に報告して、自分がどの新聞や地元のテレビに登場する予定なのかを盛んに宣伝していた。

さいたま市浦和区出身の彼女は都会暮らしに疲れていたころ、西置市の地域おこし協力隊の募集記事を見かけ、置賜地域の牧歌的な風景にイザベラ・バードのごとく感動したのだという。

シングルマザーの彼女は、地域おこし協力隊として四年前に子どもふたりを連れて西置市に移住。空き家をリノベーションして冬季でも子どもが遊べるスペースの開設や、西置市の特産品を活かしたカフェレストランの運営などを行い、子育て世代の支援やひとり親家庭の自立促進などを目指してきたという。

地域おこし協力隊とは、人口減少や高齢化が著しい地方において、よその人材を積極的に受け入れ、その地域の協力活動を行ったうえで、定住を図ることを目的とした制度だ。

地域おこしや田舎暮らしに興味のある都市部の住民を隊員にして、最大三年間暮らしてもらい、地元住民との積極的な交流から、地場産品の開発やＰＲ、都市住民の移住の支援など幅広く活動して、地域の力の強化を目的としている。総務省が二〇〇九年にスタートさせ、隊員ひとりに対して年間数百万円の特別交付税措置をするため、山形県内のあちこちの自治体も募集をかけた。

便利屋稼業もしている留美は、さくらんぼの収穫や加工場での作業の手伝いで、東京から来たという地域おこし協力隊の若者とよく会った。知り合った若者の半分以上が山形に住むのを選ばず、都会へと舞い戻ってしまったが。

特別交付税目当てで自治体が募集をかけたものの、集めた隊員の能力を活かせる場を設けず、隊員たちは役所や農場の小間使いとしてこき使われ、活躍の場を見つけられずに去る者もいれば、田舎独特のベタベタとした人間づきあいに疲れる者もいた。

隊員のほうも田舎暮らしをナメている場合がある。家賃などの補助があるものの、給料は約十六万ぐらいしか貰えず、昇給もボーナスもない。それでも田舎ならカネがかからないと勘違いし、ガソリンや自動車の維持費が予想以上にかかると後から気づき、自分の目算の甘さに頭を抱える者もいた。冬の水道光熱費もバカにならない。

山形県内での隊員の定着率は約五十パーセント程度だという。半分は町に残って暮らしていくが、残り半分は都会に帰るか、別の町へと移動するのが現状だ。有形無形の縛りがあり、さらに高額とはいえない給料で働きながら、見知らぬ土地で自分のポジションを切り開くのだ。奈央はそんなハードな環境で生き残り、さらに町の有名人にもなった。地域おこし協力隊の成功例といえた。

彼女は隊員として働いている間、茨城県日立《ひたち》市が長年行っているランドセルの無料配布の取り組みに着目。さらに新一年生の必需品を一式プレゼントし、子育て世代の負担を軽減するのはどうかと市に提案。その必需品も地元の伝統工芸品や環境に優しい素材で作られたものにするというアイディアが、市長の心にいたく響いたらしく、すこやかパッケージには大幅な予算が計上されることとなったという。その発想力と行動力がマスコミの目にも留まり、彼女自身もどんどん情報を発信し続けて、知名度はどんどん上昇していった。

奈央がSNSにアップしている写真の数も多かった。フェイスブックだけではなく、インスタグラムにも写真や動画をアップし、西置市の地域の仲間をはじめ、県内の政治家や実業家、有名な経営者、タレントの本を手がけている編集者や敏腕コンサルタントと撮った写真もある。

自分のプロフィール写真も隙がなかった。プロの写真家に撮ってもらったのか、動画よりも三割ほど美しく撮れており、まるで女性誌のモデルのようだ。頭に手を当てたセクシーなポーズを取りながら、自信に満ちた表情でレンズを見つめている。その他にも流し目で自撮りをした写真など、自己主張の強い画像をたくさん見る羽目となった。

今回、出版されるエッセイ本も、ブログで書いていたものをまとめたもののようだ。NPO法人の運営のため、三ヶ月前からは有料のオンラインサロンも始めているという。

警察の身上調書などよりも、調査対象者が詳しく自分について雄弁に語ってくれているため、奈央がどこの生まれで、どのようにしてこの田舎町に住み着き、それなりの有名人に到ったのかを、汗も掻かずに把握できた。

逸平のセルシオのような強い自己主張に胸焼けを起こしそうになったが、こういう熱量を持った人物だからこそ、地域おこし協力隊から成り上がり、市の目玉事業の中心人物になれたのだろう。

もっとも、SNSで注意しなければならないのは、警察の身上調書とは違い、書いている内容がすべて真実とは限らない点だ。上昇志向の強い人間は、孔雀《くじゃく》の羽のように自分をむやみに大きく見せようと〝話を盛る〟癖がある。

また、彼女は己の半生を饒舌《じょうぜつ》に語っているにもかかわらず、それでもミステリアスな要素がいくつもあった。

西置市に来てから、自分がいかに奮闘して成果を上げてきたのか、名の通った人物とどれだけ交流があるかという自慢話には饒舌だったが、浦和でどのような暮らしをしていたのかといった記述は、山形に来てからの活躍と比べると圧倒的に少なかった。さいたま市内で会社員をしていたとしか記されていない。

彼女は現在三十一歳で長女は十歳、長男は六歳になる。父親がどんな人物だったのか、成人してまもなく出産し、どのようにシングルマザーに到ったのかはわからなかった。

なぜ山形の田舎町である西置市を選んだのか。彼女の言葉を額面どおりに受け取れない箇所は山ほどあったのも事実だ。本気でイザベラ・バードのように置賜地方の風景に胸打たれ、移住を決意したわけではあるまい。華やかでアクティブな姿を前面に押し出そうとするあまり、かえってワケアリな影の部分が強調されているような気がした。

女好きでカネに飢えていた翼が、奈央の後ろ暗さに注目していてもなんら不思議でもない。現に彼女の名を飛躍的に上げたすこやかパッケージを見て、翼は大金を得られるかもしれないとうそぶいていたのだ。奈央に悪意を持って近づいた可能性も充分ある。

車のデジタル時計に目をやった。書店の出入口に近いスペースに人だかりができている。

留美は双眼鏡を見やった。書店のスペースには長机が置かれ、奈央らしき女性が立っていた。人だかりで全身まではっきりと見えないものの、胸元がだいぶ大きく開いたニットのうえに、ブラウンのブレストジャケットを羽織っていた。

ケーブルテレビで見かけたのと同じく、微笑を浮かべながら自信に満ちた様子で挨拶をしていた。客の数は三十人ほどで、小さな町にしては充分集まっているほうといえた。想像以上に顔が売れており、熱心なファンもついているのかもしれない。奈央と同世代くらいの女性が大半だったが、中高年の男性の姿も目立つ。新型肺炎のニュースのせいか、マスクをつけている人が多かった。

サイン会が始まると、奈央は椅子に座ったらしく、姿が見えなくなった。エッセイ本を抱えた客たちの行列ができる。それがさばけるまで、スマホに目を通しながら待った。

スマホの画面には、NPO法人『Sodate《ソダテ》』のサイトが開かれていた。奈央が代表理事を務めるNPO法人で、事務所は役所の近くにあった。

設立の目的として、新しいモデルによる子育て支援とその普及啓発に関する事業、並びに次世代への日本の伝統工芸や文化的魅力を継承するため云々《うんぬん》とあり、その結果として西置市のすこやかパッケージ事業にこぎつけたとある。

『Sodate』の役員名簿には錚々《そうそう》たるメンツが並んでいた。西置市の副市長や市議、ともにすこやかパッケージの開発に関わったという内閣府のクールジャパン地域プロデューサー、それに県庁の幹部までが名を連ねていた。奈央自身も、山形県の『ひとり親家庭自立促進推進委員』という肩書きを持ち、子どもの貧困対策に取り組んでいるという。

彼女のSNSから漂う自己顕示欲のせいで、好感こそ抱けなかったが、自治体と手を組んで事業を展開させ、こうしてファンまで作るのだから、一種の傑物といえるのかもしれない。

探偵と便利屋稼業なんかで糊口を凌いでいる自分よりはるかに立派で、よそ者であるにもかかわらず、地域に溶けこんで生きているのだ。妙な先入観を捨てて挑むことにした。

「そろそろだべが」

書店のほうに目をやった。奈央のいるスペースから人気《ひとけ》が少なくなっていた。

留美はアルトから降りると、バッグを抱えて書店へと小走りに駆けた。身を切るような冬風が首筋をなでる。

書店の正面の書棚には、奈央のエッセイ本がどんと並べられてある。表紙には、緑に囲まれた田園風景のなかにふたりの子どもとたわむれる彼女の姿が大きく写っている。オビには『戦うシングルマザー　地方での奮闘の日々！』と大きく記されている。トップ当選という噂もあながち間違いではないかもしれなかった。

留美は一冊手に取った。レジで精算を済ませてサイン券を受け取り、奈央がいるサイン会場へと向かう。

留美の前には、奈央と同年代の女性がひとり残るのみだった。奈央と女性は顔見知りであるらしく、奈央は椅子から立ち上がって女性と握手する。

「あら、山田《やまだ》さんでねえの」

「え！　私のごど、覚えででけだんですか？」

山田と呼ばれた女性は感激したように声をあげた。

「当ったり前だべした。去年の秋に来てけだべ。南陽市の講演に」

「んだっす、んだっす」

「こう見えても記憶力がいいほうでよ。一度会った人との縁は大事にしてえがら、ちゃんと覚えったんだず。あの講演のときも山田さん、私の話を褒めてけだべした」

奈央が西置市に移住したのは四年前だ。

しかし、すっかり山形弁が板についていた。むしろ、地元民よりも訛《なま》りがきついくらいだ。

彼女は遠くからやって来てくれたファンと談笑しつつ、マジックペンで自著にサインを入れた。堂々とした態度でサラサラと流れるように書く様は、サインに慣れたタレントや有名作家を想わせた。彼女は最後に落款《らっかん》印を押した。隣に控えていたスーツの中年男が、落款印の朱肉がにじまないよう吸い取り紙を挟ませ、山田なる女性に頭を丁寧に下げて渡す。

中年男が着ているのは立派な仕立てのスーツで、派手なペイズリー柄のネクタイをしていた。営業スマイルを浮かべているが、書店員には見えなかった。

「サインにお名前を入れますか？」

エプロンをした書店員に尋ねられた。留美は名刺を渡した。

「椎名でお願いします」

奈央が書店員を通じて、留美の名刺と本を受け取った。彼女は留美の名刺に目を見張る。

「探偵さんですか！　しかもわざわざ山形《ヤマガタ》市からござったんだがっす」

「んだっす。小さな事務所構えて、ほとんどひとりでやってます。私も十歳の女の子がいるシンママなもんで、吉中さんの新聞記事どが見て、山形にこだなすごい人がいだのがって驚いてよっす。そんでたまたまネット見だら、今日サイン会があるって書いてあったがらって、オンボロのアルトを飛ばして駆けつけたどごろだず」

留美は親指で駐車場のアルトのほうを指した。

「椎名さん、ありがとなっす」

奈央が勢いよく椅子から立ち上がった。感激したように目を潤《うる》ませる。

留美が右手を差し出すと、彼女は屈託《くったく》なく両手でがっちりと握ってきた。

「これもなにかのご縁だべ。山形市《ヤマガタ》からはちょっど遠いがもしんねえけんど、よかったら子どもさん連れで、今度事務所さ遊びに来て。困ったごとあったら、なんでも言ってけろ」

「まんず丁寧にありがとうなっす。西置まで来た甲斐があったべ。なんか本物に出会えると思うど緊張してよ」

「嫌《や》んだ。芸能人じゃねえんだがら気軽に接してけろ。こうして知り合ったがらにはもう仲間だべ。椎名さんはフェイスブックやインスタグラムはやってたが？　もしよがったらフォローさせでけろ」

奈央が見知らぬ土地で成功した理由がわかった気がした。

シャイな山形人と違って、グイグイと迫ってきては、気恥ずかしい言葉もさらりと言ってのける。その熱さと押しの強さに感激する者は少なくないだろう。警察官や探偵などという因果《いんが》な職業さえしてこなければ、素直にこの女性のファンになっていたかもしれない。

奈央に挨拶をしている間、隣のスーツの男が警戒するような目を向けていた。留美の職業を探偵と知ってから、営業スマイルがすっかり消えている。彼は書店員でもなければ、出版関係者とも思えなかった。奈央に悪い虫が寄ってきたといわんばかりに、留美の姿をジロジロと眺め回してくる。

もっとも、ジロジロ眺め回すのは留美とて同じだった。奈央と屈託なく会話をしつつ、スーツ男や彼女をそれとなくチェックしていた。

スーツ男の正体は不明だが、留美の経験から言えば、ある種の後ろ暗さを感じさせた。黒髪を整髪料でオールバックに固め、シワのない背広を隙なく着こなしている。

顔や喉のシワを見るかぎり、四十代後半から五十代前半くらいの年齢のようだが、スキーやゴルフでもやっているのか、冬でも顔を小麦色に焼いている。身体も引き締まっており、精力的な印象を受けた。

ただし、カタギの道から逸《そ》れている人間というのは、いくらまっとうな装いをしたところで、怪しげな臭いを隠しきれないものだ。スーツ男も例外ではなく、ベルトは筋者《すじもの》が好みそうなクロコダイル革で、ホストや芸能関係者みたいに歯が不気味なほど白かった。すべての歯にセラミックの被せものをしているようだった。

奈央に対しても引っかかりを覚えた。ふたりの子どもを育てながら安月給の地域起こし協力隊として働いていたのだ。県内でいくらか有名になったからといって、NPO法人で軌道に乗っている事業といえば、西置市と組んだすこやかパッケージ事業ぐらいしかない。

エッセイ本を刊行したとはいえ、版元は東京の大手ではなく、県内向けの出版物を出している山形市の出版社だ。大した印税が入るとは思えない。

オンラインサロンや寄付だの、留美の知らない収入があるのかもしれない。しかし、子どもの貧困対策に取り組んでいる女性が、約七十万以上はするであろうティファニーアトラスの腕時計を嵌め、プラダのバッグを傍に置いているのを見ると、いろいろと勘ぐりたくはなる。

子どもの貧困対策をするのなら、同じく貧乏ったらしい格好をしなければならないというルールはない。だが、スーツ男と奈央からは、独特のズレを感じずにはいられなかった。

奈央の言葉に甘えてなんでも言ってみることにした。バッグのなかに手を伸ばし、翼のA4サイズの写真が入ったクリアファイルを取り出した。

彼女に翼の写真を見せる。

「じつは今、この男性を捜しったんだげんど、見たごどねえがっす？」

「は、はい？」

奈央は虚をつかれた顔を見せた。遊びに来いと社交辞令を述べたら、本当に遊びに来られてしまったという表情だ。周囲の空気も凍りつくのがわかった。

留美は構わずに続けた。

「名前は橋立翼。二十九歳。西置市立泉《たていずみ》に住んでたんだげんど、六日前から失踪しちまったんだず。吉中さん、この人知《し》ゃねが？」

留美は半ば無理やり写真を手渡した。奈央は明らかに戸惑った様子で写真に目をやった。

「いや……悪《わり》いげんど、ちょっとわがんねな。西置市も人はたくさんいっがら」

「この男性は『ラジオあいべ』のスタッフでよ。奈央さんもここのラジオには相当お世話になってだべし、番組に出るどぎは、決まってこの橋立さんが音の調整だの録音だのをやってだがら、顔を合わせる機会も多かったはずなんだけんどな。それに奈央さんほどの記憶力なら知っててんでねえがなと思ったんだげんど」

歯切れ悪く答える奈央に対し、留美はわざとらしく首をひねってみせた。コロンボ警部にでもなったつもりで、さらに疑問を投げかける。

「橋立さんも番組に出演した人とは名刺交換しっだようでよ。部屋からたくさんの名刺が出てきたべ。吉中さんの名刺もあったんだげんど、本当に会ったごどねえべが」

「それは……」

不意打ちが功を奏したのか、ひどく雄弁だった奈央が言葉を詰まらせた。

留美は再び翼の写真を見せた。

「誰にでも記憶違いはあるべ。もう一回見てけねが？『ラジオあいべ』で会ってねえべが――」

「おい、ちょっとあんた！」

スーツ男に割って入られた。彼は奈央を後ろへ下がらせ、留美を怒鳴りつけてきた。

「吉中さんは知らないと言ってるんです。だいたい失礼でしょう。親切に応対してるのに、そんな疑ってかかるような態度で問い返すなんて。この人の晴れの場を壊すために来たんですか？」

スーツ男の声はやけに通りがよく、店内中に響き渡った。客が何事かと留美らを一斉に見やる。

「あなたは？」

留美がスーツ男に尋ねた。

スーツ男は一瞬驚いたように目を丸くさせた。大声で怒鳴りつければ客の目もあって、留美がすごすごと引き下がると思ったようだ。

「吉中さんの手伝いをしてる。名乗るほどの者じゃないよ。今はサイン会の時間だから、黙って見てられなくなったんだ。書店さんにも迷惑がかかる」

留美は心のなかで舌打ちした。スーツ男が横やりを入れさえしなければ、奈央はボロを出すかもしれなかった。

スーツ男に人差し指を突きつけられた。

「とにかく、時と場所ってものを考えてくれと言ってるんですよ。お引き取りください。まるでファンって顔しながら近づくなんて、いかにも探偵ふぜいがやりそうなことだ」

警告に従わなければ一発喰らわすぞと、スーツ男は剣呑《けんのん》な気配を振りまいていた。

探偵は目立たないのが鉄則だった。小さな田舎町ともなればなおさらだ。スーツ男の言うとおり、尻尾《しっぽ》を巻いて引き返すべき局面といえた。しかし――。

「名も名乗らねえ野郎《やろう》に、探偵ふぜえなんて言われる筋合いはねえよ。私は吉中さんと話してんだ」

「なにを。おい」

スーツ男が頬を紅潮させた。眉間にシワを寄せ、野太い声を絞り出した。

声がでかいスーツ男はより注目を浴びていた。標準語で威嚇しているあのよそ者は誰だと言わんばかりだ。

「ナ、ナカウネさん」

奈央がスーツ男の肩を慌てて叩いた。

名前を呼ばれたスーツ男は、周りの目に気づいたようで、硬い笑みを無理やり浮かべて咳払いをした。留美はナカウネという名前を頭に刻み込んだ。

奈央とナカウネがアイコンタクトを交わした。ナカウネは照れたように首をすくめながら頭を下げた。怒りは収まっていないようで、頬の筋肉をぴくぴくと痙攣《けいれん》させている。

「すみません。せっかく山形市から駆けつけてくれたのに。失礼しました」

「いや、こっちも売り言葉に買い言葉で、申し訳《わげ》ねっす」

奈央はスーツ男が介入している間に余裕を取り戻したようだ。頭の回転が速いのだろう。剣呑な空気を打ち消そうと、ひときわ弾んだ声を出す。

「サイン会もそろそろ終わりにしていいんでねえべが。思ったより、人がいっぱい来てけでよかったず。誰も来てけねがったらどうすっかって、昨夜《ゆんべ》はずっと眠れねがったもん。本当にお世話さまでした」

奈央は書店員に礼を言い、再び留美と向き合った。

「悪《わり》がったなっす。記憶力に自信があると豪語したばっかなのに。すっかり忘ってで」

「思い出してけだのが?」

「ディレクターの浦野さんどが、パーソナリティの人たちなら知ってだげんど、ラジオはいっつも生放送だがらって緊張するもんだがらよ。他のスタッフさんまで気が回らねがった。橋立さんって『ラジオあいべ』に入って間もない若い人でねがった?」

「んだ。約一年前に入ったルーキーだず」

「サイン会も終わったところだべし、話は控え室で改めてうかがうがら」

「いいのが?」

留美は意外そうに訊くと、奈央は親しげに笑いかけてきた。

「あと少しサイン本を書かせてもらうどごろだがら。いいべっす」

奈央は書店員に断りを入れると、本を購入してくれた客に如才なく声をかけて礼を述べながら、店のバックヤードへと入っていった。よそ者とは思えない自然な仕草で、まるで西置市で生まれ育った人間のようだ。

雑誌や段ボールで埋め尽くされた狭い通路を抜け、控え室へと入った。ふだんはスタッフルームとして使われるのだろう。部屋の隅にはロッカーだけでなく、雑誌の付録や雑貨品の在庫だのが山積みになっており、中央には頑丈そうな業務用のテーブルがあった。テーブルには彼女のエッセイ本が十冊積まれてある。

奈央に腰かけるよう勧められ、パイプ椅子に腰かけた。彼女もパイプ椅子に座ると、マジックペンを握った。

「ちょっと待ってけろね。まずはサイン終わらせっがら」

彼女は自著の表紙の裏にサインを入れた。テーブルに積まれた本は著者のサイン入り本として売り出されるのだという。

留美はテーブルにあった吸い取り紙を手に取った。

「んじゃ、せめて手伝わせてけろ」

「あらら、会ったばかりの人に申し訳《わげ》ねえなっす」

「とんでもねえ。危うくあんたの晴れの場を台無しにすっどごだったべ」

留美は落款印の余計な朱肉を吸い取った。書店員がお茶と茶菓子を運んできて、客の留美がサインの手伝いをしているのを見て恐縮した。

「あらあら。お客さんにこだなごどさせて悪《わり》なっす。山形市《ヤマガタ》からござったのに」

「いやいや、こっちこそ」

留美は奈央と同じく書店員にも詫《わ》びた。

書店員はスーツ男と違い、温和な性格の人物らしく、留美にもお茶を勧めてくれた。ふたりの話に立ち入ろうとはせず、ゆっくりしていってくれと言い残し、そそくさと売り場に戻っていった。

奈央が十冊の本にサインをした。留美も吸い取り紙を挟み終える。

「お待たせしちまったな。お茶でも飲みながら話すっぺ。なんでも訊いてけろ」

奈央は茶菓子の饅頭《まんじゅう》を口にした。留美は意外そうに眉を上げ、あたりを見回してみせた。

「さっきの男の人がいねえげんど」

「なんか心配させて悪《わり》なっす。さっきも言ったげんど、タレントでねえんだがら、そだなお付きの人がいなくたって大丈夫だず。それに、あの人がいねえほうが話もかえってスムーズに行ぐべ」

奈央は歯を覗かせて大笑いした。さっきは不意打ちをもらったが、もうなにを訊かれても大丈夫だという自信がうかがえた。

「あの人、ナカウネさんって言ったがっす」

「さっきは名乗りもしねがったげんど、どうせ探偵さんならすぐ調べっぺ。中宇称祐司《なかうねゆうじ》って言って、西置市の東京事務所の顧問しっだ人だべ」

奈央はマジックペンで中宇称の名前を書いてくれた。

「東京事務所……そんなのあったのが。知《し》ゃねがった。市の職員さんじゃなさそうだなや」

「本業は経営コンサルタントだべ。地域おこし協力隊の窓口をやってけだり、私みでえな移住者の面倒見てけだり、見た目はいかついけんど、何事も一生懸命な人でよ。サイン会が終わったら、もう公民館にすっ飛んで行ったべ。お手玉大会があっがらって」

「お手玉……本当に一生懸命だなや」

留美は相槌を打ってみせた。

西置市にはお手玉を製造するメーカーもあり、近年は〝お手玉のふる里〟として町をあげてお手玉遊びの普及に力を入れている。

奈央には会ったばかりであり、証言を鵜呑みにはできなかった。あとで裏を取る必要がある。とはいえ、興味深い情報ではあった。中宇称から漂う物騒な気配は、地元のヤンキー兄ちゃんの志賀松とは段違いのキナ臭さがしたからだ。

「そんじゃ本題に入っけんど、この人の行方を追ってだんだず。数日前から姿消しちまってでよ」

留美は改めて翼の写真を取り出した。奈央は真剣な眼差《まなざ》しで翼を見つめる。

彼女は時間を置いてから言った。

「ごめんなっす。やっぱ、なにも思い出せね。正直なところ、『ラジオあいべ』には何度も出させてもらってだげんど、この人は新人さんだべし、これといってなんか印象があるわけでもねえのよ。なんとなくヤンチャそうな服着っだなって思ったぐらいで。申し訳《わけ》ねえげど」

奈央は目を伏せてうつむいた。

「いやいや、謝るごどなんかねえよ。本当にありがとうなっす」

留美はおとなしく引き下がった。彼女が翼の情報を与えてくれるとは思っていない。

奈央が写真を留美に返した。

「それにしても、椎名さんはなして私のところさ来たのや？　本まで買ってけだぐらいだがら、よっぽど私が橋立さんについて知ってると思ったんでねえの？」

「すこやかパッケージが見つかったんだず。橋立さんの部屋から。彼には子どももいねえし、恋人もいねがった」

「なるほど。そりゃ確かに不思議だなや。新一年生向けのものしか入ってねえのに」

「そんで吉中さんにもうひとつ訊きてえんごどがあるんだげんどよ。いいがっす。ちょっと訊きづらい話でよ」

留美はあたりを見渡して声を潜める。奈央の喉が大きく動く。

「なんだべ」

「あのすこやかパッケージ……売れば大金になるんだべが」

ふたりの間に沈黙が降りた。ややあってから、奈央は背を仰け反らして笑った。

「どんな質問されんのがと思ったら。ああ、びっくりした。なしてそだなごどを？」

「失踪した橋立さん、あんまし詳しくは言えねえげんど、カネのトラブルがいくつかあってよ。あのすこやかパッケージも、子どものいる後輩から借りたものらしいんだわ。市が無料で配ってるっていうげんど、もし値段をつけっどするならいくらぐらいすんだべが」

留美は無知な人物を演じた。

すこやかパッケージがカネになる類のものではないのは、ネットでだいたいわかっていた。市が無料で配っているものであるだけに、とくにマニア心を刺激するようなものがあるわけではない。ネットのオークションサイトやフリマアプリで取引されている様子もなかった。

奈央は笑い続けながら手を振った。

「具体的な金額は言えねえげんど、そんなにバカ高いもんでねえよ。メーカーさんや職人さんの心意気で、通常なら考えられねえような値段で引き受けてもらったおかげでもあるんだげんどね」

「やっぱりそうが。やけに立派な箱だし、どれも職人さんが手がけてだし、ひょっとすっど数十万円ぐらいすっど思ってたべ」

「だげんど、急に恥ずかしくなってきたなや。椎名さんたら、私が記憶力に自信があるって見栄《みえ》張った後に、橋立さんの写真見せんだがら」

「あんたの顔潰すような真似して、なんだが申し訳《わげ》ねっす」

「それにしても、探偵さんなんて初めて見たず。都会ならともかく、こだな田舎でもやっていげるもんなんだが？」

「全然。とても食ってげねえがら、もうなんでも屋だべ。庭掃除から雪掻きまでやって、どうにかしのいっだんだ。土日祝日も関係ねえがら、娘の相手してやれねぐてよ。元気に活動しっだ吉中さん見てっど、なんだか眩しく思えっず」

「いやいや、私だって毎日てんやわんやだ」

「んだべね。市議選も控えでだし」

留美は別のボールを投げてみた。

「んだず。エッセイ本の宣伝しながら、選挙の準備もしねえど悪《わり》いがら、目の回るような忙しさでよ。ここが正念場だべ」

奈央はあっさりと出馬の事実を認めた。翼との話が片づいたからか、奈央はより饒舌になった。

自然豊かな西置市に魅了されて移住したものの、縁もゆかりもない土地でやっていけるのかと不安を感じつつも、中宇称や市職員、ひとり親支援に積極的な市議などと出会えて幸運だったと振り返った。

地域おこし協力隊として結果を出すため、試行錯誤しているうちに市長や県の幹部とまで知り合い、ついにはすこやかパッケージという実績も作れたと胸を張った。

すでに把握しているエピソードばかりで、目新しさはないが、留美は尊敬の眼差しを向けながら相槌を打った。

ひとしきり話し終えると、彼女は腕時計に目を落とした。

「あ、もうこだな時間が。そろそろいいべが」

「こちらこそ、忙しいどころ悪《わり》いなっす」

「ひとり親を支えるコミュニティの代表もやってて、月に何度かランチ会とか開いっだがら、もしなにかあったら遊びに来てけろ」

「そうさせてもらうべ」

奈央とともに控え室を後にして書店を出た。

彼女は書店員ひとりひとりに礼を述べ、最後に書店の店長らしき年配の男性に挨拶をし、早くも政治家のようにがっちりと握手を交わした。ブルドーザーみたいな人間だからこそ、さまざまな人物とコネを屈託なく築き、腰の重たい自治体に対して、新しい事業を行わせるまでに到ったのかもしれない。

「それじゃ、調査頑張ってけろな」

書店の駐車場で奈央と別れた。

車は小さめのコンパクトカーだったが、フランス製の赤い外車で、やはり彼女らしいこだわりが感じられた。留美も明るい笑顔を向け、手を振ってみせながらアルトに乗りこむ。

「さてと」

留美は愛車を走らせて駐車場を出た。

ロードサイドの商店街から去って南へ走り、再び自然公園の駐車場へと戻った。相変わらず駐車場には車が一台も停まっていない。〝危険！　クマ出没中〟と書かれた幟があるのみだ。

自然公園の駐車場に来るまで、何度もバックミラーに目をやって尾行を警戒した。誰も尾《つ》けていないのを確かめてから車を停めた。

留美が奈央に会いに行ったのは、彼女がどんな人物なのかを見極めるのと、留美を目にしてどんな反応を示すのかを確かめることにあった。そして大きな収穫を得た。

奈央はおそらく翼をよく知っている。後になってからシラを切ったものの、最初の反応が雄弁に語っていたと思う。中宇称という男も印象的だった。

中宇称はタレントを守るマネージャーのように怖い顔で迫り、あのサイン会の場では、留美をあからさまに警戒していた。そういう男が大事な奈央をひとり残したまま、お手玉とやらのイベントに行くとは考えにくい。

アルトのエンジンを切り、留美はバックミラーに手を伸ばした。もう五年以上も乗っている中古車で、色もシルバーと地味な外見だ。ただし、『007』シリーズのボンドカーほどではないにしろ、いろいろと秘密兵器をつけてあった。

バックミラーには極小のカメラがつけてあり、車のエンジンが停止した駐車中であっても周囲を録画し続ける駐車監視機能つきのドライブレコーダーが備わっていた。

後部座席に置いていた仕事用のバッグからノートパソコンを取り出した。ノートパソコンを起動させると、バックミラーに手を伸ばしてスロットに挿入されていたSDメモリーカードを抜き出す。ノートパソコンにSDカードを挿入して、動画再生アプリを起動させた。書店の駐車場が液晶画面に映し出される。駐車監視機能が作動し、アルトから書店へと向かう留美自身の姿が映った。

それからしばらくは、駐車場の変化のない映像が流れ続けた。奈央のサイン会で揉め、彼女と控え室で話をしているころだ。

「そうこなくっちゃ。餌をまいた甲斐があったべ」

留美は液晶画面に向かって呟いた。奈央に自己紹介をしたさい、愛車の車種と駐車した方角をわざと知らせていた。

カメラはこのアルトに近づく中宇称の姿を捉えていた。彼はまるで万引き犯のように、あたりをキョロキョロと見回すと、アルトの前方でしゃがみこんでいた。

液晶画面の中宇称はアルトの前で屈《かが》んだかと思うと、すぐに立ち上がった。彼はスラックスについた砂を手で払うと、改めてあたりを見回しながら、なに食わぬ顔をして去っていく。怪しげな行動に出たのはほんの数秒だけだ。

画像を早送りでチェックしたものの、中宇称が再び愛車に近寄ることはなかった。再びのんびりとした駐車場の風景が映るのみだった。

留美は膝のうえのノートパソコンを閉じた。助手席にそれを置くと、仕事用のバッグを担いでアルトから降りる。

留美も中宇称の真似をしてみた。アルトの前方に回り、仕事用のバッグからビニールシートを取り出して地面に敷いた。ビニールシートのうえに跪《ひざまず》くと、軍手を嵌めてアルトの底部を覗きこむ。

中宇称がしゃがみこんでいたのはごく短い時間だ。手の込んだ細工をしたとは思えない。自然公園の駐車場まで移動したが、ブレーキやタイヤに異常は見られなかった。

腕を伸ばして底部を探ってみた。すぐに軍手を通じて違和感を覚えた。掌に収まるサイズの物体がフジツボみたいにひっついている。留美にとってはなじみのあるブツだ。

力をこめて四角い物体を底部から引き剝がした。英文字でメーカー名がそっけなく記された四角い形の樹脂製の物体――強力マグネット付きのＧＰＳ発信機だ。

「こりゃ……ずいぶんナメた真似してくれんでねえの」

留美はひっそり微笑んだ。

彼女もマグネット付きのＧＰＳ発信機を持っている。調査対象者の車にくっつければ、容易に行動を追跡できる。車が足代わりとなっている地方ではとくに便利なアイテムではあった。もっとも、バレてしまえば大事《おおごと》になる。器物損壊罪やプライバシーの侵害に問われ、探偵業法にも引っかかり、公安委員会に名前を公表されたうえ営業停止処分を喰らう。気軽に使えるブツではない。

マグネットつきのＧＰＳ発信機は、探偵にとって身近な道具ではあるが、こんなものをつねに持ち歩いている人間など、とてもじゃないがまっとうとは言いかねる。ストーカーやブラック企業の経営者、よからぬことを企む裏社会の関係者といった危険な人種だ。

中宇称はあっさりそれをどこからか持ち出し、何食わぬ顔をして留美の愛車に貼りつけたのだ。

中宇称の姿が捉えられた時間は、留美が控え室に招かれて十分ほど経ってからだ。中宇称はサイン会が終わると、お手玉のイベントを理由に書店から姿を消した。すぐに車を飛ばして自分のアジトに戻ってGPS発信機を持ち出し、留美の車にひっつけたものと思われた。

彼の独断とは考えにくかった。奈央が快くバックヤードに留美を招き入れてくれたのは、こうしたウラがあったからと思うのが自然だ。

奈央と中宇称のコンビプレーはなかなかといえた。うっかり馬脚を現す形となったが。今ごろ彼らは、スマホなりパソコンなりで留美の動向をチェックしているかもしれない。

「しっかり監視しとけや」

留美はGPS発信機を再び愛車の底部に貼りつけた。中宇称たちの策略を利用しない手はない。居場所を見張られている以上、この自然公園の駐車場にいつまでも留《とど》まるわけにはいかなかった。すぐに運転席に戻ってハンドルを握った。アルトを走らせる。

ゆっくりと山道を下りながら、留美はひどく自分が高揚しているのがわかった。アドレナリンが湧いて、疲れが一瞬で吹き飛んでいた。この真相に一歩近づけたときの興奮を味わいたくて、警察官から探偵へと転身したようなものだ。

留美が県警を辞職したのは約五年前だった。夫の恭司が殉職して三年が経ち、娘の知愛を保育園に預けながら、山形署警務課で電話対応や事務作業をこなしていた。

恭司の死亡退職金やら慰労金やらをすべて椎名家の借金返済にあてたため、留美の実の両親はカンカンに怒ったものの、孫の顔見たさにちょくちょく自宅へ遊びに来てもいた。保育園が休みのときなどは、天童《てんどう》の実家で知愛の面倒を見てもらってもいた。藤枝家とかろうじてつながっていたのだ。

恭司を亡くしたショックから立ち直り、定時で帰れる部署で働いていたため、今と違って子育てにも力を注げた。もっとも平穏な親子生活が送れた時期ともいえた。デスクワークは死ぬほど退屈ではあったものの、知愛にひもじい思いはさせられないと、淡々と自宅と職場を往復する毎日を過ごした。捜査の最前線で活躍する同僚らを羨ましく思いながら。

せめて知愛が大きくなり、ひとりで自分の面倒を見られるようになるまでは、いくら退屈だろうと辛抱しなければと誓っていた。

その誓いを破らざるを得ない事態に陥ったのは、かつて通っていた空手道場の先輩である大山真《おおやまま》希《き》の相談に乗ったのがきっかけだった。

三歳年上の真希は、お転婆《てんば》だった留美をコテンパンに伸《の》すほどの実力者で、名前とひっかけて〝大山マキタツ〟などと呼ばれるほど、道場内の少年少女たちから怖れられていた。ところが高校二年になってから、ダンスのうまい男性アイドルグループの虜《とりこ》になり、空手の道をあっさり捨ててダンススクールに通いだした。そこの男性講師と恋に落ちて二十歳で結婚をし、まもなく娘の愛《あい》華《か》を授かった。

その娘も両親の影響を受けてダンスを習い、歌って踊れるアイドルになる夢を抱くようになった。小学生のころからしょっちゅう首都圏に赴いては、オーディションを頻繁に受けまくったらしい。

ひとまず愛華の夢は叶《かな》い、十五歳でご当地アイドルユニット〝イモうと☆チェリー〟のメンバーとして活躍した。当時の留美はまったく知らなかったのだが、県内で開かれるさくらんぼの種吹き飛ばし大会や夏の盆踊り、秋の芋煮会といったイベントに呼ばれてはステージを披露していた。

週末になればショッピングモールやライブハウスにも定期的に出演し、山形市のコミュニティFMで一時間の番組も持った。愛華は幼いころから鍛えたダンスの表現力と歌唱力がずば抜けていたため、四人のメンバーのなかでは最年少にもかかわらず、センターにも選ばれている。

しかし、それなりの知名度を獲得してしまうと、おかしなファンがついてしまうもので、SNSを通じて自分の男性器の画像を添付したメッセージを送りつけてくる者や、握手会で精液をべったりと手につける変態も現れるようになった。

とりわけ最悪だったのは仙台在住の三十男だった。愛華推しの熱心なファンで、CDをひとりで何十枚も買い、Tシャツや推しうちわといったグッズも欠かさず買ってくれる上客だった。

ところが、SNSで「どんなパンツ穿いてるの？」「おっぱい触らせて」といった吐き気を催すメッセージを頻繁に送りつけるようになり、愛華本人や運営を手がけていたダンススクールの人間たちを辟易《へきえき》させた。

運営側は男をSNS上でブロックし、イベントでも接触できないように出入り禁止の処置を取った。

男は逆恨みしてその処置に腹を立て、危険なストーカーへと変わった。SNSで複数のアカウントを取得し、懲りずに愛華にコンタクトを取ろうとして、「君に会えなきゃ死ぬ」だの「事務所の前で待ってるよ」と、脅迫的なメッセージを送りつけてきた。匿名掲示板などで愛華を中傷する書き込みが激増し、男の行動自体もエスカレートした。

男が運営側の事務所兼稽古場であるダンススクールの周辺をうろついていたことが防犯カメラで判明。ダンススクールが入ったビルの壁に、精液の付着した痕跡があった。

母親の真希は山形署生活安全課に相談したが、同課の動きは鈍く、男に電話で口頭注意をするに留めた。真希のほうこそ、十代の実の娘の肌を露出して活動させているのだから、その程度は有名税として我慢しなけりゃならないと、課員から説教されたという。

五年前のあのころはストーカー規制法に不備もあった。電子メールを執拗《しつよう》に送りつければ〝つきまとい〟にあたるとして逮捕できたが、SNSのメッセージや掲示板の書き込みなどは、規制対象に入っていなかったのだ。SNSを通じての脅し程度では法的根拠が弱く、逮捕するのは難しいという事情があった。

もっとも、桜の代紋が電話一本かければ、ロリコン野郎など尻尾を巻いておとなしくなるという驕《おご》りもあっただろう。刑事から電話で注意をされると、男は「もう二度とやりません」と平身低頭で謝ったのだという。その一方で、匿名アカウントでの中傷は相変わらず続けていたのだ。

真希から相談を受けた留美は一肌脱ぐことにした。当の愛華本人はイカれたストーカーの影に怯え、学校をたびたび休むようになり、アイドル活動をやめるべきかと苦悩していた。心労で不健康にやつれた愛華本人にも会い、いい歳《とし》をした男の勝手な欲望なんかで、彼女の夢を潰させるわけにはいかないと闘志を燃やした。

とはいえ、留美もきれい事だけで引き受けたわけではない。もともと格闘技に目がなく、じっと机に座っているのが苦痛で仕方がないため、警察官という道を選んだのだ。愛《いと》しい娘のためとはいえ、デスクワークに死ぬほどうんざりしており、花形である山形署の刑事部屋で働く者たちを羨ましく思っていた。

留美は定時で仕事を切り上げると、コンビニを閉じて暇を持て余していた義母の富由子に知愛の面倒を見てもらい、仙台までアルトを飛ばして男の動向をチェックし続けた。

男に手錠を嵌めるのには、さほど時間はかからなかった。己で勝手に破滅したのだ。

男は仙台の食品メーカーの社員で、仕事を終えると即座に近場のネットカフェにこもっては、SNSや匿名掲示板で愛華への誹謗《ひぼう》中傷をしつつ、おもにジュニアアイドルのイメージビデオやライブ配信を堪能《たんのう》するという毎日を過ごしていた。

山形市にも複数回足を延ばしては、まるで事件の下見でもするかのように、ダンススクールや愛華が通う学校近辺をうろついてもいた。

驚くべきは愛華の自宅までも把握していたことだった。夜中に車をゆっくり走らせ、二階にある愛華の部屋を憎々しげに見上げてもいた。そう遠くない日にヤバいことをしでかすだろうという予感を抱いたものだった。

真希から相談を受けた十日後、男は大胆な行動に出た。職場をいつもどおりに退社すると、仙台市内のガソリンスタンドで十八リットルの灯油を購入。深夜になってから愛華の自宅に向かった。男は彼女の自宅の傍に車を停め、灯油が目いっぱい入ったポリタンクを摑むと、周囲をうかがいながら塀に灯油をドボドボと撒き、巻いた新聞紙に火をつけた。

距離を取って監視していた留美は、男が灯油まみれになった塀に着火させる直前で、思い切り体当たりをかまして倒した。燃えた新聞紙を足で踏み消し、車に乗ってズラかろうとする男を引きずりだすと、真希とともに放火未遂の現行犯で捕まえた。

男の目的は単なるボヤ騒ぎを起こすことではなかった。車のなかからはロープやガムテープ、刃渡り約十センチのナイフまで出てきたからだ。

その後、山形県警が男の自宅を家宅捜索したところ、パソコンには犯行計画書と思しきテキストデータも見つかった。男はボヤ騒ぎの混乱に乗じ、家から避難する愛華を拉致《らち》し、自分を拒んだことに対する復讐を企んでいたのが判明したのだ。

本来なら事件を未然に防いだとして、本部長賞を貰ってもおかしくはない手柄だ。しかし、留美はそれが原因で職場を追われる羽目となった。

警察組織の事情など知らぬ真希が、地元紙のインタビューで正直に胸の内をぶちまけてしまったからだ。

山形署はいくら相談しても腰が重かったが、留美という立派な警察官がいたおかげで危険なストーカーを退治できたのだと。留美に花を持たせるために悪気なく答えただけだったが、警察人生にピリオドを打たせるだけの破壊力があった。

メディアやネットは、危険なストーカーを野放しにしていた山形署を痛烈に批判。メンツを潰された県警や山形署は、単独で勝手に動いてスタンドプレーに走った留美を戒告処分とした。

署内には留美の義侠心《ぎきょうしん》を理解してくれる者もいた。あのまま男を放っておけば、真希の家は放火され、愛華はなぶり者にされていたかもしれないのだ。だが、生活安全課からは蛇蝎《だかつ》のごとく嫌われ、県警本部の監察課から、真希と留美の間で規則違反となるような利益の供与や供応接待がなかったかを徹底的に調べられた。

――おれの目の黒いうちは刑事に戻れっど思うな。

当時の山形署長を始めとして、多くの幹部から公然と罵《ののし》られた。おそらくハッタリではなかっただろうと思う。

捜査に関われないのならば、警察組織に残っている意味を見いだせなかった。娘が大きくなるまでは、なにがあっても職場の机にしがみつく。その誓いを翻《ひるがえ》さざるを得なくなり、ストーカー男の逮捕から間もなくして辞表を提出。退職金を元手に探偵事務所を開くと決め、実の両親を烈火のごとく激怒させることになる……。

ハンドルを握る手がじっとり汗ばんでいる。今回はどうもただの失踪ではない。暗い事件の臭いを感じ取っていた。

9

和喜子が素《す》っ頓狂《とんきょう》な声をあげた。

「調査を止める⁉」

「んだ。もちろん、それは――」

彼女は身をワナワナと震わせると、こたつの天板に上半身を乗り出させ、向かい側の留美の胸ぐらを摑んだ。

「なして⁉　なしてや。頼むがら調査は続けてけろず。おカネならなんぼでも出すがら。お願いだがらって、あたしら見捨てねえでけろ」

「ちょ、ちょっと待って……最後まで聞いてけろや」

和喜子に身体を揺さぶられた。

長いことタフな肉体労働に従事しただけあり、その力はかなり強く、マメをこさえた掌の皮膚は硬かった。留美が格闘技経験者で首を鍛えていなければ、むち打ちになってもおかしくないほどだ。

「形だけだず！　調査はもちろん続行。翼さんを見つけるまで止める気なんてねえよ。まず落ち着《づ》いてけろや」

和喜子が身体を揺すぶるのを止め、鳩《はと》が豆鉄砲を喰らったような顔に変わる。

「形だけ？」

「より念入りに調査はすっがら。まず話を聞いてけろや」

和喜子が胸に手を当てて息をついた。

「驚かせねえでけろず。椎名さんに匙《さじ》投げられたって勘違いしちまったべ」

「とにかく拭き取んねえど。びしょ濡れでねえが」

留美はティッシュペーパーを手に取った。こたつ布団のお茶を吸い取る。

天板に乗っていた湯吞みや青菜漬の皿が転がり落ちていた。和喜子が慌てたように台所に行き、水で濡らした布巾を持ってきた。こたつ布団にこぼれたお茶や漬物の汁を拭く。

「それにしても、形だけってどういうごどだべ」

「悪《わり》がった。私の伝え方がつたなかったなや」

留美は書店で起きた事実を報告した。

翼が持っていたすこやかパッケージの線から、その開発や事業に関わったNPO法人の代表である吉中奈央に直接聞き込みを実行。奈央は書店のスタッフルームに招き、快く話をしてくれる一方で、留美の車にGPS発信機を取りつけるなど、食えない面を持っているとも伝えた。

「ジ、GPSの発信機……」

和喜子が顔を強ばらせた。留美はスマホを天板に置き、液晶画面を見せる。

「この人物は知ってたがっす。西置市の東京事務所の顧問って肩書きの人だげんど」

液晶画面に表示させたのは中宇称の顔写真だ。

彼もＳＮＳを活用しており、西置市の東京事務所を切り盛りしている様子を日々アップしていた。奈央のサイン会の手伝いをした後は、西置市のお手玉のイベントに顔を出すとの話だった。それを裏づけるように、中宇称は奈央のサイン会とお手玉のイベントがそれぞれ盛況であったと、ＳＮＳに早くも記事を投稿していた。

彼の特徴である白い歯を輝かせながら、奈央やお手玉のイベント関係者と写った画像が何枚も添えてある。中宇称も奈央のＮＰＯ法人の役員だった。

和喜子は真剣な顔つきで長々と凝視したものの、ため息をつきながら首を横に振った。

「顔は広いつもりだげんど、こだな男の人は見だごどねえな。この町の人だが？」

「んでねえみてえだ。市と深く関わってたようだげんど、東京でコンサルタントをしっだんだど」

「そもそも、こだな小さな町が東京に事務所持ってだなんて知ゃねがったず」

「私もさっき知ったばっかでよ」

奈央は食えない女だったが、中宇称と東京事務所の話は本当だった。西置市の公式サイトにも記載されてあり、西置市の例規集のなかには〝東京事務所顧問の設置等に関する規則〟なるものもあった。

約五年前に制定されたもので、第一条には〝中央省庁その他の機関との連絡を緊密にし、市政に関連ある情報及び資料の収集、企業誘致の促進並びに地域産業の振興を図るため〟として、設置の理由が記されていた。また、東京事務所の顧問には〝専門の学識経験を有する者のうちから市長が任命する〟とある。

中宇称がどんな学識経験を持ち、どんな経緯で西置市と関係を持つようになったのかはわかっていない。数時間前に遭遇したばかりで、東京事務所の存在も知ったばかりだ。

中央省庁との連携を密にするのを目的とするわりには、事務所の場所は霞《かすみ》が関《せき》付近ではなく、北区の赤羽《あかばね》に設けられていた。中宇称のホームタウンも北区らしく、自分がどれほど北区を愛しているのかを熱く主張する記事もSNS上にアップしていた。

留美は東京の地理に疎い。とはいえ、埼玉県に近い下町情緒の残るエリアだという知識ぐらいは持っていた。

和喜子が顔をしかめた。

「わがんねえごどばっかだげんど、これだけは言えっぺ。発信機なんかすぐに用意できるどご見っど……まともなやつじゃねえなや。ふつうでねえ」

「同感だべ。ふつうの人間はこんなもん持ち歩きゃしねえがらよ。ドラえもんでもあるまいし、どっから持ち出してきたんだべな。んだがら、表向きは調査中止にでもしてねえど。和喜子さんになにか起きてがらじゃ遅《おせ》えがらよ」

「確かに……なにしてくるがわがんなさそうだなや」

中宇称は汚いやり方で留美を監視してきたのだ。依頼人である和喜子に対しても、嫌がらせや暴力に出る可能性は充分に考えられた。

留美は頭を深く下げた。

「和喜子さんには申し訳《わげ》なく思ってだ。私がもっと慎重に動いてりゃ、依頼人をこだな危険にさらしたりはしねがったのに」

和喜子が両手を振った。

「とんでもねえ。翼の行方は未だにわがんねえげんど、こだな短い間にここまで調べ上げるなんて、やっぱりあんたにお願いしていがったよ。そんで、調査を続行するってごどはやっぱり……」

「ええ。荒療治をやった甲斐があったべ。翼さんの失踪には、吉中奈央がなんらかの形で関係してだと睨んでだ。中宇称の暴挙がなによりの証拠だず」

「こいづらが……」

和喜子がスマホに映る中宇称をきつく睨んだ。目を吊《つ》り上げながら涙をにじませる。

彼女の怒気で茶の間の温度が上がったような気さえした。相手は愛息に危害を加えたのかもしれない人物なのだ。怒って当然とはいえ、これほど怖い表情の和喜子を目にするのは初めてだ。我が子のためなら鬼にでもなる。そんな母親としての別の面を垣間《かいま》見た気がする。

和喜子が目尻を拭いて顔を上げた。こたつの天板に身を乗り出したときとは一転して、彼女は顔をきりっと引き締めた。

「なんかあたしにできっごどはねえべが。なんでもすっがら」

「その言葉に甘えさせてもらうべ。今日からでも、私の悪口をあちこちに言いふらしてけろや。この地元の者《もん》と揉め事ばっか起ごして、息子の行方を全然摑めねえがらクビにしたって。とにかく私を口汚く罵ってくれればありがてえべ」

「この東京者《もん》の目を眩《くら》ませるためが？」

「あっちは私らの動向が気になって気になってしょうがねえはずだ。依頼主と探偵が仲違《なかたが》いしたと知ったら小躍りすんでねえがな。あのＧＰＳ発信機もせっかくだがら活用させてもらうべ。私らが調査を断念したって偽情報を信じこませるために、あの車で西置市に来んのを避けて、連中の目を攪乱《かくらん》しながら調査を続けるつもりだ」

「なるほど」

和喜子は目を輝かせたものの、ためらうように顔をうつむかせた。

「んでも、なんだが心苦しいなや。いくら欺《あざむ》くためとはいえ、あんたの悪口を吹聴《ふいちょう》するなんて。今後の仕事にも影響が出るんでねえのが？」

「評判なんて構わねえよ。翼さんさえ見つかりゃ」

「……わがった。きっちりやるがら」

きっぱり言い放つと、和喜子もしっかりと目を合わせた。

今度は留美が顔をうつむかせ、和喜子の顔色をうかがうように上目で見つめた。

「ただ……ちょっと調査に経費がかさむごどになりそうなんだげんど、構わねえがっす」

「当然だべした」

和喜子はためらいなく即答した。金銭面に関しては一切の迷いはなさそうだった。

「さっきも言ったげんど、おカネはなんぼでも出す。世間様からすりゃ、翼はいい歳してもプラプラしっだダメ息子がもしんねえげんど、あたしにはあの子しかいねえんだ」

「あっちがああいう形で出てきた以上、こっちとしてもなりふり構わずにやっがらよ」

和喜子に今後のプランを手短に説明した。和喜子の喉がゴクリと動く。

「翼は仕事が嫌《や》んだぐなったとか、ヤンチャな同級生から逃れるために姿消したわけじゃなさそうだなや」

「そっちの線も捨てらんねえげんどね。大山鳴動《たいざんめいどう》して鼠一匹ってごどは、この世界じゃよくあるがらよ。翼さんだって案外ひょっこり戻ってくっがもしんねえ」

「んだよね」

和喜子が微笑んだ。やはり目に涙を溜めていた。

留美が口にしたのは気休めにすぎない。和喜子もそれを痛いほど感じているようだ。

翼は踏みこんではいけない領域に足を踏み入れたのだ。そうとしか考えられない。

翼の行方を追っていた志賀松たちが証言している。翼がすこやかパッケージを見て、ひょっとすると大金を生むかもしれないと。奈央らにまつわる暗い闇を知り、カネを摑むために動いた結果、彼女らの虎の尾を踏んでしまった可能性が高い。志賀松のような田舎のヤンキー兄ちゃんのレベルではない。もっと危険な連中に出くわしたのだ。

翼はすこやかパッケージを通じてなにを知ったのか。どうしてあの新一年生向けの箱ごときで、ある者は姿を消してしまい、ある者は警戒心を露《あらわ》にしてくるのか。

最悪の結果さえ頭をよぎる。和喜子も同じ思いを抱いているだろう。ただし、口にはしなかった。

「腹くくってやっがら」

和喜子との打ち合わせを済ませると、橋立邸を後にした。

「気をつけてな」

時計の時刻は午後五時を過ぎたあたりで、真冬の夕方らしく闇にすっぽり包まれている。

和喜子は玄関前に立ち、留美を見送ろうとしていた。車に乗りこもうとした留美は首を横に振ってみせ、すでに新しい計画は始まっているぞと伝える。

和喜子は思い出したように肩を怒らせた。ぷいっと顔を背けると、家へと引き返した。ガチャガチャと音を立てて施錠し、玄関の灯りを早々に消す。敷地の闇が濃くなる。

この芝居に意味があるのかどうかはわからなかった。相手がＧＰＳ発信機を取りつけるような輩である以上、こちらもきっちりトラップを仕掛けなければならない。あたりに見張りがいるという前提で動く必要があった。

遠くに見える国道が車のライトで光り輝いている。平日であれば帰宅ラッシュで混み合うところだが、土曜とあってそれほどでもない。今夜はやるべきことがたくさんある。

「さて行ぐが」

留美は両手で頬を叩き、国道へ向かって走り出した。まずは一刻も早くホームタウンへと戻らなければならない。

10

留美は胸にむかつきを覚えた。

ノートパソコンで文章を読んでいたが、振動で文字が細かく揺れるため、三半規管がおかしくなったようだ。ほとんど睡眠を取っていないのも影響したのかもしれない。

隣に座っている中年男がかなりの肥満体型で圧迫感があり、おまけに昨夜はしこたま酒を飲んだのか、熟柿《うみがき》の臭いを周囲に振りまいていた。これから大都会に乗りこむというのに、出鼻を挫かれたような思いに駆られる。

留美はマスクを外して緑茶を飲み、窓の風景に目をやった。関東平野の平べったい土地が見える。山々に囲まれた山形とは違って、視野の開けた広野《ひろの》がどこまでも続いている。

山形新幹線は乗客でいっぱいだった。乗客のほとんどがファミリー層や外国人観光客で、朝から呑気《のんき》に缶ビールを飲んでいる団体客もいる。

今年の蔵王は暖冬の影響で樹氷の形成がなかなか進まず、例年の二割から三割程度の着氷に留まっているというが、それでも旅行者の数は衰《おとろ》え知らずのようだった。

その一方、多くの客がマスクを着用していた。留美もそのひとりで、知愛から不織布のマスクをきっちりつけて行くよう命じられた。すでに東京にもウイルスが入りこんでいるかもしれないからと。コンビニで不織布マスクを探したところ、最後の一袋しか残っておらず、あとは軒並《のきな》み売り切れていた。

腕時計に目を落とすと、朝の十時を過ぎたところだった。そろそろ声をかけておく必要があった。留美はデッキに出ると、スマホで電話をかけた。三十秒ほど呼び出し音が鳴ってから相手が出た。

〈も、もしもし……〉

相手は板垣《いたがき》という五十代のヒモだ。いかにも寝起きらしい声が耳に届く。

「まだ寝ったのがよ。いつもは坊さんみでえに早起きして、パチンコ屋に並ぶのに」

〈日曜はやらねえんだよ。店も客から巻き上げるべし、人気機種は取り合いになっがらよ〉

板垣はもともと山形市の飲食街である七日町《なのかまち》でバーテンダーをしていた。

接客もカクテルの腕もなかなかだったらしいが、ホステスに食わせてもらったほうが、好きなパチンコを楽しめるうえに、健康的な生活が送れると悟ったのだという。

夜も明けないうちに起床すると、仕事に疲れた情婦のために夜食を作り、ジョギングや体操を済ませ、朝早くからパチンコやパチスロ店に並ぶのを日課としていた。ちょくちょく並び代行の依頼をしてくる留美の常連客だ。

「昨日も言ったげんど、午後からでいいがらよ。ひとつ頼むわ」

「ブラブラ運転するだけで小遣いくれるっていうがら、昨日は思わず安請け合いしちまったげんど、発信機なんてつけらっだ車運転するのはなんか気味悪《わり》いなや」

「こだな楽なバイトは他にねえぞ。たまには恋人に米沢牛のすき焼きでも奢《おご》ったらいいべ」

「危ねえごどになんねえべな」

「絶対安全、とは言い切れねえ」

「まったくよ……客に働かせる探偵なんてあんたぐらいでねえが。あのガキ大将の車小僧にやらせればいいべした」

「逸平には別の仕事をやってもらってだ」

留美は東京に行くにあたって、四方八方に声をかけて回った。

ふだんは客である板垣もそのひとりだ。彼には留守にしている間、留美のアルトで山形市内を適当に乗り回すよう頼んでいた。

愛車にはGPS発信機が取りつけられたままだった。留美が調査を断念したと思わせるためだ。

和喜子から早速メールが届いてもいた。近隣の住民や友人に苦情を吹きこんだと。探偵まで雇ったものの、さっぱり成果を上げてこないわりに、カネばかりせびられて辟易したと。小さな町だから偽情報は光の速さで伝わるだろう。

良い《い》評判というのはなかなか知られないものだが、悪評はそれこそ疫病《えきびょう》のごとく瞬く間に広がるものだ。大した時間もかからずに、中宇称の耳にも入るだろう。留美の評判に傷がつき、西置市あたりから依頼がパッタリなくなるかもしれないが、相手もただ者ではないとわかった以上、肉を切らせて骨を断つ覚悟で臨む必要がありそうだった。

和喜子と留美が仲違いし、それを裏づけるように、留美も西置市に近寄らなくなった。そうして敵の目を欺いている間に、敵陣を突くのが今回の戦術だ。

唯一の心残りは知愛だった。ひとり残して行くわけにもいかず、昨夜は橋立邸を後にすると、すぐに義母の家を再度訪れた。数年ぶりに会ったばかりにもかかわらず、知愛の面倒を見ていてほしいとずうずうしく頼みに行ったのだ。

富由子は二つ返事で引き受けてくれ、すぐにその場でバイト先に電話し、スケジュールの調整をしてくれた。

——恥ずかしいかぎりだず。久々に会ったばかりだってのに、こだなお願いしに来て。

——なに言ってんだず。

深々と頭を下げる留美の肩に、富由子は手を置いて言ってくれた。

——今のあたしが自由にやっていけてんのは、あんたのおかげだべした。旦那も息子もいねえし、あたしを頼ってくれんのはバイト先とあんただけだ。誰かに頼られるってのは嬉《うれ》しいもんだず。

留美が家を空けている間、富由子が留守を預かってくれることになった。

しかし、なにもかもスムーズに根回しができたわけではない。昨夜は山形市に戻ると、知愛を焼肉店に連れていった。米沢牛を食べさせるような高級店ではなく、食べ放題のリーズナブルなチェーン店だ。

——東京？　いいなあ。あたしも連《し》れでってけろ。

——ダメ。遊びに行くんでねえよ。学校だってあっぺや。

知愛はムスッとした顔でカルビを焼いた。

——去年の夏休みも冬休みも、どこにも連《し》れでってもらってねえ。みんなはディズニーランドとか沖縄とかに行ってんのに。

——……悪《わり》い。

留美がうなだれると、知愛は生意気な顔で笑った。

——冗談だず。いきなり焼肉食おうって言い出すんだもん。そんときがら、なんかあるって思ってだよ。西置のばあちゃんにも会えるんだし、アレ買ってけだらなんの文句もねえよ。

知愛が要求してきたのは、かねてから欲しがっていた約二万円の携帯ゲーム機だった。

留美としては折れるしかなく、調査が終わり次第、買ってやると約束した。ついこの前までアイスか焼肉を食わせれば、大抵はごまかせたのだが、いつの間にか交渉なるものを覚えたようで、日増しにたくましくなる娘の成長を妙な形で喜ぶ羽目となった……。

留美はデッキから座席へと戻った。ノートパソコンを開き、奈央のSNSの日記を読み直す。彼女がまだ地域おこし協力隊員として、西置市で生活を始めて四ヶ月しか経っていないころのものだ。いかにも社交好きな彼女は、西置市内の政治家や経済人とのツーショットの写真をアップしていた。八月の最上川花火大会で、西置市の商工会議所の会頭と浴衣姿で写っている。

会頭は『安達《あだち》パッケージング』という地元企業の経営者だった。段ボールの製造や輸出向けの梱包材などを手がけ、山形産のフルーツを詰めるボール紙なども作っている。この会社が後に頑丈なすこやかパッケージの箱を手がけることになる。

「本とはずいぶん様子が違うなや」

留美は小さく呟いた。

ネットはゴミみたいな情報ばかりだが、人の嘘を見抜く優れたツールでもあった。

過去に浮気調査を手がけ、ネット上にアップされた調査対象者の日記や呟きを洗うだけで浮気が判明した例すらある。今や写真だけではなく、動画までがお手軽にアップできるのだ。テレビ顔負けの情報量で自分を売りこめる時代だ。その一方で嘘や矛盾も発見しやすい。ネット上の情報を精査していくと、彼女のエッセイとの食い違いがいくつも見つかった。

彼女が書いたエッセイは、シングルマザーで都会しか知らない彼女が、ふたりの子どもを連れて徒手空拳で田舎暮らしに挑む奮闘記でもある。

地縁も血縁もない山形の田舎町に住み、地域おこし協力隊に応募したものの、当初は自分がなにをやるべきなのかわからず、一年以上も迷走する日々が続いたという。

地元の特産品を使ったカフェレストランを起ち上げてみようと考えていたが、あまりに凡庸《ぼんよう》なアイディアだと県の移住相談員に叱られたというエピソードや、地元の特産品の開発というミッションを与えられてもうまく行かず、ただ漫然と道の駅の直売所で働いているうちに一年が過ぎてしまったとある。

豪雪地帯の置賜での厳しい冬や決して高いとはいえない給料、意外とお金がかかる田舎暮らしなどなど。さまざまな壁にぶち当たるが、温かい地元の人々の手を借り、勉強に勉強を重ねたうえですこやかパッケージのアイディアを考案。市役所の人々を説得して回り、著名な地域プロデューサーに気に入ってもらい、最終的に市長からゴーサインを得て実現にこぎつけた。事業が本格的にスタートすると、メディアから大きく取り上げられ、すこやかパッケージはグッドデザイン賞も獲得。大きな成功を収めた……。

要は著者の自慢話なのだが、文章はとても読みやすく、読書の習慣がない留美でも二時間ほどであっさり読破できた。同じひとり親世帯として共感できるところもある。仕事と家庭を両立させて生きていくのがどれほど大変なのかは、留美も嫌というほど知っている。こんな形で出会っていなければ、知り合いくらいにはなっていたかもしれない。

とはいえ、彼女がこしらえた物語にはいくつか穴があった。内閣府のNPO法人ポータルサイトには、彼女の矛盾を示す記録があった。

奈央が理事長を務めるNPO法人『Sodate』の定款《ていかん》があった。同法人が設立認証申請をしたのは約四年前だ。

彼女が地域おこし協力隊として西置市にやって来たころには、すでにNPO法人の起ち上げの準備がなされていたことになる。同団体の設立当初のメンバーは四名。地域プロデューサーや中宇称の名前があり、監事を務めるのは西置市の元副市長で、今は県議にもなった地元の顔役だ。

つまり、西置市に来た彼女は徒手空拳どころか、最初から市政に関わる経営コンサルタントや地元の名士に支えられ、お膳立てされたうえで、あの町に移り住んだのだ。

その約一年半後には、『Sodate』が法人格を取得。ちょうど奈央たちが、すこやかパッケージ事業の起ち上げの記者会見をやったころだ。

翼の失踪とはなんら無関係かもしれない。ただ、彼の行方を追ううえで奈央や中宇称らの実像を把握する必要があると判断した。依頼人の和喜子にもそう伝えてある。

新幹線が大宮《おおみや》駅に到着し、留美は大きなキャリーケースとともに降りた。関東の冬らしい乾燥した風が吹きつけてくるが、こちらも暖冬のようで、さほど寒くはなく、冬物のアウターを脇に抱えている者さえいた。

留美はふいの寒さに備え、羽毛のダウンジャケットを着ていた。キャリーケースをゴロゴロと引っ張り、新幹線のホームから在来線へ移動すると、身体の熱がうちにこもって汗がにじむのがわかった。自動販売機で冷えた緑茶を買い、その場で一気に飲み干す。

首都圏を訪れるのは久しぶりだ。十代のころに修学旅行や柔道の大会などで何度か来てはいるものの、土地勘などないに等しい。ネットが発達した時代でなければ、目的地にすらたどり着けなかったかもしれない。

スマートフォンで路線図を調べ、ＪＲ宇都宮《うつのみや》線に乗りこんだ。大宮駅から赤羽駅まで移動する。

赤羽駅は巨大だった。下町情緒が残る昭和的な街というイメージを勝手に持っていたものの、少なくとも駅構内は洒落《しやれ》ていた。行き交う人の数は仙台駅前より多いかもしれない。駅ナカ商業施設は活気があり、パンや総菜の香りが漂っており、若い買い物客で賑わっていた。スイーツ店の前にはカップルや女性客で長い行列もできている。東京の外れだと思ってナメてかかるなと、混雑した構内に説教されたような気さえする。

赤羽駅の東口を降りて宿泊先に向かった。駅のすぐ傍は歓楽街で、ビジネスホテルはそのど真ん中にあった。まだ午前中にもかかわらず、キャッチらしき中年男がビルの前でブラブラしていた。

風俗店の看板には電球が灯《とも》り、その隣では立ち飲み屋で老人たちが早くも一杯引っかけていた。駅構内とはまた違い、噂に違《たが》わぬ昭和な風景を目《ま》の当たりにして、一筋縄ではいかない街だと認識を改める。

ビジネスホテルも昭和のころからありそうな古ぼけた宿だ。狭いロビーには年代モノのベロアのソファがあり、古い建物独特のカビ臭さに加え、朝食の焼き魚と納豆の香りが混ざり合い、独特の香りが漂っている。壁のあちこちに日本語と英語と中国語とハングルで記された注意書きが貼られてあった。赤羽でもとくに格安料金だっただけに、それに見合った造りではある。

インバウンドブームが続き、さらに春節《しゅんせつ》を迎えているためか、都内のホテルの価格は軒並み高騰している。依頼人の和喜子に事情を伝えれば、もっと上等な宿に泊まるのを許してくれるだろうが、他人の不幸につけこむようで気が引けた。

年配のホテルスタッフに断りを入れ、キャリーケースとともに女子トイレの個室に入った。懐かしいキンモクセイの芳香剤の匂いに包まれながら準備に取りかかる。

キャリーケースのなかからブラウンのウィッグを取り出した。ウィッグをかぶって櫛《くし》で整える。肩を覆うほどのロングタイプで、緩くパーマもかかっており、久しぶりにつけたためか、鏡に映る自分が他人に見えてくる。

山形でも愛用していたダウンジャケットはしまい、セーターのうえからストールを巻いて顎や首を隠した。フレームの太いメガネをかけてトイレを後にした。ホテルスタッフにキャリーケースを預けると、彼は目を白黒させていた。

留美はビジネスホテルを出た。中宇称の城は赤羽駅東口の近くにある。

スクランブル交差点で信号を待っている間に、中宇称のSNSをチェックした。彼は今朝も日記をアップしており、まだ山形に留まっているようだった。西置市内の公園でジョギングしている姿をアップし、昼食には山形名物の板《いた》そばを食べて帰るのだという。

留美がコソコソと上京したのと同じで、彼もまた日記とは裏腹に東京に戻ってきている可能性があった。ネットの情報は鵜呑みにはできない。この赤羽が彼のホームタウンである以上、変装でもなんでもあらゆる手法を用いる必要がある。

スクランブル交差点を渡ってアーケード街に入った。約三百メートルのアーケードには大きなスーパーを中心に、山形でも見慣れたドラッグストアやファストフード店が軒を連ねている。人の往来は駅構内と変わらず激しかったが、演歌を中心としたミュージックショップやタバコ店、昭和風の喫茶店などもあり、落ち着いた雰囲気を醸し出している。

目的地はこの一角にあるかと思っていたが、ネットの地図をよく見ると一本逸れた位置にあると気づいた。アーケード街の脇にある道を進むと、マンションなどの建物に変わる。

西置市の東京事務所はオフィスビルの一階の、わりとひっそりとしたところにあった。公式サイトでは西置市の優れた地場産品や魅力、豊富な情報を首都圏にPRしていると記されていたため、アンテナショップのようなものを想像していた。窓ガラスには西置市の観光協会が作成したチラシが貼られてあり、なかを覗いてみると、棚に商品がわずかに陳列されてある。

出入口の引き戸を開けてなかに入った。やはり店舗というより、オフィスと呼ぶべき雰囲気が濃い。さして広くもないスペースの半分は事務所として使っているらしく、パーテーションで仕切られていた。中宇称のものと思しき大きなデスクもある。

女性事務員がひとりデスクワークをしながら、おにぎりを食べていた。急に訪れた留美を見て、慌てたように食べかけのおにぎりを置いた。

「いらっしゃいませ」

「見せてもらっていいですか」

留美が商品棚を指し、訛《なま》りを消して尋ねた。女性事務員は申し訳なさそうに頭を下げる。

「どうぞどうぞ」

留美は商品棚に目を向けた。

棚には商品が申し訳程度に並んでいた。工芸品であるお手玉、西置市産の玉コンニャクと板麩《いたふ》、それに蕎麦《そば》の乾麺があるだけだった。あとは西置市をＰＲするパンフレットやチラシが棚の隙間を埋めるように置かれてある。

事務員から尋ねられた。

「あの、西置市に興味がおありなんですか？」

「故郷《クニ》が山形でね。上京してからもう何年も経つけど、ネット見たらここに西置市のアンテナショップがあるっていうから来てみたんだけど……」

「すみません。ここはショップというほどではなくて。『トーユー』のほうに西置市産の野菜や特産品の常設コーナーを置かせてもらってます。そちらのほうでしたら、いろいろありますよ」

『トーユー』は大手のスーパーで、さっきのアーケード街に店舗を構えている。

「ずいぶんとひっそりとした場所にあるから、なんか不思議だなと思ってはいたんだけど」

「本当はアーケード街に店を出せたらいいんですけど、家賃も全然違ってくるし、なにせ小さな町だからそこまでの予算はないって」

「赤羽ってのもなんだか不思議ね。ふつうは霞が関とかに構えるもんなのに」

「みんなに言われます。あちらの市長さんが、野菜や特産品を直接売れるようなところにしようというので、伸びしろがあるこの町に注目したのと、あとはうちの所長が赤羽では顔が広いこともあって、それで決まったらしいんです」

「あなたも山形出身？」

「私は埼玉です。じつは山形には一度も行ったことなくて。いつか温泉に行ってみたいなと思ってはいるんですけど」

事務員は話し好きのようで、留美に気軽に話してくれた。怪しむ様子はまるでない。

もっと質問をぶつければ、彼女は期待に応えて話してくれるかもしれなかった。中宇称についても訊きたかったが、引き際を誤ってはならないぞと己を戒める。

「じゃあ、『トーユー』に寄ってみます」

事務員に挨拶をして東京事務所を後にした。もともと、ここで情報収集をする気はない。敵の城を念のため偵察しておきたかっただけだ。

右も左もわからぬ土地で情報を集めるのは容易ではない。どこで中宇称側の人間と接するかわからず、闇雲《やみくも》に動けば敵に警戒されるだけだった。

敵地にいるとはいえ、調査のやり方はいろいろとある。スーパー『トーユー』の自動販売機で缶コーヒーを飲みながらスマホをチェックした。

奈央もまたネットを駆使して宣伝に励んでいたが、中宇称も同じく大量の日記を残し、西置市東京事務所のサイトでも、地元の祭りやこの『トーユー』に西置産の魅力ある商品の売り込みをしたとアピールしている。

また、中宇称は政権与党の自由政民党《じゆうせいみんとう》を熱心に応援しているようで、与党に所属した地元の若手区議や大物都議と仲良く写真に写る姿がいくつもあった。国会議員の政治資金パーティにも積極的に参加し、大臣経験者や山形から選出された衆議院議員ともツーショットでカメラに収まっている。

地元の区議の公式サイトには、北区のスポーツを応援する経営コンサルタントとして登場もしていた。区議が秘書時代の〝坊や〟だったころから交流があったという。

中宇称は北区のフットサルクラブの事務局長を務め、若手区議は会長という関係にある。中宇称はフットサルクラブだけでなく、卓球やスポーツ少年団の役員も兼任しており、例の白い歯を覗かせて「この北区からオリンピアンを輩出するのが夢」と語っていた。西置市と縁を持つようになったのも、こうしたコネクションがモノを言ったようだ。

アーケード街を抜けて東に進んで、志茂平和通《しもへいわどお》りなる商店街に入った。アーケードがなくなって道幅がぐっと狭まる。さらにレトロで生活感のあふれた個人商店が並んでおり、人の流れが緩やかになった。シャッターを下ろした店舗も少なくない。コインパーキングやマンションに変わっているところもある。

目的地の『土橋金物店《どばしかなものてん》』は豆腐店とクリーニング店の間にあった。東京事務所も入るのをためらわせる雰囲気があったが、この金物店も負けてはいない。

店の出入口付近に鍋やフライパンなどが積み重ねられてあり、営業はしているようだった。赤いマジックペンで大きく〝特価〟と記されたＰＯＰ《ポップ》が掲げられてある。

とはいえ、そのPOPも長いこと風雨にさらされたらしく、インクがにじみ、紙はフニャフニャに波打っていた。肝心の商品もうっすら埃をかぶっていた。緑色の軒先テントもすっかり色あせている。客の姿は見当たらないが、店員も見当たらない。

店舗の壁やガラス戸には、野党の地元区議のポスターが貼られてある。POPとは対照的にピカピカで真新しかった。

留美は引き戸を開けて入った。声をかける。

「ごめんください」

店の奥からゴーグルをかけたエプロン姿の老婆が出てきた。作業用手袋をつけている。店の暗い雰囲気とは違って、にこやかな営業スマイルを浮かべる。

「いらっしゃい。研ぎ物ですか？」

「いえ。ご主人の朋文《ともふみ》さんはご在宅でしょうか。私、椎名と言いまして、区政に興味を持っている者なんですが――」

老婆の顔から営業スマイルが消え失《う》せ、一転して渋い顔つきになった。

「ご主人はあたしだよ。あいつはただの宿六《やどろく》」

「あ、これはどうも失礼しました」

留美は名刺を差し出した。

「探偵……山形？」

老婆は胡散臭そうに留美を見やった。留美は表情を引き締めて切り出した。

「じつは区政に関わる、とある人物の身元調査をやっているんです。それで区議会を頻繁に傍聴してらっしゃる朋文さんのお話をうかがいたいと思いまして」

「あんた……どっかの宗教団体じゃないだろうね。機関紙を取れとか言い出さない？」

「言いません、言いません」

「なにかを売りつけたりもしないね。名義を貸せとかもなしだよ」

「もちろんです。お話をうかがうだけですから」

老婆の目をまっすぐに見て答えた。それでも老婆の疑わしげな顔つきは変わらない。過去によほど痛い目に遭ってきたのかもしれない。

彼女は留美と名刺を交互に見やる。

「いろんな連中が来たもんだけど、探偵なんてのは初めてだね。それに山形だって？」

「はい。いろいろありまして」

老婆はぼそっと言った。

「私は会津《あいづ》。今でもたまに芋煮を作るよ」

「会津の芋煮、おいしいですよね。あっちはなめこやキノコをふんだんに入れる」

老婆は頬を歪めて笑った。

「東北の出なのは本当みたいだね。今日は日曜だから、あいつは昼間っから呑んだくれてるよ。平日も呑んだくれてるけどね」

老婆は旦那の居場所を教えてくれた。一番街《いちばんがい》という商店街にある大衆居酒屋かおでん屋に入り浸っているという。

「ありがとうございます」

「あまり調子づかせないようにね。テキトウなところで切り上げさせるんだよ」

老婆は再びゴーグルをかけて奥へと消えていった。留美は彼女の背中に向かって深々と頭を下げた。土橋金物店を後にし、赤羽駅方面へと戻る。

一番街と大きく書かれたアーケードをくぐった。日曜といえば、山形の酒場なら大抵は休業になるものだが、この呑兵衛《のんべえ》の街は違うようだった。昼間からあちこちの店が本格的に営業している。甘いタレと肉が焼ける香ばしい匂いが漂い、焼鳥店や焼肉店はゴウゴウと音を立てて白煙を排出している。

激安をウリにしている居酒屋では、ビールケースを椅子代わりにし、オープンテラスのように店の外で呑んでいる若者の集団もいた。カップルも焼きトンや大阪風串カツにかぶりついている。日曜は一種の縁日と化しており、まるで観光地のように人々でごった返していた。

土橋朋文がいるという大衆居酒屋も賑わっていた。居酒屋は木造建築の渋い店構えで、大きなコの字型のカウンターには、若者から老人まであらゆる年代層の男たちがびっしりと集まっており、店内の壁にはメニューが記された短冊が隙間なく貼られてあった。テキパキと動く女性店員の働きもあって、繁盛店らしい熱気を醸し出している。

土橋には一度も会ったことはない。それでも留美は彼の顔はすでに把握しており、カウンターの隅でポテトサラダを肴《さかな》に、熱燗《あつかん》を退屈そうに飲んでいる老人を発見した。

肩までありそうな豊かな白髪をゴムで縛り、豊臣秀吉《とよとみひでよし》みたいなヤギヒゲを顎にたくわえている。冬用の作務衣《さむえ》に綿入り半纏《はんてん》を着こんでいるため、隠居した江戸時代の老人のようだった。なぜか両手には老婆がつけていたのと同じアルファベットのロゴが入った作業用の手袋を嵌めており、純和風の格好とまるでマッチしていない。

職業不詳の人間たちが行き交うこの街のなかでも、ひときわ目立つ独特の雰囲気を放っていた。政治マニアというのは往々にして変わり者が多い。

留美は暖簾《のれん》をくぐって店内に入った。ちょうど土橋の隣が空いていたため、彼の隣の丸椅子に腰かけた。すかさず女性店員がおしぼりを留美に手渡し、ドリンクの注文を訊いてきた。留美は生ビールを頼んだ。

女のひとり客が珍しいのか、隣の土橋が視線をチラチラと向けてきた。格好こそ奇抜だが、鼻を赤くさせるなど、典型的な呑兵衛の顔つきをしている。

留美が隙を逃さず語りかけた。

「あの、土橋さんでいらっしゃいますか?」

土橋は驚いたように背を仰け反らせた。

「そうだけど……あんたはどちらさんだったかね。うちのお客さん?」

「いえ、じつは」

名刺を渡しながら来意を改めて告げた。

自分が探偵であると知らせ、区政に関わっているある人物の身元調査をしていると打ち明けた。

土橋の目が急にギラッと輝きだす。

「探偵? 公安《ハム》のおまわりさんじゃないだろうな」

「そんなんじゃありません。元警察官ではありましたけど、勤めていたのは東北の小さな県警です」

土橋は巾着袋から老眼鏡を取り出した。

「本当かね」

彼はすばやく老眼鏡をかけると、留美の名刺に目を落とした。じっくりと読み上げる。不信感を露にしているが、退屈していたところによくぞやって来てくれたという気配が伝わってくる。留美は生ビールを口にした。

土橋の存在を知ったのは昨夜の夜遅くだ。SNSで北区の政治マニアを探していたところ、舌鋒《ぜっぽう》鋭く与党の批判を繰り返す彼の日記に行き着いた。かつて元全共闘の闘士として、機動隊相手にゲバ棒を振るい、大学を中退してからは左翼系の小さな出版社に勤務していたという。

結婚を機に金物店の主人となり、切れ味の鈍《なま》った包丁や剪定バサミを蘇《よみがえ》らせる研ぎ師として知られつつも、政治への関心は薄れなかったようで、選挙があるたびに野党候補の応援に力を入れてきた。十七年前の区議選には自身も立候補し、惜しくも落選している。

「山形？　うーん……山形といえば」

土橋はヤギヒゲをいじりながら中空を睨んだ。やがて目を大きく見開くと、膝を大きく叩いた。

「そうだ。西置市って田舎町だろ」

「そのとおりです」

留美はジョッキを掲げてみせた。

ただの酔いどれにすぎないのではと危惧を抱いていたが、頭の回転はよさそうだった。

「……ということは、あんたが知りたいのは中宇称だな」

「ご存じでらっしゃいましたか」

「そりゃそうさ。あいつは我が北区が誇る最低なダニ野郎だよ！」

土橋の声の大きさに、周囲が何事かと注目した。店の空気を壊しかねないほどの音量だ。

「ダニ野郎とは穏やかじゃないですね」

留美は彼のお銚子《ちょうし》を手に取り、空の猪口《ちょこ》に注いでやった。

探偵の業務のひとつに身元調査がある。探偵らしく対象者を張り込みや尾行で調べたりもするが、営業マンのように地味でまっとうなやり方が功を奏す場合が多い。対象者の周辺にいる人たちに、探偵であると身元を堂々と明かしたうえで、対象者の評判について尋ねて回るのだ。

身元や目的を嘘偽りなく打ち明けて接してみると、人は案外協力的になってアレコレと話してくれるものだ。ただし、どこの町でも事情は同じだが、とくに山形の農村あたりでは、どこの馬の骨とも知れない探偵ごときに本音を漏らすはずはなく、当たり障りのないことしか言ってはくれない。

しかも対象者が大物であったり、やばいスジに近い人間であればなおさらだ。闇雲に尋ねて歩こうものなら、探偵が嗅ぎ回っていると、対象者にご忠進する者もいる。中宇称のホームタウンであるこの街で、無計画に練り歩けばそうなる可能性が高い。事前の下調べが欠かせなかった。

今回のケースで有効なのは政治だった。中宇称が政権与党の自由政民党に近いとわかった以上、同じ土地で与党嫌いの人間を探せばいい。大抵は犬猿の仲であり、そのくせ相手の動向を詳しく知っていたりする。また、町の噂に敏感で話に飢えており、演説や議論を三度のメシより好むタイプが多い。身元調査をするにはもってこいの存在だった。

土橋がまさにそんな人物だった。中宇称と同じくSNSをフル活用し、首相や大臣といった国政クラスの政治家だけではなく、中宇称が支援している区議会議員も頻繁に槍玉《やりだま》に挙げ、ネットで痛烈に批判を展開させていた。

留美は店員を呼び止め、土橋のために熱燗を頼んだ。土橋はまだ尋ねてもいないうちに、中宇称について口を開いてくれた。

「あいつは血税にたかってメシ食ってる一種の政商さ。親父《おやじ》の代からずっとそうだ。地元の名士や政治家と懇《ねんご》ろになっちゃ、公共施設の電気工事だの業務用エアコンの設置だのを手がけてた」

「電気工事の会社をやっていたんですか」

素直に驚いた。中宇称のSNSには一言も出てはこなかったからだ。

「親父も荒くれ者で有名だった。飲めばすぐに裸になって、背中の倶利迦羅紋紋《くりからもんもん》を自慢してたな。まあ、ここはかつてそういう町だったし、荒くれ者なんて珍しくもなんともなかった。親父さんは額に汗して働いていた分だけマシだったかもな」

「父親が荒くれ者の親方だったのなら、息子の中宇称さんもだいぶヤンチャだったんじゃないですか？」

「おおよ。ナマイキなクソガキだったな。頭をリーゼントにしてダブダブのボンタン穿いちゃ、高校のときからチンピラみてえな格好してやがった」

店員が熱燗を運んできた。熱々のお銚子を摑み、猪口に注いでやると、土橋は見違えるように顔をイキイキとさせた。

舌も相当滑らかになり、土橋は昔話を披露してくれた。中宇称がそれなりのツッパリ学生で、高校のときからこのあたりの飲み屋に出入りし、バイクを乗り回していたこと。肩で風を切って歩いていながらも、最強の不良集団と言われた他校の学生を見ると、借りてきた猫のようにおとなしくなっていたといった話まで打ち明けてくれた。

　土橋は七十過ぎの団塊世代で、中宇称とは二回りほども年齢が違う。中宇称の学生生活まで見てきたように語る彼の話には、眉に唾をつけて聞く必要もあったが、それでも耳を傾ける価値は充分にあった。

「親父の後を継いで、このあたりの病院や学校の電気工事を請け負っていたが、バブルが弾《はじ》けてからは、どこの自治体も緊縮路線で財布のヒモをきつく締め上げるようになってな。やつの会社もだいぶワリを食った。でかい仕事をくれるわけでもねえのに、そのくせ政治家は相変わらずパーティ券を買え、もっと党員を増やせ、選挙中は社員にボランティアをさせろとおねだりばかりだ」

　留美はタブレット端末を取り出した。

「これを見てもらっていいですか？」

　中宇称を紹介した区議のサイトを土橋に見せた。彼は思いきり顔をしかめた。

「そんな連中、見せるなよ。酒がまずくなるだろ」

「ここに中宇称さんの経歴が簡単に紹介されてるんですよ。ライフライン系企業や環境系ベンチャー企業を次々に設立とあります。それらを経営した経験を活かして、今の経営コンサルタントを行うに到ったと記されてます」

「いやはやツラの皮の厚い野郎だ。もっともらしいこと言ってるが、ライフライン事業ってのはただのなんでも屋。環境系ベンチャー企業ってのは太陽光発電のことだろうな。どっちも経営に失敗して破産しかけたってのに、一体なにをコンサルティングするんだか」

　土橋は頬を歪めて笑いながらスラスラと答えてみせた。顔を見たくもないほど嫌っているのに、自分の配偶者のことよりも詳しそうだった。

公共事業をアテにできなくなった中宇称は、電気工事だけでは食えなくなって経営の多角化を図った。

携帯電話販売やネット回線の代理店、ウォーターサーバーの販売取り次ぎ、生命保険や損害保険まで請け負うようになった。政界とのつきあいで築いた人脈を活かし、政治家の後援会を中心に、スマホやウォーターサーバーを売りさばいた。

最初こそ売上を伸ばしていたものの、すぐに頭打ちになって経営が苦しくなったという。経歴に記されていたとおり、太陽光発電を目的とした子会社を設立。その二年後に東日本《ひがしにほん》大震災が発生して、〝太陽光バブル〟と呼ばれるブームが到来。かえって参入企業が相次ぎ、競争が激しくなって販売不振に陥ったのだという。中宇称に工事を発注していた発電業者の資金繰りが悪化。数千万円もの負債を抱えたまま、親会社ごと店を畳まざるを得なくなるほど火の車となった。

「これであいつも終わりだと思ったら、どっこいしぶといもんで、いつの間にか経営コンサルタントを名乗りだして、西置市なんてどこにあるかもわからねえ町の東京事務所の所長様だと名乗りやがった」

「どうやって西置市に食いこんだんだと思います？」

土橋に指をさされた。彼は声を荒らげて注意してきた。

「さっきから訊いてばかりだな。あんたの地元のことじゃないか」

「お恥ずかしいかぎりです」

西置市は決して地元とは言いかねるが、反論などせずに土橋の機嫌を取った。

「まあいい。授業料を払ってもらうぞ」

土橋は声を張り上げて店員を呼び、ウナギの白焼きにマグロと鯛《たい》の刺身を注文した。大衆居酒屋とはいえ、もっとも高いメニューを矢継ぎ早に頼まれ、いささか鼻白《はなじろ》んだ。

「おれは知ってるぞ。西置市ってのはなんなんだって調べたことがあったんだ」

土橋は再び巾着袋に手を伸ばしてスマホを取り出した。

彼は手袋を外してスマホを操作した。意外にも操作には慣れているようで、若者のように両手で文字入力する。昼間っから呑んだくれていて、これで刃物など扱えるものなんだろうかと疑わしく思っていたが、とくに手の震えもなく、あっという間にニュース記事を表示させた。留美に液晶画面を見せる。

「ほれ、この記事だ」

『西置市長選　告示　立候補者第一声／山形』という見出しとともに、西置市の市長である宮前繁樹《みやまえしげき》の姿が現れた。タスキをかけてマイクを握る写真が出て来る。大手紙が昨年の市長選の模様を伝えた記事だ。

宮前は昨年の時点で還暦を迎え、頭髪はだいぶ寂しくはなっているが、相撲取り風の恰幅《かっぷく》のいい体格と、脂分の多そうな顔立ちで精力的な印象を与えていた。去年の選挙では野党候補に大差で勝利を収めて四選を果たした。向かうところ敵なしの状態にあり、西置市内では大きな権力を持つという。

宮前はずっと無所属で出馬し続けているが、政権与党にかなり近いようで、前回の選挙でも自由政民党と巨大宗教法人を支持団体とする公聖党《こうせい》の推薦を受けている。

土橋が見せてくれた記事のなかでも、宮前が市長選に臨むにあたり、西置市内の神社の境内《けいだい》で第一声を上げ、出陣式には自政《じせい》党の国会議員を始めとして、同党や公聖党の県議が多数駆けつけたとあった。

宮前の出陣式に駆けつけた国会議員は、東大《とうだい》法学部卒で国土交通省の元キャリア官僚の肩書きを持つ森村一高《もりむらかずたか》だ。東京生まれで東京育ちの毛並みのいいエリートで、三十歳で霞が関を早々に去ると、父親の出身地である置賜地方に移住して、自政党山形県連の候補者公募に合格。現在は農水省政務官にまで出世した若手のホープだ。

土橋がうまそうにウナギの白焼きを頬張りながら解説してくれた。

「その森村って若手の国会議員と、こっちの北区が生んだ自政党の大物議員がだな、どっちもＩＴに精通してるってことで、サイバーセキュリティだのクールジャパン戦略だので、一緒につるんでることが多いようなんだ。中宇称はその大物議員とパイプを持ってる。その森村ってのを介して宮前市長に気に入られて、西置市に食いこむのに成功したんだと、おれは睨んでる」

彼は再びスマホを操作した。ニュース記事から国会議員のブログ記事に変わる。土橋が大物議員と呼んだ脇田健太郎《わきたけんたろう》の日記だった。

大臣経験もある脇田と、西置市を含めた置賜地方を地盤とする森村たち若手議員が、埼玉の広場でドローンのデモンストレーション飛行を見学していた。脇田は地方創生に力を入れているらしく、人口減少と高齢化が著しい田舎でこそ、ドローンや自動走行車、遠隔治療といった新しい技術が欠かせないとアピールしていた。

「こんな大物議員にまで食いこむなんて、中宇称さんの人脈もすごいですね」

「本来なら商売でヘタ打った電気工事屋のおっさんなんかを、国会議員が相手にするわけねえ。バッジを失った代議士がタダの人以下になるのと同じで、羽振りの悪くなった後援者なんて疫病神《やくびょうがみ》でしかねえからな。そんなのが今度は地域コーディネーターだとかに見事に転身だ」

「どんな手を使ったんでしょう」

また叱られるのを覚悟して訊いた。土橋が声を潜める。

「窮鼠《きゅうそ》猫《ねこ》を噛むってやつさ。あいつは長いこと自政党のために尽くしてきた。地元区議の裏選対まで務めてたって噂もある。さんざん働いてきたんだから少しくらい恩返しをしてくれと、党のほうにおねだりしたんじゃねえか。つまりは脅しだ」

「なるほど」

留美はうなずいてみせた。

彼の話を鵜呑みにするわけにはいかないが、じっさいに西置市に食いこんだ中宇称の政治力は侮《あなど》れなかった。

「親父以上に人たらしの才能があったのはたしかだ。今でこそ住みやすい街なんて言われるようになったが、昔は無法者のヤクザにチンピラ、暴走族やツッパリなんかの悪ガキがうようよしていた。そういう土地で生き抜くにはコネがモノを言う。中宇称もそういうのを肌で感じながら生きてきたのさ。暴力のプロの機動隊に比べたら、ここらの暴れん坊なんてかわいいもんだけどな。あんたも元警察官ならわかると思うが、機動隊のやつらときたら化け物みてえな強さだった。とくにおれらとやり合った鬼の四機《よんき》なんてのは……」

土橋の話が逸れて、己の武勇伝に変わっていった。政治運動に青春を捧《ささ》げた老人にありがちな癖ではある。

留美は根気強く相槌を打ち続けた。これらの昔話や説教を拝聴するのも〝授業料〟のひとつだ。なかには空振りもよくあり、調査対象者についてなにも知らないくせに、長々と引き留めては延々とアジり出す寂しい年寄りも少なくはない。それに比べれば、土橋は金銀財宝がつまった宝箱ではあった。

土橋が白焼きや刺身に舌鼓を打ちつつ、若い世代の投票率の低さを嘆き、いくら日経平均株価が上昇していても、さっぱり労働者の賃金は上がっておらず、そのくせ国や都は五輪にジャブジャブと予算を注ぎこみ続けている、我が国は果たしてこれでいいのかと憂える演説を神妙に聞き、彼の猪口に酒を注いでやった。

話が一段落してから、タブレット端末の画面を切り替えた。

「ちなみに、この女性はご存じですか？」

「ん、誰だって？」

土橋は顔を曇らせた。しげしげと液晶画面を見つめてから首をひねりだす。

「いや……知らねえな。こんなベッピンなら、絶対に覚えてるはずだ」

土橋に見せたのは、吉中奈央がネットに上げている自分のプロフィール写真だった。スタイリストに整えてもらったようなブラウンの頭髪、ミモレ丈のタイトスカートとテーラードジャケットという、都会のオフィスでバリバリ働く女性風の洒落た格好で決めている。

留美は奈央について教えた。移住してすぐにＮＰＯ法人を起ち上げ、その役員には中宇称を始めとして、著名な地域プロデューサーや西置市の名士が名を連ねていたことも。

土橋は顔をニヤつかせた。

「なるほどな。中宇祢の野郎、女の武器を使って田舎町に食いこんだわけか」

「そうと決まったわけじゃありませんが」

「それ以外になにがあるってんだ。なにか旨みでもなきゃ、誰が好きこのんでこんな田舎町なんかに目つけるんだよ」

「ああ?」

留美は反射的に睨み返していた。西置市は留美の地元ではないが、自分の故郷をコケにされて頭に血が上った。

留美の怒気に驚いたのか、土橋は猪口を置いて両手を振った。

「いや……すまなかった。べつに田舎を蔑《さげす》んでるわけじゃないんだ」

「わかります。すんません。こちらもついカッとなっちまって」

恥ずかしさで顔が火照った。

空《す》きっ腹に生ビールを勢いよく流しこみ、いささか酔いが回っていたのかもしれない。少しばかり故郷をおちょくられただけで腹を立てるとは。しかも怒りがモロに伝わってしまったらしい。

土橋も恥ずかしそうにうつむいていた。弱い者の味方で反骨の男を気取って演説まで披露していたのに、地方を当たり前のように蔑視《べっし》する自分に驚いているようにも見えた。

しばし沈黙してから、土橋がおそるおそるといった調子でスマホを操作した。

「こいつは詫びのしるしだが……」

キャバクラの公式サイトのようで、いくつものシャンデリアとギャザー仕上げのソファ、大理石風のテーブルで飾られた店内の様子を映し出している。

「ここは？」

「中宇称が贔屓《ひいき》にしている店だ。政治家やここいらのボンボン経営者らとよく『夜の勉強会』をやるのさ。銀座《ぎんざ》のクラブとは比較にならねえが、それなりに高級感もあってＶＩＰ席もある。ホステスも二十代後半から三十代くらいの落ち着いた年齢で、なかなかのオヤジキラーが揃ってるんだとさ。ひょっとすると、女のこともわかるかもしれねえ」

「すみません。なにからなにまで」

「いいんだよ」

店名は『マチルダ』と言い、留美が泊まるホテルの裏側にあった。

土橋は中宇称を知っていそうな人間を何人か紹介もしてくれた。自政党から野党の応援に切り替えた者や、区政をよく知る元公務員などだ。

土橋はひねくれた無頼派を気取っていたが、繊細な感性を持つ永遠の学生運動家といった感じの親切な男ではあった。

彼はお銚子を振り、最後の一滴まで猪口に注いだ。顎をそらせてぐっと空ける。

「だけどよ。注意しながら調査したほうがいいぜ。あいつはべつにコレじゃねえけどさ」

土橋は頬を人差し指で切るジェスチャーをしてみせた。ヤクザという意味だ。

「彼自身がそのスジじゃなくても、そっちの人脈もあるってこと？」

「裏選対までやっていたんだ。誹謗中傷や嫌がらせを得意とするダーティな連中と通じていたとしてもおかしくねえよ。あいつも環境系ベンチャー企業とやらで失敗して、一度不渡りを出してるんだ。なんとかカネをかき集めて倒産こそ免れてはいるが、だいぶヤバいところからカネをつまんだって噂だ。まだ完済だってしてねえだろう。今度の地域コーディネートなる仕事でひと花咲かせるためなら、邪魔する者は全力で排除してくるはずだ」

「そうでしょうね」

GPS発信機を取りつける中宇称の姿が脳裏をよぎった。失踪した翼も彼に排除されたのかもしれないのだ。

「最後にもうひとりだけ見てほしい人がいるんですけど」

タブレット端末を操作して、肝心な橋立翼の写真を表示させる。中宇称や奈央や政治家たちには食いついた土橋だったが、翼にはまるでピンと来ないようで、彼は首を横に振るだけだった。

「もっと協力してやりてえところだけど、そろそろ店に戻らねえとかあちゃんに刺されちまう。紹介した人らには声かけておくからよ」

「ありがとうございます」

土橋と連絡先を交わすと、彼は名残惜しそうに店を出て行った。まだ飲み足りなさそうなのは明らかだだが、やけに晴れ晴れとした顔つきだった。

支払いを済ませて、留美も店を出た。冬の太陽がてっぺんまで昇っており、昼食時を迎えて、ますます商店街は活況を呈しているようだ。カップルや若者だけでなく、外国人観光客も鯛焼きやタピオカ飲料を手にしてブラブラしている。

留美は一番街から赤羽駅の東口へと向かった。中宇称がよく接待に使うという『マチルダ』を念のために見ておきたかった。もっとも、日曜昼間なんかに営業はしていないが、同店を見張れるような位置などを事前に把握しておきたかった。

東口の広場は相変わらず人気が多く、ロータリーには十台以上のタクシーがずらっと並んでいる。留美はアルコールの臭いを消すため、ミントタブレットを口に放った。生ビールを一杯口にしただけだが、昼間の酒というのは不思議と回るものだ。とくに山形のように車がなければどこにも行けない土地で暮らしていると、昼間に飲酒する機会などそうそうない。

「うん？」

広場を横切っていたときだった。足が反射的に動き、傍のドラッグストアへと入る。

狭苦しい棚と人混みにまぎれつつ、広場のほうに目をやった。赤羽駅の東口から見覚えのある男が現れる。

小麦色に焼いた肌と引き締まった肉体。黒々と染めた髪をオールバックにしたヘアスタイル。中宇称だった。行き交う者のほとんどが日曜とあってカジュアルな格好をしていたが、ひとりだけブラックのスーツを着ていたため、アルコールでいささか思考が鈍った留美でも真っ先に気づけた。

中宇称はキャリーバッグをゴロゴロと引っ張りながら広場を横断している。とくにあたりをうかがったりもせず、早足で東京事務所がある方角へと歩き去っていく。ドラッグストアに避難した留美に気づいた様子はない。

ただし、中宇称の顔つきはひどく険しかった。ただでさえコワモテな顔つきのうえに、眉間にシワを寄せて口元を歪めているため、のんびりと休日を謳歌《おうか》している人々が彼に道を譲る。SNSにアップしている笑顔の写真とは正反対の表情だった。

彼はSNSに西置市で昼食を取ってから帰ると記していた。そのため、地元赤羽に戻るのは夕方あたりになるものと思っていた。その言葉を額面どおりに受け取らず、念のために変装していてよかったと思う。

中宇称は中宇称でやはり食えない男であり、彼の監視の目を欺いて上京した留美と同じく、彼もまたSNSでの日記とは異なる行動を取っていた。西置市でゆっくりソバなど堪能せず、さっさと午前中の新幹線に乗って戻ってきたようだった。

「上京したのが、もうバレたんだべが……」

留美は口のなかで呟いた。

しかし、その可能性は低いように見える。中宇称はうつむき加減で脇目も振らずに歩いている。なにか急用があって東京に戻ってきたのか、あるいは探偵に嗅ぎ回られるのを避けるため、SNSで公言したのとは違った行動を取ってみせたのか。いずれにしろ、同じ土地をうろついている以上、もっと注意を払う必要がありそうだった。姿が見えなくなるまで彼の背中を追い続けた。

ドラッグストアを出ると、あたりに注意を払ってから、赤羽駅に入って改札口を通り抜けた。

赤羽から埼京《さいきょう》線に乗り、さいたま市へと向かう。シートに腰かけ、トートバッグから本を取り出した。奈央のエッセイだ。あらゆるページに付箋《ふせん》を貼ってある。

本を開いた。エッセイはそのほとんどが西置市に移住してからの奮闘について詳しく書かれている一方で、出身地のさいたま市にいたときの記述はほとんどない。

彼女は川越《かわごえ》市で生まれ育ち、さいたま新都心の企業に就職したのを機に、同市内に移り住んだという。

子どもの父親についてはまったくと言っていいほど触れられていなかった。なれそめはもちろん、相手がどんな人間であって、けっきょく死別したのか、離婚したのかも記されていない。

そのなかで珍しく、さいたま市時代の写真が本に掲載されていた。まだ赤ん坊のころの長女を抱きながら撮られたもので、Tシャツ姿の奈央が笑顔を向けている。ショートの黒髪でほとんど化粧もしていない——まるで別人のようだ。

今のように歯並びはよくなく、八重歯を覗かせながら照れたようにうつむき加減で写っている。山形での堂々とした写りっぷりとは対照的だ。撮影者はわからない。友人かもしれないし、当時の旦那かもしれなかった。

この数年後に彼女は次男を産み、さいたま市内の情報通信業の会社で働いていたが、ふと都会暮らしに疑問を抱き、山形置賜地方への移住を大胆に決意するようになる。少なくとも本にはそう書かれてあった。

留美はさいたま市の北与野《きたよの》駅で電車を降りた。都内よりもさらに土地勘のない場所だ。ホームに降りるなり、トラックや車の騒音が耳に届いた。周りは真新しいタワーマンションや高層マンションが建つ住宅街だったが、駅の真下は中山道《なかせんどう》の国道17号であり、車が激しく行き交っている。排気ガスの臭いが鼻に届く。

北与野駅の南口を出て、国道17号沿いに歩いた。歩道は広めではあるものの、ビュンビュンと自転車配達員が傍を通り抜けていく。冬の乾燥した空気に乗り、排気ガスや埃が派手に舞った。ただ歩くだけでストレスを覚え、奈央は本当に田舎暮らしを望んだのかもしれないとさえ思えてくる。

「見えてきたなや」

当面の目的地は駅から近かった。国道沿いらしく、自動車販売のディーラーや派手な看板のバイク店、無機質なオフィスビルが立っている。

雑然とした街並みのなかに、ヨーロッパの大聖堂を思わせる異質な建物がそびえ立っていた。敷地はオールドシャトーフェンスにぐるりと囲まれ、内部には木々がたくさん植えられている。いくつものバンケットルームに豪華なチャペルも兼ね備えた結婚式場だ。

日曜の今日は書き入れ時のようで、敷地内からは人々の歓声が聞こえ、出入口付近にはめかしこんだ男女が引き出物の入った紙袋を手にしてわいわいやっている。

留美は奈央の本を開いた。再び写真に目を落とす。

「やっぱ、このあだりだな」

赤ん坊を抱く奈央の背後に、この独特の建物が写りこんでいた。最初はラブホテルか宗教団体の施設かと勘違いしたが、ネットで市内にある結婚式場を片っ端から調べ上げると、すぐにこの建物がヒットした。これほど豪奢《ごうしゃ》な雰囲気の建築物はそう多くない。絞り込むのは難しくなく、彼女の写真が撮られた位置を特定できた。

彼女がこの付近に住んでいたとは言い切れない。とはいえ、写真の奈央は軽装だ。遠出には必須の外出用の抱っこひもやバッグを持っていない。また、あの自己顕示欲の強い人物が、なんのアクセサリーもつけず、Tシャツ一枚で遠出するとは考えにくかった。

お祭り騒ぎのような賑わいの結婚式場を通り過ぎると、留美は国道17号の横断歩道を渡った。結婚式場の真向かいにあるバイク店を目指す。

「お忙しいところすみません、お尋ねしたいことがあるんですが」

エッセイ本とタブレット端末を手にして、バイクをいじっているツナギ姿の老人に話しかけた。

11

留美が赤羽のホテルに戻ったのは夜十一時過ぎだった。

まだ荷物を預けただけで、チェックインはしていない。宿泊者カードに住所や名前を書くのもかったるい。懐かしいアクリル製の棒付きのルームキーを受け取り、キャリーケースを引きずってエレベーターで上がる。

部屋はロビーと同じく、独特のカビ臭さがする狭い部屋だった。禁煙ルームではあり、タバコ臭こそしないが、カーペットには焦げた跡がそこかしこにある。

部屋の造りや広さなどどうでもよかった。シングルベッドに倒れこむと、布団に身体がめりこみそうになる。足がすっかり棒と化し、ふくらはぎの筋肉が痛みを訴える。最近は雪掻きなどの力仕事がないため、身体もだいぶ鈍っていた。靴底がすり減るような聞き込みも久しぶりだ。

うとうとと眠気に襲われる。寝ている場合ではない。鉛のように重くなった身体を起こし、キャリーバッグから充電器を引っ張り出した。

スマホのバッテリーは低電力モードとなっていたが、タブレット端末は完全に電池切れを起こしていた。自分の体力の残量を見ているかのようだった。

北与野周辺で手当たり次第に店舗や家々を尋ねて歩いた。

日曜日で在宅率こそ高かったが、気さくに応じてくれる者などほとんどいない。マンションはオートロックが主流で、建物内に入ることさえ叶わず、あえなく門前払いばかり喰らった。

昨今は特殊詐欺の横行もあり、見知らぬ人間への警戒がますます強まっている。いかにも地元に明るそうな一軒家の高齢者は、なにか騙し取るつもりではないかと怪しむばかりで、たとえ住民に直接会えたとしても、奈央や翼の写真をまともに見てさえくれなかった。

店舗を訪れても散々だった。休日でどこも忙しく、聞き込みの相手をしている場合ではなさそうで、コンビニやファストフード店で働くのは日本語がかろうじてできる外国人だった。

聞き込みが簡単に行かないのは毎度のことだ。土橋のような事情通をすぐに発見できるほうが珍しい。奈央の事情を聴くどころか、北与野に住んでいたのかどうかも不明で、まるで手応えを感じられぬまま日が暮れて行った。

昼間こそ一月と思えぬほど暖かかったが、夜になると急な冷え込みに襲われ、乾燥した夜風まで吹きつけてきた。愛用のダウンジャケットをホテルに残し、セーターとストールで充分だろうと甘くみたのが間違いだった。関東の気候を舐《な》め切っていた。

身を縮めながら住宅街をさまよっていると、近所の誰かが通報したらしく、埼玉県警のパトカーが現れ、制服警察官ふたりから職務質問をされた。

パトカーのなかで身分を明かして事情を説明すると、その場で解放されたものの、夜も遅くなっているからほどほどにしておけと、二十代の若い巡査から説諭された。好きこのんで夜遅くまでやっているわけではないと、首を絞めながら主張してやりたかった。

ツキが戻ってきたのは夜八時を過ぎたときだ。警察の職務質問から解放されると、古い一軒家から懐中電灯を持った老婆が出てきた。昼間に一度訪問していた家の主で、そのときはすげなく帰れとおっ払われていた。

「あんた、ずっとこのあたりをウロウロしてるみたいだけど、何者だい？」

「怪しい者《もん》でねっす。探偵をしったたんだげんど」

留美は思わず山形弁丸出しで答えた。寒さと疲れで標準語を装うのも忘れてしまった。

「探偵……それにしてもすごい訛りだね。どっから来たの」

「山形からです。このあだりに昔住んでた人を捜してで」

「どんな人だい」

老婆が食いついてくれた。

多忙で他人に無関心な現役世代と違い、わりと暇を持て余した高齢者は周囲に対する好奇心が強いものだ。

「ありがとなっす」

留美は無邪気に感謝の意を示した。たとえ老婆が警察に通報した張本人だとわかっていても、態度にはおくびにも出さずに礼を述べた。

留美が警察官に職務質問を受けている間、火事を見物するやじ馬の如く、老婆が二階のベランダから双眼鏡を手にして様子をうかがっているのが見えていた。邪魔をしやがってと一瞬だけ腹が立ったものの、こういう物見高い人物こそが重要なのだと思い返した。

案の定、老婆は留美に興味を持ってくれ、タブレット端末の画面もじっくり見てもらえた。映っているのは著書に載っていた奈央の若い姿だ。暗闇でもよく見えるように画面の輝度を上げる。

「なかなかのベッピンさんだね」

「九年前ぐらいの写真だねっす。場所からして、北与野のこのあだりだと思うんだげんど」

「確かにこのへんのようだけど、ちょっとわからないねえ。駅に近いから、みんなマンションだらけになって。人の出入りも激しくてさ」

「じゃあ、こちらはどうだがっす」

留美は液晶画面をスワイプさせて切り替えた。

山形に移住したころの奈央の写真だ。彼女のＳＮＳから拝借したものだ。四年前に撮られたもので、もう別人のような華やかさを身につけていた。

緩くカールさせたブラウンの頭髪と、ウエストの位置がやけに高いパンツスーツと、フェミニンなブラウスという格好でびしっと決めている。化粧もだいぶ濃いめだ。

〝ダメもと〟で見せると、老婆が目をこらした。

「どうだべが」

留美が尋ねると、老婆は彼女の手をガシッと摑んで歩き出した。

「ちょ、ちょっと」

老婆は自分の家に引っ張りこむのではなく、留美を連れて近所の立派な邸宅へと向かった。マンションや小さな一軒家が隙間なくびっしり建っているなか、旅館のような堂々とした日本家屋があった。

敷地もかなり広大だ。車が四台分は入りそうなガレージと、家庭菜園用の畑があり、和風庭園まであった。目隠しに人工竹垣を設置し、石畳や砂利を地面に敷きつめ、丁寧に剪定された南天《ナンテン》やモチノキといった樹木が植えられてある。

　ここも昼間に訪れていたが、敷地内に入ることすら許されず、門に設置されたインターフォンに応対した女性にすげなく門前払いを喰らっていた。老婆は門扉《もんぴ》を開け放つと、まるで自分の家みたいにずんずんと入っていく。

「たっちゃん、たっちゃん。あたしだよ。ちょっといいかい」

　老婆は玄関ドアを強めに叩いた。

　ややあってから、ハイブランドの派手な部屋着を着た老人が出てきた。七十は過ぎていそうだが、顔にはツヤとハリがあり、金縁の高そうなメガネをかけていた。金持ちの香りが凄まじいものの、人のよさそうな温和な顔をしている。

　老婆によれば、彼はこのあたりの土地を持つ大地主だという。

「こんな遅くになんだよ。せっかく大河ドラマ見てたのに」

「そんなの再放送で見たらいいだろ」

「そちらさんは？」

　たっちゃんと呼ばれた老人が怪訝《けげん》な顔で留美を見やった。老婆から画像を見せるように急かされ、留美は探偵であるのを名乗り、タブレット端末の電源を入れた。

「探偵さんね。昼間に娘が応対したようだが、なんかのセールスか宗教の人と思ってたよ」

　老婆がタブレット端末を指さし、たっちゃんに詰め寄った。

「これ、あんたんところの店子《たなこ》じゃなかったかい？」

　たっちゃんは金縁メガネのフレームをつまんで、タブレット端末の画面に目を落とした。画面に表示させたのは、山形に移住したころの奈央だ。

「ああ、懐かしいな。こりゃ折原《おりはら》さんだ」

たっちゃんはあっさりと答えてくれた。すぐ近くのマンションを指さす。五階建ての真新しい建物で、彼がオーナーなのだという。

「あのマンションの三階に住んでたよ」

老婆に背中を勢いよく叩かれた。

「よかったねえ。お目当ての人物を見つけられて」

「ちょっと待ってけろっす。折原さんって、この人は吉中さんでねえがっす」

たっちゃんは首を横に振った。

「いや、折原さんだよ」

「ああ、そっか」

留美は頭を小突いた。〝折原〟というのは、結婚していたときの姓だと気づく。奈央という名前ではなかったかと、たっちゃんに改めて尋ねた。

「下の名前はどうだったかな。たしかそんな感じだったような気もする」

寒風吹きすさぶなかで立ち話もなんだからと、たっちゃんは客間に通してくれた。

和室の天井には埋め込み型のエアコンが設置され、部屋の中央には一見して黒檀《こくたん》とわかる高級座卓があった。畳は青々としたいい香りを放っており、たっちゃんから勧められたミカンは不気味なくらいに甘かった。糖度が十六度もある長崎産の高級品だという。

つきあいのある不動産業者などから毎年大量にお歳暮が届くため、いつも処理に困ってしまうのだと、たっちゃんはこぼした。嫉妬心さえ抱かせぬ桁違いの素封家《そほうか》だった。

彼に改めて訊くと、当時の奈央らしき女性は三歳上の夫と五年間ほど、近所のマンションに住んでいたようだ。当時は夫の姓である折原を名乗っていたらしい。

「管理は不動産屋さんに任せてるから、入居者さんのことは書類上でしかわからねえんだけどさ」

「美人だからよく覚えてたんだろ？」

老婆がニヤニヤとイジると、たっちゃんの顔に翳が差した。

「それもあるけど、あの夫婦はすごいトラブル起こしたたし、忘れたくても忘れらんないよねえ。元気にやってるの？」

「山形じゃ有名人になりました。こんなふうに本まで出すぐらいだがら。今はシングルマザーで頑張ってだみたいです」

留美が奈央の著書を取り出すと、たっちゃんらは目を丸くした。

「なんとまあ。それはよかった。うまく行ってるようで安心したよ。子どももふたり抱えて、あれからどうしてるんだろうと気にはなってたんだ」

「ちょっと待ちな。トラブルってなにさ」

老婆がたっちゃんにミカンの皮を投げつけて詰め寄った。たっちゃんが目を見開く。

「あれ？　あんたほどの人が知らないとは。けっこうこのあたりじゃ騒がれたもんだよ。たしか……五年前の夏あたりじゃなかったかな」

「あたしが四国でお遍路してたころじゃないか。一体なにがあったの？」

老婆との出会いは幸運だった。彼女はよほどゴシップが好きなタイプのようだった。トラブルと聞いて目を輝かせる。

たっちゃんは言いにくそうに口をモゴモゴさせていたが、根負けしたように息を吐く。

「まあいいか。もう時効だろう。旦那にこっぴどくぶん殴られて、あの娘《こ》が裸足《はだし》でうちに駆けこんできたのさ」

「なんだい、そりゃ。旦那はジゴロかチンピラヤクザの類かい？」

老婆が顔をしかめた。たっちゃんは首を横に振った。

「そんなのに部屋を貸したりしないよ。これ以上にないっていうくらいのお堅い職業さ」

たっちゃんによれば、奈央の夫の折原は銀行員だったらしい。

埼玉を地盤とした都市銀行に勤務していた。短く刈った髪を整髪料できっちり七三に分け、鏡のように磨かれた革靴を履き、朝の出勤時には挨拶も欠かさないような謹厳実直な人物だったという。マンションに引っ越してきた九年前は、小さな幼子をかわいがる仲睦《むつ》まじげな新婚夫婦に見えたと語った。

老婆が訊いてくれた。

「ふーん。それが数年経って暴力亭主に変貌したわけかい」

「昨今の銀行員ってのも大変なのさ。どの職業も楽じゃないだろうけど。今じゃカネの貸し借りだけじゃ商売にならないってんで、投資信託だの保険だの、いろんな金融商品に力を注いでるのさ。うちにもいろんなところからやって来るし、何度も頭下げられりゃ情も湧くから、いくらか預けて運用させてるけど、もうさすがにつきあいきれないって断ってるよ。どこもノルマが相当きついみたいだ」

引っ越したばかりの折原は、たっちゃんの目からすれば、希望に満ちあふれた好青年に見えた。

夫婦仲良く赤ん坊を連れて、近所のスーパーに出かけるところも見かけている。

「青雲の志を抱いて入行したんだろうが、資格を取るための勉強はしなきゃならないし、土日もスーツ着て出勤するところを見たよ。いつもどおりに見えたけど、しばらくしてからギョッとしたもんさ。朝の散歩中に旦那さんとすれ違ったんだよね。ふつうに挨拶したし、彼も元気そうに出勤してたんだけどさ。チューハイのロング缶を紙袋に隠しながらチビチビやってたんだ。ああ、こりゃ相当参ってると思ったよ」

たっちゃんの読みどおり、折原は引っ越してきてから四年目で銀行を退職した。だいぶ神経が参っていたのか、再就職がうまく行かなかったためか、彼がもっぱら家事や子育てを担当し、代わりに奈央が働きに出ることになったのだ。

留美が尋ねた。

「著書の中では、情報通信業の会社で働いていたと」

老婆が口を挟んだ。

「水商売だろ。夕方にめかしこんで駅に向かうところを何度か見かけたよ。その機械で見せてくれた写真よりも派手に化粧してたし、格好も派手だったから、まあ目立ったたね」

たっちゃんもうなずいた。

「おれも見たよ。旦那が無職で、子どももふたりいるんだ。昼の仕事じゃ追いつかないだろう」

留美の脳裏に土橋の言葉がよぎった——中宇称が贔屓にしている店だ。政治家やここいらのボンボン経営者らとよく『夜の勉強会』をやるのさ。

たっちゃんは一度客間を離れ、分厚い日記帳を持って戻ってきた。

「あれだけの美人だ。なんとか稼いでいたとは思うよ。だけど夫婦関係は悪くなっていったみたいだ。それこそ旦那が生粋《きっすい》のジゴロのほうが円満に行ったかもね。頑張って働いていたんだろうが、男のプライドってのもあるだろうし、旦那には耐えられなかったらしい。知らない男と酒飲んで、同伴だのアフターだのといちゃつかれて、だいぶ腹を立ててたようだね」

折原が怒りを爆発させたのは五年前の七月だ。

酒に酔った彼は、仕事を終えて帰った奈央と口論となった。やがて彼はウイスキーボトルを握って奈央を激しく殴打。彼女は頭部打撲と手首を骨折し、自宅から逃げる際に非常階段からも転落し、腕や足にも打撲や擦過傷を負った。彼女は骨の折れた左手首を抱えながら、たっちゃんの家に助けを求めてきたのだ。

「働いてるうちに、男でもできたのかもね」

老婆が底意地の悪い笑みを浮かべる。たっちゃんが日記帳を開いて当時を本格的に振り返ってくれた。

五年前の七月の深夜一時。奈央にインターフォンを通じて救いを求められ、たっちゃんは同居している娘夫婦とで奈央を匿《かくま》って警察に通報をした。

「折原は暴行傷害などで逮捕されたわけですか?」

留美は問いかけたが、たっちゃんの口が再び重くなった。

「……旦那は飛び降りちまったんだよ」

「わっ。死んだの⁉」

老婆が口を覆って叫んだ。たっちゃんが手を振る。

「三階だからね。死にはしなかったけれど、足から落ちて骨を折ったらしい。パトカーじゃなく救急車で運ばれたよ」

奈央のただならぬケガと、折原の飛び降りも重なって、その晩はパトカー数台と救急車が駆けつけるなど、とんだ大騒ぎになったという。

たっちゃんも奈央の手当てをしたが、突然のトラブルに仰天し、血圧が一気に上昇した。翌日は主治医に血圧降下剤を処方してもらっている。日記帳にはボールペンで、そのときの驚きと血圧降下剤の名前が記されてあった。

「その後に旦那がどうなったかは知らない。地元紙にも事件のことは報じられてたけれど、逮捕されたとか、そういった続報は見かけなかったな。夫婦間の揉め事だし、不起訴になったりして、うやむやになったんじゃないか」

世帯主の折原はその日以降北与野から姿を消した。奈央と子どもたちもその後、数ヶ月ほど暮らしてはいたが、やがてマンションから出て行ったという。

たっちゃんは奈央の著書に目を落とした。

「人間万事塞翁《ばんじさいおう》が馬ってのは本当だな。子どもを連れて縁のない土地に行くなんて、なかなかできることじゃない。あれだけ大変な目に遭ったんだ。幸せになってほしいよ」

留美は迎合の相槌を打ってみせた。

複雑な感情が入り交じる。奈央の秘密や企みをあらかた暴き、翼を発見するのが留美の任務だ。奈央を不幸に突き落とす疫病神側の人間となる可能性が高い。

事件が発生したのは、奈央が山形に移住する九ヶ月前だ。山形に移り住んだ時点で、彼女は中宇称を始めとして、西置市政に関わる名士たちとすでに手を組んでいた。

その事実を考えると、事件が起きたころには折原との別れを選択し、移住への根回しを推し進めていたとしてもおかしくはない。老婆が勘ぐるように、パトロンもいたかもしれなかった。

折原は都市銀行に入行するほどだ。名のある大学も出ているのだろう。いい人と出会えたと喜んだのかもしれない。エッセイ本に掲載された写真は屈託のない笑みを浮かべていた。希望に満ちた前向きさが伝わってくる。

その四年後には、大黒柱のはずだった折原が出勤中に飲酒するほど身を持ち崩して銀行を退職。亭主とふたりの子どもを食わせるためとはいえ、ご近所の好奇の目を浴びながら、夕方から出勤をする彼女は果たしてどんな気持ちだっただろう。思い描いていた人生と違った道を歩むのはひどく苦痛が伴うものだ。

留美がそうだった。予期せぬ事故で夫に先立たれ、ショックと悲しみでしばらくは立ち直れず、茫然《ぼうぜん》自失の日々を過ごした。

夫婦ともに警察官であったため、現役でいるうちは旅行など簡単にはできないだろう。でも、いつかはハワイにでも行こうと約束していた。家を買う予定もあった。どこで暮らせば知愛のためになるのかを真剣に語り合った。子どもをもうひとりくらいもうけるべきかどうかも。

想像していた未来が潰《つい》えたばかりでなく、もう二度と語り合うことさえできないのか。大きな失意に潰されそうになりながらも、とにかく娘を飢えさせるわけにはいかないと、悲しみも喪失感もすべて押し殺し、職場の山形署でデスクワークをし続けた。人生から味や色が消えてしまったかのように、彩りも味気もない日々だった。

奈央の本やＳＮＳに、首都圏で暮らしていたときの記述がほとんど見られないのには、なんらかの事情があるのではと疑念を抱いていた。確実なウラこそ取れてはいないものの、やはり秘匿《ひとく》したくなるような事情があったのだ。

事件を思い出してくれたたっちゃんや、案内してくれた老婆に礼を述べつつ、本命である翼の写真を見せた。こちらに関しては、ふたりとも土橋と同じく、知らないと即答した。

翼は奈央や中宇称の暗部に触れて、失踪せざるを得なくなった可能性が高かった。

小さなコミュニティラジオの社員とはいえ、彼もメディア人の一員には違いない。奈央や中宇称の過去や裏の顔に気づき、奈央らの逆鱗《げきりん》にうかうか触れてしまったのかもしれない。そのあたりはさらなる調査が必要だったが、鍵となる人物たちをより深く知り、留美は手応えを感じていた。

留美はマスクを外して手洗いとうがいを念入りに済ませると、帰りに買っていたテイクアウトの牛丼をかっこんだ。

体力も気力もすり減って食欲さえ失っていたが、一度口にすると箸が止まらず瞬く間に平らげてしまった。昼に土橋を相手に刺身などをつまんだきり、食事を摂るのを忘れて聞き込みに徹していた。紅ショウガまで一本残らず胃に収めると、だいぶ体力が回復していくのを実感した。

まだ今日の仕事は終わっていない。変装を解いてシャワーを浴び、化粧を落として部屋着に着替える。パソコンを起ち上げつつ、スマホを手に取った。

山形の自宅の様子は、すでに義母の富由子から聞いていた。たっちゃんの家から北与野駅まで歩いている間に連絡を取った。

知愛は母親の不在をとくに嘆いたりもせず、ユーチューバーのゲーム動画を見て、のんびりと過ごしているという。昼間は郷土料理のひっぱりうどんを祖母とともに食べ、夕食は天津飯《てんしんはん》と手作りの焼き餃子《ギョーザ》を作ると残さず食べた。富由子が嬉しそうに報告してくれた。どれも恭司の好物だった。

スマホで電話をかけた。なかなか相手が出ず、呼び出し音が虚しく鳴り続けた。三十秒ほど経ってから逸平が出る。

「なにしっだのや。パチンコ屋で油売ってだわけでねえべな」

〈あ、ひでえな。ちゃんと仕事しったず。だいたいパチンコ屋はもう閉まってだべした〉

山形を留守にしている間、逸平には奈央の尾行をさせていた。

中宇称が留美の車にGPS発信機を仕掛けたのを逆手に取った。発信機付きの車は板垣に適当に走らせ、逸平には昨夜から奈央たちの監視をさせている。

当然ながら目立つのは厳禁だ。逸平にはご自慢のド派手なセルシオではなく、勤務先の自動車整備工場が所有するコンパクトカーを使わせていた。

〈それにかあちゃんも一緒だべし。サボりでもしたら鉄拳制裁が待ってだべ〉

「それもそうだなや」

依頼人の和喜子には、なりふり構わずにやると宣言した。その言葉どおりに、留美や助っ人の逸平だけでなく、ヒモの板垣や逸平の妻の畑中麗《うらら》も動員している。

麗はふだん街道沿いの回転寿司店で寿司を握り、ガタガタになりがちな畑中家の家計を支えている。この異様な暖冬で逸平の収入が危うくなっているため、手伝いの話を持ちかけると、彼女はふたつ返事で承諾《しょうだく》してくれた。

逸平も南東北まで名の知られた不良少年だったが、妻の麗の経歴も負けてはいない。根っからの体育会系の元ヤンキーで、女子高の剣道部の有力選手だったが、在学中にスナックで働いていたのがバレて中退となった。グレて暴走族に所属してからは、逸平らとともに木剣《ぼっけん》や竹刀《しない》を振り回して喧嘩三昧《ざんまい》の日々を送った。

今でこそ彼女もまっとうなカタギの道を歩んでいるものの、未成年のころは山形駅前の飲食街で白《しろ》タク行為をするなど、夫婦揃って優れた運転技術を持っていた。

すでに留美が西置市内をウロチョロしているのを、奈央らには知られてしまっている。いくらGPS発信機を逆手に取ったり、和喜子に留美の悪評を流させたりしても、しばらくは彼らも警戒心を抱き続けるだろう。

そうした人間の動向を気づかれずに把握するには、逸平ひとりでは厳しいものがある。麗とふたり態勢で奈央を探らせていた。

〈かあちゃんと交替で後つけてっけんどよ、なんか面白《おもし》ゃそうな感じになってきてっぞ。こだな時間に置賜をグルグル回ってっだ。今は高畠町《たかはたまち》だず〉

留美は置き時計に目をやった。もう夜の十一時半を過ぎている。

高畠町は西置市から車で三十分は離れた田舎町だ。深夜ともなれば、飲食店もほぼやっておらず、とくに娯楽を提供する店があるわけでもない。

そうした町に夜遅くに尾行を気にしながら行くとしたら、目的はある程度限られてくる。留美の手伝いをするようになって、逸平も経験をだいぶ積んでいる。彼も奈央の目的を察したようだった。

逸平によれば、本日の奈央は大車輪の忙しさだったという。著書が刊行されたため、編集者とともにＰＲのため、米沢市のケーブルテレビに出演したのを皮切りに、夕方まで置賜地方の書店を巡っていた。市議選に向けた一種の政治活動でもあるだろう。

〈編集者と別《わが》って夜になってがらも、忙しそうにしっだなや。西置には戻らねえで、米沢や南陽さ行ってよ。いろんなおっさんたちと話しこんでだっけず〉

「それが彼女のシノギだべ」

彼女は人脈を広げるのを稼業としている。朝から晩まで人と会うのは当然といえた。

夜になってからは、米沢市内のホテルのラウンジで、四十代くらいの中年男と六十代くらいの老人とお茶をし、それから南陽市のファミレスでは崩れた雰囲気の男と話しこんでいたという。

〈んでもよ、米沢でも南陽でも、なーんか深刻っつうか、奈央も相手の男たちもやけに険しい顔しったっけず。とくに南陽のほうはヤバい感じがしたな〉

「ヤバい感じね」

留美はオウム返しに答えた。興味深い情報だった。逸平の勘は野生動物のように鋭い。

昼間の赤羽で見かけた中宇称の姿を思い出した。深刻かつ険しいといえば、彼もまた憤懣《ふんまん》やるかたないといった顔つきで、駅前を歩いていた。留美に周りをウロチョロされているのが原因か、その他にもトラブルでも抱えているのかはわからない。あちらはあちらで、なにか盛んに動いているのかもしれなかった。

「写真を送ってくれる？　その男たちの正体が気になる」

〈あいよ〉

逸平との通話を終えると、留美は立ち上がった。

嵌め殺しの窓から外を見やった。部屋自体は拘置所の独居房みたいに狭くて圧迫感を感じさせる。それでも風景は悪くなかった。赤羽駅東口の猥雑《わいざつ》なネオン街が一望できた。立ち飲み屋の裸電球が酔客を呼び込んでいる。

日曜とあって灯りはとぼしく、道に立っているコート姿のキャッチたちは手持ち無沙汰な様子だ。寒風が吹きすさぶなか、キャッチに交じってスカートの短い東南アジア系の女たちが立ち、マッサージの呼び込みを行っている。わりとすぐ傍に交番があるにもかかわらず、通行人の男たちにたくましく食らいついていた。

そのネオン街には、中宇称が贔屓にしているというキャバクラもあった。しばらく通りを見下ろしてから、留美は椅子に座り直して、報告書の文書ソフトを起ち上げた。

12

今夜の留美は準備万端だった。

吸湿発熱繊維でできた防寒用のインナーを着て、さらに厚着をしたうえでダウンジャケットも着用している。インナーにはカイロをいくつも貼っていた。

昨夜は逸平とやり取りをして、その後に報告書の作成に取りかかった。しかし、途中でガス欠を起こして眠りこけてしまった。車のシートでの仮眠や、警察署の道場の雑魚寝《ざこね》と違って、しっかりとしたベッドで寝たおかげで充分に休息を取れた。

『マチルダ』がある歓楽街は、お世辞にもガラのいい通りではない。平日は本領発揮といった様子で、どの店舗もやる気満々といった感じがする。まだ宵の口だというのに、顔を真っ赤にしながら千鳥足で歩く酔っ払いや、それらを狙う客引きがたむろしていた。モツ焼き屋や二十四時間営業のチェーン店は、ハッピーアワーを取り入れているためか、すでに老若男女の呑兵衛で混雑していた。

今日はもっぱら昨日の裏取りや写真の人物の特定にあてた。再びさいたま市に向かい、大宮図書館で地元新聞のマイクロフィルムに目を通すと、大地主のたっちゃんの話の裏が取れた。

たっちゃんが日付までしっかり日記に書き留めていたため、折原が起こした事件が事実であるのを確かめるのに時間はかからなかった。

新聞記事は実名こそ伏せられてあったが、加害者と被害者の年齢や大まかな住所が記されており、どれも折原と奈央に一致している。折原と思しき加害者が自室から飛び降りて足の骨を折り、病院に搬送されていたのも事実だとわかった。

その後、約一ヶ月分の記事に目を通したが、折原らしき人物がどうなったのかを伝えるものは発見できなかった。協議離婚や慰謝料などを条件に和解し、奈央が被害届を取り下げたのかもしれない。元銀行員の夫との凄絶《せいぜつ》な諍《いさか》いを経て、奈央は西置市への移住を果たすことになる。

図書館で新聞記事の閲覧を済ませると、赤羽のビジネスホテルに戻り、逸平からネット経由で送られてきた写真を確かめた。送られた写真の枚数はかなりの量だった。

賢妻の麗と一緒に仕事をしたせいか、いつになく撮られた写真は丁寧で、ピンボケやブレは少なかった。奈央は各店の書店員ににこやかに笑いかけ、通りすがりの客に対してサインに応じていた。留美と西置市内の書店で会ったときも、じつに朗《ほが》らかな笑みを浮かべていたものだ。

留美の目を引いたのは、昨夜逸平と話したとおり、奈央が米沢市や南陽市で会った男たちだ。彼女は米沢市のホテルのラウンジで堅い職に就いてそうな中年男と、大物の匂いをさせた恰幅のいい老人と茶を飲んでいた。

その後は南陽市のファミレスに移動し、人目をはばかるように隅の席でスーツ姿の男性と会っていた。ワイシャツのボタンをきっちりと留めており、髪も短めに刈り、清潔な印象さえ与えていた。高級すぎる時計だの、先端の尖《とが》った革靴だの、妙なアイテムを身につけてはいない。しかし、逸平の勘は当たっていそうで、ただのネズミには見えなかった。

留美は写真の人間たちの正体を知るため、昼間はあちこちに連絡を取った。

あまり関わり合いになりたくない人物にも。


〈なんとまあ、椎名巡査部長でねが。ご無沙汰しっだなや。ようやぐ、おれの会社に就職する気になったのが?〉

電話相手の石上研《いしがみけん》は気だるげな声で出た。

耳に絡みついてくるような独特の声色で、連絡を取ったのを早くも後悔しそうになる。

「あいにく商売繁盛で忙しい身だず」

〈おいおい、おれとあんたの仲だべ。今さらそだな見栄張んなくだっていいず。こだな暖冬じゃ雪掻きの仕事なんかありゃしねし、最近は『上スギ！　テクニシャン学園』もすぐにクビになったらしいなや〉

「なしてそれを。あそこはあんたの系列でねえべや」

〈蛇《じゃ》の道はヘビだ。あんたら母子《おやこ》がひもじい思いしてんでねえがって心配してたとこだず〉

自分はもうヤクザなんかではない。石上は会うたびにそう主張しているが、留美は常々疑わしく思っている。

暴力団から足を洗ったわりには、お前の現状をきっちり把握しているぞと、ヤクザらしいブラフもかましてくる。

石上は奥州《おうしゅう》義誠会《ぎせいかい》という仙台に本部を置く暴力団の幹部だった。山形支部長という肩書きを持ち、刑事時代の留美とはなにかと火花を散らした関係だ。

探偵になってからは、依頼欲しさに彼の会社に足を踏み入れ、やむなく失踪人調査を引き受けた。石上はヤクザをとっくの昔に卒業し、まっとうな実業家になったと胸を張った。じっさいにデリヘルといった風俗業や金融業、複数の飲食店などのビジネスを展開させている。

その一方で、未だに非合法なシノギにも手を染めていそうな危うい匂いを漂わせてもいた。

「見栄でねえよ。おかげさんで探偵仕事にもありつけてんだ。あんたに連絡したのは他でもねえ。見てもらいてえ写真があんだよ」

〈さあ……そだなもん見せられたどころでお役に立てっかどうか。おれもビジネスに打ちこんでばかりいだがら、すっかりつきあいも狭くなっちまってよ〉

「あんたの好きな諭吉《ゆきち》の肖像画だって拝ませられる」

〈うん？　太客でも掴んだのが？〉

「そんだけ依頼人も私も必死だってごどだず。俠気《おとこぎ》見してけねが？」

〈俠気な。あんたはおまわりだったころから、そうやってヤクザ者《もん》のハートをくすぐってきたずね。あいにくドライなビジネスマンになったおれには、そんな義理人情は通じねえし、なにしろ商売が

順調でよ。諭吉の肖像画も今んところは飽きるほど拝んでだんだ〉

「私らを心配してくれでだわりには、つれねえ返事すんでねえが」

石上が簡単に引き受けてくれるとは思っていない。留美は水を向けてやった。

「なにが望みや？」

〈その調査はいつ終わる〉

「人捜しだがら、はっきりとはわがんねえげんど……もうそんなに長くはなんねえと思う」

〈なるべく早くケリつけて、うちで働いてけろや。なにせ人手不足でよ。時給は弾むし、売上次第でインセンティブもつける〉

「またデリヘルのドライバーが？」

〈んでね。テイクアウト専門のから揚げ屋とピザ屋だ。起ち上げメンバーに加わってけろや〉

どんな条件をつけてくるのかと思いきや、石上が提示してきたのは拍子抜けするほどごくふつうの仕事の求人だった。

料理に関心を持たずに生きてきた留美だったが、ここ数年の便利屋稼業で、飲食店でも働く機会が何度もあった。揚げ物などは義父母のコンビニでさんざんやってきたし、中華から洋食までひと通りのものはこしらえられるようになった。

「そのから揚げやピザんなかに、やばいクスリどが怪しいハーブどが混ぜて、逮捕要員にでもするつもりでねえべな」

〈まっとうな店に決まってんべ。そだなアホ臭《くせ》えごどしねくても、これから太く儲けられんのによ。あんたニュース見でねのが〉

るのだと。


石上がここぞとばかりに持論を披露してきた。これからしばらくはテイクアウト専門の店が流行るのだと。

例の新型ウイルスがもうじき日本でも猛威を振るい、中国の都市のような強硬なロックダウンとは行かぬまでも、我が国でも外出がはばかられるような日が遠からず来るはずだと。

そのため彼はドル箱であるデリヘル『チェリースタイル』と『ペロペロ芋煮っ娘《いもにっこ》』でリストラを進めているという。彼の見立てでは従来の飲食店はもちろん、キャバクラやカラオケスナックといった夜の店はしばらく息を潜めなければならないだろうと、予言者のような口ぶりで語った。

ついでにテイクアウト専門の飲食店だけでなく、ネットショップも開いては、国産ゲーム機や家庭用フィットネスマシン、家でも仕事ができるパソコン用のデスクや家具を売るつもりだという。

石上は元博徒《ばくと》だけに、なにかと山を張りたがる。そんなに劇的に状況が変わるものかと、留美は内心首をひねった。

しかし、条件を呑まない理由はない。かりに和喜子の依頼をやり遂げられたら、再び仕事を探さなければならないのだ。今冬はもう大雪は期待できない。まっとうな職場でなければ、すぐ警察に通報すると念押ししてから、石上との交渉を成立させた。

〈賢明な判断だべ。もともと少ねえ探偵仕事が、今度のウイルスでいよいよ壊滅的になるべしよ〉

「未来のごどより、まずは目先の約束事だ。写真を見てけろや」

スマホで電話をしながら、石上のメールアドレスに画像を送った。彼に見てもらったのは、奈央とファミレスで会っていた男だけだ。

石上に送る前に写真をトリミングし、奈央の姿は敢《あ》えて彼に見せなかった。

抜け目のない石上のことだ。留美の調査対象者が奈央絡みだとわかれば、留美を出し抜いて彼女の秘密を先に摑み、恐喝のネタにでもするかもしれない。

油断ならぬ男ではあったが、顔が広いヤクザ者だけに、すぐに画像を確認して教えてくれた。

〈なんと、こいづは。おれに見せたのは正解だったなや〉

「あんたと同じで、グレーな臭いをさせったもんでよ」

〈何度も言わせせんでねえよ。ヤクザしっだのは大昔のごどで、とっくにGマークだって外れったがらよ〉

「んだずね。失言だったべ。申し訳《わけ》ねえ」

留美は素直に前言撤回した。変にゴネられて条件を吊り上げられたりしたら敵《かな》わない。

〈わかりゃいい。名前は丹羽克巳《にわかつみ》。仙台の人間で、あんたと同業だず〉

「探偵？」

〈しかも、あんまりスジのよぐねえほうのな。仙台の組関係に出入りしちゃ、たまに山形まで出張《でば》ってきて、チョロチョロとカネの匂いを探し求めるドブネズミだ〉

留美の背筋がヒヤリとした。

石上の話は信頼できた。この男自体は胡散臭いものの、情報の正確性には留美も一目置いている。

奈央が探偵と接触していた。丹羽なる男になにか調査を依頼したのかもしれない。あるいはすでになにかを依頼中で、調査の過程を聞いているのかもしれない。

まさか丹羽の調査対象者は自分だろうか。中宇称とタッグを組んで、GPS発信機なんかをつけてくる連中だ。留美に対して過剰な警戒を抱いていてもおかしくはない。密談の内容まではわからないし、現段階であれこれ考えても仕方がないことだが……。

写真の丹羽を改めて見つめる。きっちりとしたスーツ姿で、見た目はふつうのサラリーマン風だ。逸平や留美がそれでも丹羽に奇妙な印象を抱いたのは、監視が得意な公安捜査官のような摑みどころのない目つきであり、丹羽たちが選んだ座席だった。

彼らがいるファミレスは、留美も何度か利用している。壁一面をガラス張りにした開放感のある店舗で、昼間は日当たりがよく、明るい雰囲気にも包まれる。夜はブラインドが下ろされ、外からは見えない仕組みになっていた。

ただし、冬場の夜はとても利用できたものではない。ガラス張りであるおかげで、外の冷気を防ぎきれず、とくに奈央たちがいる隅の座席はすぐ後ろにガラスの壁があり、横にも窓が設置されているため、体感温度は十五度以下になる。ゆったりと食事や会話を楽しめる席ではない。

ファミレス側もそれを考慮して石油ヒーターを用意し、壁側の座席を暖めるといった対策を取ってはいるが、真冬の夜ともなれば、ホットコーヒーが短時間でぬるくなるほど冷え込むのを知っていた。写真の奈央もコートを脱がず、寒そうに身体を縮めながら丹羽と話していた。

ガラス張りの壁側に座っているのは、奈央たちしかいなかった。そんな席をわざわざ選ぶのは、よほど周りに聞かれたくない話をするためとしか思えない。おかげで、逸平にかえって怪しまれる羽目となった。

〈んじゃ、探偵なんてヤクザな稼業から足洗って、まっとうな労働で汗水垂らすんだな。待ってだぞ〉

石上が憎まれ口を叩いて電話を切った。

彼との電話を終えると、その直後に和喜子や志賀松とも連絡を取った。どちらも西置市界隈《かいわい》の情報に明るい人間たちだ。

彼女たちのおかげで、奈央が米沢市のホテルラウンジで会っていた男たちの正体も判明した。

六十代の老人は西置市の顔役で、元副市長だった左近田道宏《さこだみちひろ》。奈央が西置市に移住したと同時に、彼女のＮＰＯ法人の起ち上げに関わったメンバーだ。

四十代くらいの中年のほうは西置市職員で、堀井計《ほりいけい》という市民課の係長だった。

監視していた逸平によれば、話の内容こそわからぬものの、奈央と左近田は二人がかりで堀井を懇々と説得しているように見えたという。

相手は市役所の大物ＯＢと西置市の有名人だ。堀井はおしぼりで顔の汗を盛んに拭きながら、身を縮めて何度もうなずいていたらしい。ホテルのラウンジというより、まるでサウナにいるようだったと報告してくれた。

逸平は彼の姿を何枚も写真に収めていたが、どれも渋柿を無理やり食わされたような表情をしており、逸平の証言を裏づけていた。

留美は和喜子に思わず疑問を口にした。

「奈央も含めて、全員が西置市在住の人間なのに、なして米沢なんかでツラ突き合わせてんだべが。なんか後ろ暗い事情があるように見えっけんど」

〈さあ……私には〉

「悪《わり》なっす。独り言だと思ってけろ。それを調べるのが私の仕事だってのに」

〈あっ……〉

和喜子がとっさに声をあげた。留美が訊くと、彼女が教えてくれた。

〈大した話じゃねえげんど……堀井さんっていえば、親父さんがわりと有名な工芸家なんだず。あのすこやかパッケージにも親父さんの作品が使われてだぐらいでよ〉

「えっ」

今度は留美が声をあげた。

「ま、間違いねえがっす」

〈本当だよ。親父さんは堀井吉太郎《きちたろう》って言ってよ。コメも作ってだがら、旦那とは古いつきあいだったんだず。あのすこやかパッケージが配らっだころ、うちで茶飲み話したどぎ、吉太郎さんがおれの作品が市に取り上げられるんだって、嬉しそうに言ってだっけ〉

「そりゃ聞き捨てならねえ話だべ……」

今すぐ荷物まとめて故郷に引き返したい。そんな強い衝動に駆られた。

——こりゃひょっとすっど、大金を生むがもしんねえ。

消えた翼はすこやかパッケージを目にして、これは大金を生むかもと、地元仲間にうっかり打ち明けている。一体、それをどうやって大金に変えるつもりだったのか。ずっとわからずにいた。ここに来てようやく答えに近づけた気がした。


昼間にこなした仕事を思い出しながら、留美はモツ焼きを嚙みしめた。

さすがに名高き呑兵衛の街だけあって、モツ焼きのうまさに目を見張る。レバーは臭みがなく、プリプリとした歯触りが最高だ。シロといわれる豚の大腸はニンニク醬油とぴったり合い、嚙みしめるたびに脂が乗った肉汁があふれ出る。

ここでレモンチューハイを飲んだら最高だろうと思いながら、ノンアルコールビールで口内をさっぱりさせた。

モツ焼き店もひとり客が多く、なかには女性もいて、黙々とモツ焼きや煮込みを相手に熱燗や酎ハイを口にしていた。女性にちょっかい出してきそうな酔っ払いもいない。

モツ焼きを堪能しつつも、職務を忘れてはいなかった。キャバクラや風俗店もある歓楽街で、女がひとり突っ立っていれば、なにかと誤解を生みかねない。営業熱心なスカウトが寄ってくるだけならまだマシだが、警察官や地回りに目をつけられるのを避ける必要があった。

さすが首都を守る天下の警視庁だけあって、二人組の警察官がしょっちゅう自転車でパトロールをしていた。張り込みのためとはいえ、いつまでもこの通りで立っていたら、街娼と勘違いされるだろう。

怪しまれずに監視できる場所を探していたところ、同じ通りにあるモツ焼き店があった。軒下にビールケースを椅子代わりにしたテラス席が設けられてあり、『マチルダ』が入っている雑居ビルを見張るのにはちょうどよかった。心はすでに山形に飛んでいたが、ここにはやり残したことがまだある。

キンキンに冷えたノンアルコールビールを飲むには、いささか寒さの厳しい季節ではあったが、防寒用のインナーとカイロのおかげで身体が冷え切ることはなかった。

最後の一本を平らげてから腕時計に目を落とす。時間は夜六時四十五分になろうとしていた。

『マチルダ』の営業開始時刻は、夜七時からだ。

雑居ビルのほうで動きがあった。蝶《ちょう》ネクタイに黒いベストを着た男性スタッフがビルの出入口から姿を現した。重量のありそうなスタンド看板をゴロゴロと転がしている。開店の準備が始まっているようで、留美はそのときが来るのを待っていた。

土橋がそれなりに高級感もある店だと言っていただけに、スタンド看板は茶色を基調としたシックな造りで、下品な女性の写真やイラストなどはなく、店名とシステムがシンプルに記されているだけだった。

留美は精算を済ませると、改めて通りを確かめた。酒場などの飲食店だけでなく、キャバクラやスナックなども商売を始めつつあり、通りはさらなる賑わいを見せつつあった。コート姿の客引きの数が増え、千鳥足の学生や若いサラリーマンの姿が目につく。

留美はスマホを握りながら、男性スタッフのほうへ近づいた。頭髪を整髪料できっちり固めていた。相撲取りのような大柄な体格で、顎にはたっぷりと肉がついている。

男性スタッフはかなり不摂生な生活を送っているのか、三段腹になっていた。支給品の黒服はかなり大きめのサイズだが、ベストのボタンが弾けそうなほどパンパンだ。

三十代後半か四十代くらいの男で、ボーイにしては歳を食いすぎている。マネージャーといった役職付きなのかもしれない。緩慢な仕草でスタンド看板のコンセントを差しこもうとしている。

キャバクラの男性スタッフは嬢と同じくらい、ハードでストレスの溜まる仕事だ。若い女の子に顎でこき使われ、客の理不尽なクレーム処理にも当たらなくてはならず、生活も不規則になりがちだ。よほど根性が入っていないと、すぐに失格の烙印《らくいん》を押される。

とはいえ、これから営業を始めるというのに、男性スタッフからは覇気《はき》が感じられなかった。所作のひとつひとつがおざなりで、スタンド看板に灯りが灯るのを確かめると、汚れが目立たないのをいいことに、両手を黒のスラックスに擦りつけた。彼の雑な動きや倦《う》んだ顔を見るかぎり、かなり鬱屈《うっくつ》を溜めこんでいそうに見える。

留美は顔をしかめそうになった。スタンド看板や電源コードを触った手で、客用のおつまみや氷《チャーム》を扱うのだろうか。

留美は男性スタッフに後ろから声をかけた。

「おはようございます」

男性スタッフはびくりと反応した。かったるそうに働くのを見とがめられたと思ったのか、中年男が硬い表情で振り返る。

「ど、どちらさんですか。うちのキャストじゃないよね」

「探偵の椎名と言います」

「はあ？　探偵？」

男性スタッフがオウム返しで聞き返してきた。留美は素性を偽らずに打ち明けた。

「お時間もないでしょうし、手短に用件を話しますが、ただ今人捜しをしております。五年前にここで働いていたと思われる女性なんですが」

男性スタッフが舌打ちして手を振る。客やキャストではないとわかると、口調までガラリと変えて横柄になった。

「知らねえよ、バカ野郎。これから店を開けなきゃなんねえんだ。相手してられっか。ドブス」

男性スタッフの虫の居所は想像以上に悪いようだった。世の中は誰もがたっちゃんのように、詳しく情報を気前よく話してくれるわけではない。それをよく知っているため、留美はスマホを握っていたのだ。

男性スタッフが雑居ビルに引き返そうとした。留美は行く手を阻んでスマホの液晶画面を突きつける。

「上の人間に密告《チク》られでえのが。お前《め》んところの従業員は、汚《きたね》え手をズボンで拭うような教育しっだのがってよ。ここは場末でなく、北区の名士も顔見せる高級店だって聞いっだぞ？」

男性スタッフの顔色が変わる。

ドブスと言われて、カッとなってしまった。思わず方言が飛び出してしまう。液晶画面に映っているのは、ちょうどスラックスで手を拭う男性スタッフの姿だ。

彼女のスマホには、カメラのシャッター音を消すアプリを入れていた。男性スタッフの姿を何枚も撮りながら彼に近づいたのだ。

「勘弁してくれよ。月曜だってのに、なんでこんな目に」

留美は弱り顔の男性スタッフの腕を摑み、すかさず雑居ビルのなかへと引きずり込んだ。

バッグから茶封筒を取り出し、なかに入った三万円の現金を見せた。男性スタッフの目が現金に吸い寄せられる。

標準語で話すのが面倒なので、訛りを出したまま語りかけた。

「そんな疫病神に会ったような顔しねえの。ちょっとお話ししてけるだけで、謝礼はきっちりすっがらよ。悪い話でねえべ。あんだ、この店に勤務して何年になる」

「な、七年」

「なかなかのベテランでねえの。んじゃ、このキャストさんは知ってだが？　さっきも言ったげんどよ、昔、ここで働いでだがもしんねえんだ」

茶封筒をポケットにしまい、バッグからタブレット端末を取り出した。

液晶画面を男性スタッフに見せた。表示させたのは、化粧や衣服をバッチリ決めた四年前の奈央だ。男性スタッフは液晶画面を食い入るように見つめる。

「……ジュリナさんじゃねえか」

留美は湧き上がる興奮を抑えて告げた。

「そのジュリナさんとやらの話をしてくれりゃ、例の現金を進呈すっず」

「お、おれを試してるんじゃねえよな」

留美が逆に尋ね返した。

「なにや。この店のオーナーは、従業員を疑るような真似をよくすんのが？」

「怖いのは店長だ。やたらヤンチャ自慢しちゃ、黒服には鉄拳制裁も平気でやるし、勝手に他人のロッカーだって漁《あさ》る。前に客のことをペラペラ喋った嬢がいたんで神経質になってんだ」

男性スタッフはしきりにあたりをキョロキョロと見回していた。

「そりゃ恐ろしいなや。んでも、私はここの店長なんか知ゃねし、この誂りでわがっぺよ。わざわざ赤羽のキャバクラ従業員を探るために、山形から出てきたんでねえ」

男性スタッフがしばしためらってから、胸ポケットから名刺を取り出した。

名刺には〝ウェイター長〟という肩書きで、名前は松尾《まつお》啓介《けいすけ》と記されてある。

「早く戻らねえと。店引けてからでいいか？」

「構わねよ。連絡してけろ」

留美も名刺を渡した。携帯電話の電話番号とメールアドレスが記されてある。

「ただし、今夜必ずだぞ。んでねえと、例の写真をヤンチャ店長に送《おく》っからな。女をドブス呼ばわりした罪は重《おめ》えぞ」

「わ、わかったよ」

松尾は留美の名刺を引ったくり、エレベーターへと駆けてボタンを連打する。

留美は雑居ビルを後にした。あたりを用心深く見渡してから通りを出る。ひとまず有力そうな情報提供者を確保できた。

店が終わるまでホテルで待機しようと判断した。ホテルとは正反対の赤羽駅方面に歩いた。スマホを手に持ち、インカメラにして、自分の後方を映しながら〝点検〟を行う。

〝点検〟とは尾行の有無をチェックする作業だ。駅の南改札口の前まで差しかかると、Uターンをしてまた元の道を戻ってホテルへと向かう。自分を尾けてくる者は見当たらない。

ホテルに戻ってため息をついた。やはり敵地のど真ん中での張り込みは疲れる。モツ焼きは絶品だったものの、気が休まるときがなかった。真冬の夜だというのに、スマホを握る手が汗で濡れていた。

独居房みたいな狭苦しい客室に戻り、軽い体操で身体をほぐす。今日は昨日と違って、肉体をほとんど使わなかった。マイクロフィルムの新聞記事を読んだり、デスクワークでパソコンを睨んだりと、目がヒリヒリと痛む。

愛用の目薬を差して、嵌め殺しの窓から外を見やる。平日の夜は猥雑さに拍車がかかり、パチンコ店の電飾に加えて、キャバクラやスナックなどのネオンが妖しく輝き、もうもうと立ち上る焼き鳥屋の煙で、通りはモヤがかかったように白く濁っている。

「ハードボイルド小説みてえな光景だなや」

留美は冷蔵庫から炭酸水を取り出した。一口飲んでから富由子に電話をかけ、娘の様子などを聞いて時間を潰す。

『マチルダ』の閉店時間は深夜一時だ。逸平らとやり取りしているうちに時間は瞬く間に過ぎた。店が一時で終わるといっても、ボーイが仕事から解放されるには、清掃や片づけなどで約一時間はかかる。ネオン街も終電がなくなると、徐々に看板のライトが消え、丑三《うしみ》つ時ともなると、あたりはひっそりと静まりかえる。

午前二時を過ぎたところで、松尾から電話があった。

〈今、終わった。どこに行けばいいいんだ〉

松尾の声は疲れ切っていた。

留美はカラオケ店を指示した。山形にもある全国チェーンで、その店はホテルから目と鼻の先だ。『マチルダ』ともそう離れてはいない。

「疑り深《ぶけ》え店長さんに気をつけでな」

〈言われなくたってそうするさ……〉

留美は支度を済ませ、ホテルを出てカラオケ店へと向かう。

カラオケ店は東本通《ひがしほんどお》りのスクランブル交差点の一角にあった。昼間は車やバスが行き交い、大勢の人が信号待ちをするが、これほどの夜更けともなると、車も人もほとんどいない。カラオケ店やコンビニといった灯りが寂しくついているのみだ。

それでも、カラオケ店のなかは賑やかだった。Ｊ－ＰＯＰがけたたましく鳴り、個室から歌声や騒ぎ声が耳に届く。深夜になっても飲み足りない連中の溜まり場になっているようだ。受付カウンターには、仕事を終えたと思しきアジア人のグループが、片言の日本語で手続きを済ませていた。

店内には、夜はこれからだと言わんばかりのエネルギーが充満していたが、松尾は出入口付近に置かれた長椅子にくたびれきった様子で腰かけていた。フルラウンドを戦い終えたヘビー級のボクサーみたいだ。

彼に軽くうなずいてみせると、受付カウンターで手続きを済ませた。店員からマイクの入ったカゴを受け取り、松尾とともにカラオケルームのなかに無言で入る。

見知らぬ男性と密室に入るのは、女性にとってはなかなか勇気がいる。ただし、そのへんは元警察官だっただけに、取り調べの経験で慣れていた。カラオケ店は密談をするのに好都合であるため、大抵のチェーンの会員になっていた。

ふと奈央を思い出した。彼女も人目を忍ぶようにファミレスの隅っこで、スジの悪そうな探偵と会っていた。密談の場所にカラオケ店を選ばなかったのは、気心の知れない男と密室でふたりきりになるのを怖れたのかもしれない。彼女には、暴力夫と化した旦那に骨が折れるほど殴打された過去がある。

松尾は部屋に入るなり、ため息をついて長椅子に座った。留美はカラオケ機器のツマミを操作し、スピーカーから流れる宣伝動画の音声を消した。室内がシンと静まりかえったところで、松尾の対面に腰かける。

「へトへトみてえだなや」

「こんな仕事やれるのは二十代までだ。おっさんになったらとてもじゃねえが……」

「ウェイター長なんだべ。若い者《もん》をこきつかえる立場でねえのが」

「こきつかえる立場だったら、クソ重てえスタンド看板なんか出したりしねえよ。やってることは下っ端と変わらねえ」

しばらくは松尾のグチにつきあった。

人手不足にもかかわらず、店長の恐怖政治に耐えきれず、せっかく新たなボーイが入ってきても、さっさと逃げ出してしまうのだという。

「銀座並みのハイクラスな名店にしてえんだって熱く叫ぶけどよ、黒服に鉄拳制裁なんかする銀座の名店がどこにあるってんだ」

留美は彼にドリンクや食べ物を勧めた。

松尾は休憩時間もなく働き詰めだったようで、メシを食う暇もなかったという。口を開くのも億《おっ》劫《くう》そうだったので、元気を出してもらう必要があった。食事を勧めると、彼はコーラに揚げ物、焼きそばにピザと、遠慮なしに次々とオーダーした。

店員が運んできたコーラを旨そうに一気飲みして空にすると、派手なゲップをしながら、店員に再びコーラを持ってくるように頼んだ。松尾は、『マチルダ』で働いてから体重が二十キロは増えたと自嘲した。身体も椎間板《ついかんばん》ヘルニアや痛風でボロボロらしく、足腰をだいぶやられ、休日に一日中寝ていても、倦怠《けんたい》感や疲労が取れなくなったという。

久々に病院で健康診断を受けたが、血圧を始めとして、すべての項目で〝要治療〟と判断された。

そのわりには、店員が持って来たフライドポテトやから揚げ、ジャンボサイズの焼きそばとピザを次々に平らげていく。不健康になるのも納得できる危うい食べ方だった。留美はコーヒーを啜りながら、彼の話と食いっぷりに驚きながら耳を傾けた。

松尾がおしぼりで口を拭って言った。

「あんたが知りたいのはジュリアさんだけじゃねえ。中宇称さんもだろう」

松尾に切り出されて、留美はひとまず無表情を装った。

「なして、そう思うの?」

「とぼけなくていいよ。あんただっておれの身の上話を聞くために、時間割いているわけじゃないだろう。山形っていったら、うちの店じゃ中宇称さんのことだし、あの人が連れてくる客も、あんたとそっくりの訛りを話すよ。あの人たちのことを裏で〝山さん〟とか〝ニーさん〟って呼んでるくらいだ」

「西置市の人だから〝ニーさん〟ってわげが」

留美はタブレット端末をバッグから取り出した。スイッチを入れて、液晶画面に再び奈央を表示させる。

「ジュリナさんで間違いねえな」

「そうだよ」

彼は即答した。ジュリナという源氏名は、当時人気のアイドルの名前から取ったという。

「この人の本名は吉中奈央さん。在籍していたのは五年前だったげんど、あんた、やけにはっきり覚えてるもんだなや」

松尾は皿に残ったポテトフライを口に放った。

「中宇称さんは今も常連だから、なにかと情報は入ってくるんだよ。西置市って田舎町に移住して、あっちじゃけっこうな有名人になったんだろ。もうすぐ議員さんにもなるって。まあ……気合い入ってた人だからな、ジュリナさん自身。旦那のＤＶの件は？」

「昨日知ったず。地元新聞に載るぐらいだったべし」

留美はうなずいてみせた。

やはり中宇称と奈央は、この『マチルダ』で客と嬢という関係で出会っていたのだ。呑兵衛な土橋から聞いた時点でピンと来てはいたが、こうして裏づけまで得られると、アドレナリンのようなものが湧いてくる。コーヒーでカフェインを摂取する必要がなくなるくらいに。

「頭のイカれた旦那にぶん殴られて、骨までへし折られたってのに、翌日には店に出勤してたんだ。頭に包帯巻いた状態でさ。いくつもタンコブこさえてるのに、そのうえからカツラかぶって、折れた骨や傷だらけの脛《すね》とかも、長袖のドレス着て隠してた。死ぬほど痛《いて》えだろうに、何食わぬ顔して働いてたよ」

「大したハングリー精神だべ」

「黒服にも優しかったし、職場も気合いとか根性とか大好きだからさ。意気に感じて店側も応援してたよ。旦那があんなふうにポンコツになった以上、なんとか子どもを食わしてやらなきゃって、這い上がろうっていう闘志がハンパなかった。あっという間にナンバー２になって、おれも嬉しかったもんさ」

「惚《ほ》れてたのが？」

「少しだけ。ボーイが嬢に恋心なんて抱いたら、それこそ店長に殺されちまうから、ただ陰から見守ってただけだけどな」

「ナンバー2ともなりゃ、相当な給料もらってたはずだべ。せっかくそこまで成り上がったのに、田舎町への移住を決めたってわげが。あんたと同じで、水商売が嫌《や》んだぐなったんだべが」

留美は敢えてとぼけてみせた。松尾に鼻で笑われる。

「んなわけないだろ。店長と同じさ。こんな下町のキャバクラ嬢なんかで終われねえって思ったんだよ。念願叶って太いコレをゲットできたのさ」

松尾は親指を立てた。パトロンという意味だろう。

「中宇称さんが?」

「もっと大物だよ」

彼はふいに部屋のドアに目をやった。

ドアの真ん中には覗き窓がついており、長方形のガラスが嵌めこまれてある。外の通路から覗く者がいないかを念のために確かめていた。

「あのさ……おれが喋ったなんて言わないでくれよ」

「今さらもったいつけんなや」

留美はテーブルに現金入りの茶封筒を置いた。松尾は意を決したように身を乗り出し、茶封筒に手を伸ばした。

「市長さんだよ」

「なるほどな」

留美は相槌を打った。驚きではあるものの想定内ではある。

市長の宮前繁樹は今や西置市のドンだ。

留美は暇があれば、西置市の例規集に目を通していた。西置市が東京事務所を置いて、中宇称を顧問として雇ったのも宮前市政のころだ。多選で自信を深めたのか、四年前には自身の給料を大幅に増額させている。強権的な手法で敵の数は多いものの、選挙には強力なライバルも現れずに済んでいた。

組織力の強い自政党や公聖党のバックアップもあり、年齢も六十代前半とあって、まだしばらくは宮前市政が続くものと思われた。

上昇志向の強い奈央が、安月給の地域おこし協力隊として、見知らぬ田舎町に移住を決めたのは、市長やお偉方の強力なバックアップがあったからだろう。

奈央は勝負に出たのだ。『マチルダ』でナンバー2の売上を達成してみせたところで、夜の蝶の寿命は短いものだ。アラサーで子持ちの自分が、いつまでも店の人気者でいられるとは思っていなかったのだろう。東北のよくわからない田舎町とはいえ、相手はその町のトップや顔役たちだ。この好機を逃すまいと決断したのかもしれない。

松尾にタブレット端末で写真を見せた。彼はすらすらと西置市の大物たちを当ててみせた。『マチルダ』には、東京事務所もできたため、西置市の重鎮たちが今も集うらしい。

市長の宮前を始めとして、元副市長で県議の左近田、西置市の商工会議所の会頭で、すこやかパッケージの製造に関わった安達社長などだ。彼らは五年前までジュリア会いたさに東京へ来ては、そのたびに『マチルダ』を訪れ、彼女の積極的な接客に鼻の下を伸ばしたという。

「どんだけ力を持っていても、酒が入った男なんてガキ同然だ。とりわけ熱心だったのが市長さんだったな。どれだけ高いボトル入れれば、アフターにつきあってくれるんだって、涙目になってジュリアさんに迫ってたっけ」

「ジュリアさんは、自分を高く売りこむのに成功したってわけだが。ドンペリやロマネ・コンティを注文させるよりも、はるかに高く」

「裏で糸引いてたのは中宇称さんだ。ただのキャバクラ嬢で終わりたくねえだろうって」

「人気キャバクラ嬢から、田舎好きの美人シングルマザーに転身したってわけだが」

松尾にメニュー表を渡してデザートを勧めた。

臨時収入にありつき、満腹になった彼は、イキイキとした調子でチョコレートパフェを頼んだ。

「アイドルの源氏名でキャバクラ勤務してたら、今度は自分がシンママ系のアイドルになったってわけだ。子育てに奮闘する女性たちを応援したいとかってな。西置市の偉いさんがＶＩＰルームで話してたよ。早めに市議にして、あの美貌が劣化しねえうちに、知事にさせちまおうって」

「知事？　ホントがよ」

「酔っ払いの戯言《たわごと》だから知らねえけど、政治家にさせる気はマンマンだったな」

留美は最後に翼の写真を見せた。

奈央や西置市に詳しい松尾だったが、土橋やたっちゃんと同じく、翼に関しては首を横に振るだけだった。

肝心の翼は依然として行方不明だ。それでも、東京まで出てきた甲斐があった。

翼の行方を知っていそうな者たちの口をこじ開けさせるだけの材料が揃いつつある。

自分へのご褒美に、留美もチョコレートパフェをオーダーした。

13

朝の山形駅は冷え切っていた。

留美は思わず身体を震わせる。青空が広がっているものの、放射冷却現象で今朝はマイナス二度だという。駅のホームから外に目をやると、駐車場やアスファルトの表面に霜が降り、陽光でキラキラと輝いている。

朝一番の山形新幹線で地元へと引き返してきた。松尾との密談は予想以上に長くなり、カラオケ店を出てから彼の証言を文書化しているうちに夜明けを迎えた。

キャリーバッグと東京土産のお菓子を抱えて、山形駅の西口へと歩いた。エスカレーターを下って送迎用の駐車場へと向かう。

駅の出入口に麗がいた。彼女は留美の姿を認めると、深々と頭を下げた。

「おはようございます。お疲れっした！」

まるで応援団員のような声で出迎えられた。傍を歩いていた観光客風の団体客が驚いたように彼女を見る。

逸平も麗も探偵に向くとは言い難い。どちらもどれだけ人の注目を浴びるかに青春を注いできた夫婦で、車や服装も派手になりがちだ。おまけに麗は引き締まった身体つきと、東北美人らしいきめ細やかな肌の持ち主だ。人の目を集めがちな華があり、彼女が族にいたときは大勢の悪ガキたちが慕ったものだ。

夫の逸平と同じく、留美の手伝いを引き受けてくれ、今は黒のジャンパーにブラックのデニムを穿いており、長いブラウンの頭髪を束ね、黒いベースボールのキャップをかぶっている。

彼女なりに目立たぬ格好を考えたのかもしれないが、その全身黒ずくめの衣装は、警察に声をかけてくれといわんばかりの姿だ。探偵の仕事を手伝うのは初めてだから仕方ない。

麗がキャリーバッグを持ってくれた。送迎用の駐車場まで歩きながら尋ねられた。

「東京、どうだったがっす」

「なかなか刺激的だったべ。井の中の蛙《かわず》だってごどを思い知らされたな」

「逸平くんと心配しったんだず。留美さんのごどだから、渋谷どが六本木《ろっぽんぎ》の危ねえ半グレどが、殺しまでやるような外国人ギャングと刃《やいば》交えてんでねえがって」

麗たちは夫婦揃って漫画が大好きだ。とくにワルや腕自慢が活躍するアウトロー系のやつをやたらと読みこんでいるため、東京に対して妙な幻想を抱いている。

「そだな連中、出て来るわけねえべした。地道に靴底減らして聞き込みしっだだけだず。逸平は仕事に？」

「しぶしぶ職場に行きました。探偵仕事のほうが刺激的だってボヤきながら」

昨日は月曜日だったが、逸平は有給休暇を取り、奈央の監視にあたってくれている。

麗も昨日は回転寿司店でのパートを終えると、夕方から西置市まで車を飛ばし、夫と一緒に留美の仕事を補佐した。今日も麗は貴重な休日を使い、留美の手伝いをしてくれる予定だ。

麗がダイハツの軽自動車のドアを開け、留美の荷物を積んでくれた。ファミリーカーとして人気のあるタントで、後部座席には子ども用の恐竜のフィギュアが転がっている。麗たちには八歳になる男の子がいた。

ふたりはタントに乗りこんだ。ハンドルを握る麗を労《ねぎら》う。

「あんたらのおかげで、どんだけ助かったべが。本当にありがとなっす」

「とんでもねっす。この暖冬で旦那の収入がガタガタだったべし、減った分の給料をパチンコで補おうとすっがら、ますますカモられるべし。もうどんだけアホなんだが。渡りに船でしたよ」

「そんならいいんだげんど」

「それに……私もこの仕事が楽しぐて。私たち、刺激に飢えてたのがもしれねえっす」

麗の言葉はおそらく本当だろう。逸平は退屈を嫌うお祭り男だった。

そんな男をすっかり尻に敷いている麗も、今でこそ一児の母としてまっとうな暮らしを送り、堅実な人生を歩もうと奮闘している。しかし、警察官時代の留美の手に思い切り齧《かじ》りつくなど、逸平以上に危険な激情を秘めた女でもある。

麗がシフトレバーをドライブに入れた。

「そんじゃ、西置市までいっちょ行きますか」

「その前に、家《うち》さ寄ってけねが？」

「わがりました」

麗とともに蔵王方面へと向かった。西置市とは正反対の方角にタントを走らせる。

留美の自宅がある賃貸マンションに着いた。駐車場に留美の愛車はなく、今日もヒモの板垣が山形市内を適当に走らせている。

留美は麗を連れて、エレベーターで三階まで上った。自宅の玄関ドアには鍵がかかっていた。知愛はもう小学校にいる時間であり、彼女の面倒を見てくれている富由子も、定期的に処方してもらっている薬を貰うため、西置市のクリニックに通院していた。

留美は部屋に入った。麗が感嘆の声をあげる。

「うわ、さすが留美さん。ハンパねえ」

「え、ああ……うん」

室内は見違えるようにピカピカだった。埃がうっすらと積もっていたはずの廊下は光沢を放つほど磨かれ、汚れてシミだらけだった玄関マットは本来の色を取り戻し、靴を脱いで上がってみると、フワフワとした踏み心地がした。

富由子が頑張って掃除してくれたようだった。留美が日銭を稼ぐためにあくせくし、いつも後回しにしてきたキッチンの油汚れや、人工観葉植物についた埃まで見事に拭き取られていた。知愛がソファにつけたケチャップのシミまでなくなっている。

ありがたいと富由子に感謝しつつも、姑に生活の至らなさを指摘されたような気がした。彼女にそんな意図などなく、ただひたすら留美に貢献したいというひたむきさによるものだろう。

「招いたからには、お茶の一杯でも出すのが礼儀だげんど」

「大丈夫っす。バリバリ働かせてください」

収納スペースのドアを開けた。

ポリ袋に包まれたすこやかパッケージを、ふたりで収納スペースから引っ張り出す。

それをリビングのテーブルに置いた。ポリ袋を取り去り、すこやかパッケージのなかから箸箱と筆箱を取り出す。どちらもビニールで包装されており、使われた形跡はなかった。

すこやかパッケージのなかには、奈央や市長の挨拶文や手がけたメーカーや職人たちの紹介文が入っていた。

奈央や市長の挨拶文が記されてあり、箸箱と筆箱を手がけたのは、伝統工芸で名高い木工職人の堀井吉太郎であると明記されてある。

名高い工芸家の箸箱を手に取った。

「どう？　本物だと思うが？」

「これが例のブツですか。どうだべ……正直さっぱりわがんねっす」

麗は困惑した顔で首をひねるだけだった。

箸箱と筆箱は木製で、木目を活かした素朴な造りだ。漆塗《うるしぬ》りらしきツヤがある。

留美と麗はまじまじと見つめたが、素人がいくら眺めたところで結果は出ない。それらをすこやかパッケージに戻した。

すこやかパッケージを担いで、留美たちは自宅を出た。再びタントを走らせる。

自分に審美眼とやらがあれば、もっと早々に真相に近づけたかもしれない。翼はいくつも足跡を残していたにもかかわらず、逸平が写真を撮ってくれるまで気づけずにいた。己の間抜けさを呪う。

彼は独身者にもかかわらず、カネになるからと後輩からすこやかパッケージを言葉巧みに持ち出した。なぜ、そんな真似をしたのか。留美はその意味を知るために奈央を追い、首都圏まで出張して彼女の過去をほじくり返した。

興味深い情報をいくつも入手できたが、事態はもっとシンプルだったのかもしれない。

タントは国道286号を西に走った。かつて留美が働いていた山形署もある典型的なロードサイドだ。ファストフード店や駐車場が広いラーメン店、クリニックや大型書店が並んでいる。巨大パチンコ店の大型LEDビジョンが目に入った。ドライバーの目に無理やり訴えかけるような原色まみれの看板のうえで、アニメキャラが躍動している。

パチンコ店の隣には、やはりロードサイドにふさわしい大型質店『七福《しちふく》かんてい屋《や》』があった。店舗の敷地内には赤色の看板がそそり立ち、金文字で〝質〟とデカデカと記され、「貴金属・時計・ブランドバッグ高価買い取り！　高額融資！」と訴えて街の景観のレベルを大いに下げている。

店構えこそ下品でインチキ臭いが、もともとは山形の中心地にあった老舗質店だ。街のドーナツ化現象に合わせて郊外のロードサイドに移転した経緯がある。信頼できる目利きがいた。

駐車場にタントを停めてもらい、すこやかパッケージを担いで質店に入った。

店内には中古のブランドのバッグや財布がずらっと並び、ガラスケースには指輪や高級時計が飾られてある。カウンター内にいた若旦那が、妙なブツを持った客が来やがったといわんばかりに目を剝《む》く。

「なんだべ。椎名さんでねえが」

「繁盛しったがっす」

この質店とは警察官時代からつきあいがあった。盗品捜査に協力し、県警から何度も表彰もされている。

若旦那がメガネのフレームをいじった。年齢は留美と同じくらいで、ふくよかな顔つきと高そうなスーツを着ているため、育ちのよさそうなボンボンにしか見えない。

ただし、先代の大旦那から鑑定の知識や、ブランド品の真贋《しんがん》の見極めを徹底して叩きこまれており、東京の美大を出ているだけあって、美術品や骨董品にも造詣が深い。

「なんか面白《おもし》ぇもん持ってだようだげんど、あんたの子ども、新一年生ぐらいだったが?」

「いや、そうでねぇ」

留美はカウンターのうえにすこやかパッケージを置いた。

「ちょっと査定してもらいでえのがあってよ」

「査定もなにも、西置市が配ってだすこやかパッケージでねぇが」

若旦那が眉をひそめた。

「さすが知ってたが。そんなら話は早《はえ》」

留美はすこやかパッケージのなかから、包装された箸箱と筆箱を取り出した。カウンターに置く。

「西置市が誇る伝統工芸家、堀井吉太郎が町のために汗水垂らして作った逸品だべ。あんたならいくらで買い取る?」

若旦那の目がふいに鋭くなった。刑事顔負けの眼光だ。彼は手にすら取らない。

「うちでは買い取りできねぇ。堀井吉太郎って……冗談きついなや」

「違うのが?」

若旦那はあたりを見渡した。まだ開店したばかりで、客は留美たち以外にいない。若旦那は嘆かわしいといった様子で力なく首を振る。

「あんた、刑事《デカ》だったんだべ。少しは眼力ってもんを備えったんでねぇのが」

「偽ブランドのバッグの見分け方は習ったげんど、あいにく木工品までは教わってねえ」

「もっと学校も警察も、きちんと地元の芸術ってもんをちゃんと教えるべきだべ。こだな百円ショップの代物と、山形の伝統工芸を代表する堀井作品の見分けもつかねえなんて。いやはや、朝からがっかりさせねえでけろず」

「百円ショップ？」

留美と麗が声を揃えて聞き返した。若旦那は苦々しく口をひん曲げた。顔に「しまった」と書いてある。

質屋や買取専門店などは本来、偽物と見分けがついたとしても、客に対してハッキリと告げたりはしない。うちでは取り扱いできないとやんわり拒むだけだ。

どの商品にも商標権という権利があり、質屋という第三者が真贋にまで口を出すわけにはいかない。本物や偽物ときっちり表明できるのは、その商品を扱っている企業の人間だけなのだ。

すこやかパッケージの商標権とやらがどうなってるのかはわからない。ただ質屋が愛郷心のあまり、はっきり偽物だと発言するのは、裁判沙汰になりかねない危険な行為ではあった。留美にとってはありがたい情報だが。

留美は箸箱を手に取った。ビニール袋を取り去って、なかの箸まで調べてみる。若旦那に断言されると、急に安っぽく見えてくる。だが、彼が本物だと言っていたら、なかなかの代物と納得しただろう。つまり、留美はそれだけの目しか持っていない。

麗が筆箱のほうもしげしげと見つめる。

「これはこれで本物に見えっけんどな。ピカピカといい感じに光ってだし」

留美は若旦那に訊いた。

「筆箱のほうも偽物が？」

「もういい！　お前《め》ら……ちっと待ってろ！」

若旦那の顔が真っ赤になった。店の奥へと引っこむ。麗が呑気に言った。

「やべ、なんか怒らせちまったべが」

「仕方ねえよ。ここはひとつ、おとなしく拝聴するとすっぺ」

白手袋を嵌めた若旦那が、木製の筆箱を持ってきた。カウンターに置く。

「これが本物の堀井吉太郎の作品だ。お前らの目がひでえ節穴でも、これならわがっぺや！」

「あっ、こりゃ全然違うなや」

堀井吉太郎製の作品は手に取るまでもなかった。留美の持ちこんだブツとは明らかに違う。若旦那が持ってきた筆箱にはしっとりとした上品なツヤがある。木目はいつまでも眺めていたくなるほど美しい。凛《りん》とした存在感がある。

偽物と判断されたほうは急に色あせて見えた。プラスチックのような手触りで、本物の漆など使われてはいないのだろう。ピカピカな光沢は自然漆ではなく、ウレタン塗料によるものだと教えてくれた。堀井作品を前にすると、偽物のほうはツヤが下品にさえ感じられる。

とはいえ、それは若旦那が懇切丁寧に説明してくれたからだ。筆箱のほうは百円ショップではなさそうだが、なんにしろ堀井作品とは比較にならない安物と断じた。

本物と偽物を比べると差は歴然としていたが、そこいらの素人が見破るのは難しそうに思えた。留美や麗の目がとりわけ節穴なだけだったかもしれないが。

胸のつかえが取れた気がする。翼はかつて百円ショップでバイトをしていた。彼は後輩の江成の家にあるすこやかパッケージの中身を見て、偽物が交ざりこんでいるのにいち早く気づいたのかもしれない。

すこやかパッケージ自体を売り飛ばしても、大したカネにはならないだろう。その箱に隠された禁断の秘密にカネが埋まっていると踏んだのだ。

留美は心のなかでため息をついた。己の教養のなさを痛感させられる。美術品や工芸品といったものに関心を抱く暇はなかった。せめて名高い工芸家の作品と、百円ショップで売られているリーズナブルな品々の差ぐらい見極められる目があれば、はるばる東京まで出張せずとも、もっと早く翼の企みや奈央たちの意図を見抜けただろう。

留美の落ちこみに気づいたのか、麗が肩を優しく叩いてくれた。

「わがんなくたって仕方《しゃあ》ねえっすよ。今までどんだけ配らっだのが知《し》ゃねげんど、今日の今日までバレでねがったんだがら、誰も気づいてねえってごどだべした。留美さんの仕事は探偵であって、鑑定士でねえもの」

麗の慰めは嬉しかったが、若旦那の顔は強ばるばかりだった。

「おい、このすこやかパッケージの中身、まさか全部偽物が使われてんでねえべな」

「今まさにそれを調べっだどごだず。ついでで悪《わり》いげんど、他にも安物が交じってねえが見てけねが？」

「なんでおれが……そこまで暇じゃねえよ」

「そこをなんとか。我が古里の工芸品がないがしろにされるっていう一大事が起きてんだがらよ」

若旦那はブックサ言いつつ、すこやかパッケージの中身を確かめていった。置賜紬で作られたという帽子や給食袋は本物だろうと告げた。ランドセルも欠陥は見当たらないという。明らかに偽物なのは、堀井製の箸箱と筆箱のふたつのようだった。

「本当に助かったべ。あんたは山形一の目利きだず。後でお礼しに来っがら」

留美と麗は若旦那に最敬礼をした。若旦那は迷惑そうに手を振るだけだった。

「菓子折りなんかいらねえぞ。そんなもん持ってくる暇があっだら、月に一度は土産物屋や観光センターに行げ。ちゃんと本物を見て目を養えず」

若旦那に叱られてから、『七福かんてい屋』を後にした。麗と早足でタントに戻る。

若旦那の言うとおりだった。さすがに彼のようなプロの鑑定士や学芸員ほどでなくとも、この土地に根ざして生きていくのなら、郷土の焼き物や織物といった工芸品や文化遺産を学んでおくべきだろう。探偵にも教養が必要だと痛感させられる。

タントに乗りこむと、麗が再び筆箱を見つめた。

「んだげんど……これってマジで一大事でねえべが」

「間違って混入したっていうんならともかく、もし安物にすり替えてだっていうんなら、かなりのスキャンダルだべな。西置市政が大揺れするほどの」

翼はすこやかパッケージが大金になると踏んだ。

その目算自体は正しかったといえる。取り扱っている奈央のＮＰＯ法人や、その役員たちからカネをゆすり取れると踏んだのだろう。

もしこの秘密を明らかにされれば、奈央があの田舎町で地道に築いてきた信用はいとも簡単に吹き飛ぶ。市議選どころではなくなるだろう。役員でもある中宇称の立場もすこぶる悪くなる。せっかく市長とお近づきになれたというのに、ここであっさり切られても文句は言えないほどの大不祥事だ。

責任は奈央たちだけでは済まされない。すこやかパッケージ事業は市の事業であり、奈央のNPO法人から市が買い取って、新一年生がいる家庭に配られるからだ。

デリケートな幼児を相手に、表示と異なる支援品が配られていたとなれば、アレルギーの問題などもあって人体をも脅《おびや》かすかもしれない。奈央は横領や詐欺だのといった容疑をかけられ、この事業に関わった者たちには厳しい社会的制裁が待っているかもしれない。記者やテレビクルーが西置市に殺到する光景が目に浮かぶ。

留美は首をひねった。

「んでも、まだわがらねえごどだらけだ。なしてこだなバカげたごどしたんだか。私らの目はまんまと欺けたげんど、いずれは翼みたいに気づく人が出て来るに決まってるべ。こだなアホみたいなごど、あの逸平だってやらねえよ」

「いや、あいづならやっかもしんねえっす。パチンコ絡みとなったら、三歳児みたいな嘘、平気でつくがら」

麗が即答した。

しばし笑い合ってから、麗はポツリと呟く。

「例の翼君……もう飯豊山地あたりに埋めらっだんでねえべが」

「かもしんねえな」

あまりに大胆かつバカげた悪事ではあるが、当然ながら奈央たちは発覚を怖れたはずだ。翼にはなんらかの〝報酬〟が与えられたのだろう。それは大金などではなく、この世から消されるほどのハードな逆ネジかもしれなかった。

それを示すかのように、奈央たちの反応は尋常ではなかった。中宇称が留美の車にGPS発信機を仕込もうとしたのがいい例だ。

その後も奈央たちの焦《あせ》りは、しっかりと行動に表われている。市の大物とともに、市職員である堀井吉太郎の息子と話し合いをしてもいる。写真の様子を見るかぎり、話し合いというより口封じといったほうが適切かもしれない。

堀井吉太郎自身はどこまで知っているのだろう。古里を思ってこしらえた作品を、よりによって大量生産されている安物にすり替えられたのだから、これほどの侮辱はないはずだ。なんにしろ、奈央たちは市職員という弱い立場の肉親に迫り、あれこれと躍起になって火消し工作を行っていると見るべきだった。彼女にとっても今はきわめて重要な時期だ。

赤羽駅前で見かけた中宇称を思い出す。キャリーバッグをゴロゴロ引っ張りながら、SNSにアップする写真とは対照的に、憤懣やるかたないといった様子で歩いていた。身から出た錆《さび》としか言いようがないものの、自分たちの看板である支援品の中身をすり替えるような大胆不敵な輩だ。留美たちに対しても、なにをしてくるかわからない。用心に用心を重ねる必要がありそうだ。

「んじゃ、虎の穴に向かうとすっか」

麗に西置市に向かうように指示した。

彼女も危険な香りを察知したようで、気合いの入った返事をし、シフトレバーをドライブに入れた。大型店舗が並ぶロードサイドを通り過ぎ、県道の田舎道へと入る。

曲がりくねった山道を登った。店舗はほとんどなくなり、冬枯れした山々の殺伐とした風景が目に入る。標高が高くなるにつれ、空の雲は分厚くなり、チラチラと小雪が舞う。まだ午前中だというのに、視界が随分と暗い。

ふいに麗の目がギラリと光った。バカな旦那と一児を支える母親の顔ではなく、さんざん暴れ回った暴走族時代の顔つきだ。

「留美さん」

留美もうなずいてみせた。心臓の鼓動が速くなり、掌がじっとりと汗ばむ。

山道に入ってから約十五キロ。その間に黒のワンボックスカーが、ずっとタントの後ろに張りついている。

ワンボックスカーは露骨に留美らにつきまとっていた。古びたトンネルに入ると、タントとの距離を縮めては、己の存在を誇示するかのようにぴったりと張りついてくる。

麗がバックミラーを睨みつけた。怒りで血の気が引き、すっかり顔を青ざめさせている。逸平も麗も、ともに煽り運転などされると、恐怖を感じるよりも怒り心頭に発するタイプだ。

「留美さん、やっちまっていいべが」

「え？」

麗はドアポケットからなにかを取り出した。

ズッシリと中身の詰まったマヨネーズだ。暴走族時代、彼女が警察車両によく投げつけていた代物だ。

どこでも手に入る調味料だが、その威力は恐ろしい。相手の車両のフロントガラスに命中すれば、前方はまともに見えなくなる。ワイパーを作動させれば、油分で余計にガラスの汚れは広がり、ほとんど真っ白になってなにも見えなくなる。そのうえ通常のウォッシャー液でも取れず、相手を走行不能に追いやれる。

留美も警察官時代に何度か被害に遭い、油膜除去剤をつけたスポンジで洗車をさせられたものだ。キレれば逸平以上に手がつけられなくなるのが麗という女だった。

麗がマヨネーズのキャップを歯で固定した。ハンドルを握りながら、慣れた様子でキャップを外そうとする。

「ダ、ダメダメ。早まるんでねえ」

留美は慌てて止めに入った。トンネルを出た先には、消火用の水槽と砂箱を設けた県有地がある。麗にそこへ寄るよう促す。

「私らになんか用があるんだべ。まずは口を利いてみねえど。暴力は最後の切り札だず」

「友好的ではねえみでえだよ」

「もちろん、そのへんの準備は怠らねえよ。あんただって昔の武器をもっと積んでだべし」

「そりゃね」

麗がハンドルを切り、道路脇の県有地に寄った。

留美はダウンジャケットを脱いだ。なかには裏地付きの冬用のネルシャツを着こんでいた。ネルシャツの胸ポケットにペンを二本差し、戦いへの準備を整えた。

峠のてっぺんに位置するだけあり、県有地には雪がうっすらと積もっていた。タントのスタッドレスタイヤが枯れ草を踏みしめる。火災などに対応するための土地だけに、雪と枯れ草で覆われてはいるが、消防車数台が停まれるだけの広々としたスペースがあった。

タントに続いてワンボックスカーも県有地に入ってきた。逃走を防ぐかのように、タントの後ろに横向きで止まる。

麗と留美がタントを降りた。用心のために車のドアは開けっぱなしにしておく。

留美はスマホでワンボックスカーを動画で撮った。冷え切った山の空気が頬をなでる。ダウンジャケットを脱いだため、一層寒く感じられる。

ワンボックスカーのスライドドアが開いた。麗が呟く。

「またずいぶん賑やかでねえが」

ワンボックスカーから次々といかつい雰囲気の男たちが降りてきた。その数は五人。

五人は紺色の戦闘服を着ており、コンバットブーツを履いて雪を踏みしめた。頭髪を軍人みたいに短く刈り、ある者は眉毛を極細に剃り、またある者は肌を黒々と焼いている。

全員が不織布マスクで顔の下半分を覆っているが、それは昨今の新型肺炎のウイルス云々ではなく、顔バレを防ぐ意味で着けているものと思われた。スマホを向ける留美に対し、不愉快そうに眉をひそめたり、露骨に睨みつけたりした。

留美は撮影をしながら、男たちの腰回りをチェックした。作業用のベルトにはホルスターの類はつけてはいない。ポケットに膨らみも見られない。五人のなかには、だいぶ腹の突き出た中年男もいるものの、総じて年齢は若くて腕っぷしも強そうだ。なによりアウトローの臭いがきつい。

ワンボックスカーの助手席から、スーツ姿の男が降りた。麗が声を上げる。

「あ、お前《め》は」

スーツの男はすでに画像で確認済みだった。

奈央と南陽市のファミレスで会っていた同業者だ。元ヤクザの石上によれば、丹羽という仙台を根城とするスジ悪の探偵だという。石上の言葉が正しければ、戦闘服の男どもは組関係の連中のようだ。

丹羽は芝居がかった様子で身体を震わせた。

「いくら暖冬っつっても、峠となるとえらく冷えるな」

「あんたら、なんか用がっす」

「寒いから単刀直入に言うぞ。相談さ。用件は言わなくても察しがつくだろう」

丹羽は親指で西置市のほうを指さした。留美は首を傾げてみせる。

「あんたが誰かもわがんねえのに、察しなんてつかねえよ。ヤバそうなスジの人だってごとはわがるげんど」

「おれはあんたを知ってるぜ。椎名留美さん。山形市成沢西《なりさわにし》にある自宅に事務所を構えて探偵業をやっている。そちらのベッピンさんは畑中麗さんで、先日は旦那さんの畑中逸平さんと一緒に南陽市のファミレスにいた。ふだんは息子の湊斗《みなと》君を育てながら、市内の『すし邦《ほう》』で働いているが、今日は椎名さんのヘルプをしている。そんなところか」

「この野郎《やろ》……」

麗が小さくうなった。

やはり相手もプロだけはある。おそらくファミレスで監視している逸平たちに気づいたのだろう。逸平たちは頼もしい味方ではあるものの、この夫婦は存在感が服を着て歩いているようなものだ。

留美は咳払いをして、麗に自制を呼びかけた。決して早まったりしないように命じる。

こうした駆け引きの場合は、まず相手をうんと調子づかせて、持っているカードを出させるのが得策だ。

留美はわざと顔を強ばらせた。なんでそこまで知っているのかといわんばかりにビビってみせる。

「あんた……何者《なにもん》や。吉中奈央の関係者みてえだげんど、西置市あたりの人間でねえべ」

丹羽はニヤリと笑うだけだった。戦闘服の男たちも小馬鹿にするような笑い声をあげる。

便利屋稼業なんかでメシ食ってる田舎のおばちゃん探偵なら、任俠右翼じみた格好のゴロツキを連れ、家族の名前を出せば簡単に芋を引くだろうと思ったのかもしれない。

「おれのことなんかどうだっていいだろう。調査はここまでにして、おれに調査結果を洗いざらい教えてほしい。タダとは言わねえよ」

留美はうつむきながら答えた。

「そだなごどできるわけねえべ。それに……調査ならもう中止しったず。依頼人から打ち切りを命じられたがらよ」

「偽装工作ならもうバレてる。中宇称氏に取りつけられたGPS発信機をうまく利用して、愛車をそこらのおっさんに走らせてただろう。みんなバレバレだ。依頼人と仲違いしたように見せかけながら、アシスタントに吉中さんを監視させて、赤羽界隈をウロチョロしてたってことも」

丹羽がタバコをくわえた。髪をツーブロックにした戦闘服の男がさっと動き、ライターで火をつける。

丹羽は余裕たっぷりな様子でタバコの煙を吐き出した。

「なかなか頑張ったとは思うぜ。ただ、上には上がいるっていうわけだ」

「お前の目的《め》はなにや」

留美が語気を強めて訊いたが、彼は黙ってタバコを吸い続けるだけだった。

戦闘服の中年男がポケットから茶封筒を取り出した。丹羽が吸い殻を指で弾いて地面に捨てる。

「三十万。くれてやるから報告書をよこせ。どうせ今から依頼人の橋立和喜子の家に行くつもりだったんだろうが。あんたらは黙ってカネを受け取り、地元の山形《ヤマガタ》市に引き返して、適当に理由をつけて調査中止の旨を橋立さんに伝える。そういう筋書きでひとつ頼むよ」

中年男がのしのしと茶封筒を持って近づく。留美はスマホのレンズを向けた。

「来《く》んでねえ。そだな脅しにいちいち屈してたら、おまんまの食い上げだべ」

中年男が眉間にシワを寄せた。丹羽が面倒臭そうに頭を掻く。

「面倒臭《くせ》えなあ。クソ寒いんだから、とんとん話進めようぜ。こいつのどこが脅しだ。取引の話を紳士的に持ちかけてるだけだろう。そのスマホの動画持って、警察に駆け込んだところで、おまわりさんは動きゃしないぜ」

極細眉の男が丹羽に声をかけた。

「すんません。小便してもいいっすかね。ひどく冷えて冷えて」

「ああ、おれも！」

日焼けの男も手を挙げる。丹羽がわざとらしく顔をしかめる。

「なんだよ、しょうがねえな。犬っころじゃあるまいし」

二人の若い男たちは隅に寄るでもなく、その場で戦闘服のチャックを下ろし、陰茎《いんけい》をつかみ出した。ジョボジョボと放尿する。

あまり目にしたくはないブツだったが、一応チェックしてみると、極細眉の男のペニスには真珠がいくつも入っていた。ゴーヤーみたいにゴツゴツしている。

日焼けの男のブツも変わっていた。まるで茄子《なす》漬けのように紫色だ。股間にまで刺青《いれずみ》を入れているとアピールしている。

探偵などという因果な商売をしていると、有形無形の脅しを喰らうものだが、随分とユニークなやり方をするものだと呆れた。若い男たちの小便は勢いがあり、放物線を描いて地面の雪を黄色に染める。

このパフォーマンスを披露するため、こいつらは事前に水を大量に含んでいたのだろうかと涙ぐましく思えてしまう。ふつうの市民であれば震え上がるだろうし、相手の感情を揺さぶるほどの効果もありそうだった。

大量の小便はアスファルトを流れ、やがてタントのタイヤにまでたどり着いた。麗が身体を小刻みに震わせている。留美は彼女にこらえてくれと目で懇願した。

丹羽はおどけた調子で肩をすくめた。

「おっと、立ちションで軽犯罪法違反だ。県警にしょっ引かれちまうかもな」

中年男が茶封筒を持ってにじり寄ってきた。

「あんた、後家さんなんだってな。しばらくご無沙汰なんじゃねえのか？　あのふたりを貸してやってもいいぜ」

放尿していた男たちはペニスをよく振り、滴を切ってみせてからゆっくりとしまった。

留美は肩を落としてスマホの電源を切った。ポケットに入れる。

「あんたらの言いてえごどはわがったよ……」

「留美さん！」

麗が唖然《あぜん》とした顔を見せる。彼女に首を振ってみせ、丹羽に手で追っ払う仕草をした。

「あんたらが物騒な連中だってごども。西置市には当分近寄らねえがら帰れ。そだなカネは受け取れねえし、報告書は赤の他人に見せられねえ。こっちにもメンツってもんがある」

「いいや、おれのメンツのほうを重んじてくれ。いったん出したカネは引っ込められねえし、おれは報告書をよこせとお願いしてるんだよ」

留美がスマホの撮影を止めると、男たちはさらにオラついた仕草を見せた。マスクをずらして唾を吐き、かったるそうにヤンキー座りをする者もいる。

留美は小声で抗った。

「だから言ってるべや。どこの人間かもわがんねえのに……」

中年男が茶封筒を留美の胸に押しつけてきた。茶封筒が地面に落ちる。

「面倒臭えな。ゴチャゴチャ言わずに黙って従えばいいんだよ。お前らだけじゃなく、ガキまでしんどい思いしたくはねえだろう。それとも朝っぱらから大音量で軍歌聞かされてえのか。杜《もり》の都から毎朝街宣かけに行くぞ、おばはんよ」

中年男が凄《すご》んできた。タバコのヤニ臭い口臭が鼻にまで届く。

もうひと息だった。留美はカツアゲに遭うひ弱な中学生のように下を向く。

「杜の都って……もしかして仙台の」

ツーブロックの男が吠えた。

「奥州義誠会だ、東北のスジ者《もん》ナメてんじゃねえぞ！」

「うん、これでオーケーだべ」

留美は顔をあげて呟くと、労うように麗の肩をポンと叩いてやった。

「あんたもよく我慢したな。クソみてえな思いさせて悪《わり》がった」

丹羽の顔が凍りついた。ミスを犯したと気づいたようだ。戦闘服の男たちは事態に気づかず吠えまくる。

「なにがオーケーなんだ、おばはん。ぶちこまれてえのか！」「埋めちまうぞ、この野郎！」

留美は戦闘服の男たちを無視して丹羽に語りかけた。

「あんたの貴重なアドバイスに従って、今からおまわりさんのどこに駆けこませてもらうべ。県警にはヤクザをゴキブリ並みに嫌ってだ刑事さんが山ほどいだがらよ」

「てめえ……」

「探偵相手にすんのなら、もっと賢い手下を連れてくるべきだったなや。能なしのチンピラでねくてよ、丹羽克巳さん」

戦闘服の男たちも旗色が悪くなったと、遅まきながら気づいたようだ。なぜ丹羽の名を知ってんだと、怪訝そうな表情に変わる。

丹羽が忌々しそうに、留美の胸ポケットを睨む。

胸ポケットにはボールペンが差してあるが、ただのペンなどではない。クリップには極小サイズのレンズがついていて、ボイスレコーダーの役割も果たす。大容量メモリー対応で、最大で十二時間も録画録音のできる優れものだ。

相手の目をまずスマホに集めさせて、撮影を止めたフリをしながら、胸ポケットのスパイグッズで撮り続けた。丹羽たちは相手を下に見て警戒を緩め、明確に脅迫にあたる文句を吐いたうえ、組織の名前まで出した。

暴力団に対して、世間も警察も容赦はしない。県警に映像データを持っていけば、マル暴刑事たちは大喜びするだろう。留美が吐いた言葉はハッタリではない。

「そんじゃ、企業舎弟の探偵さん。今のうちに組関係に連絡すんだな。組の名前出したせいで、近日中に家宅捜索《ガサ》かけられるがもしんねえし、なにかとご迷惑をおかけしますってよ。ケジメのつけ方を考えたほうがいいべ」

留美は麗を促してタントに戻ろうとした。

丹羽が一転して歯を剝きだし、悪徳探偵らしいツラになった。留美を指さす。

「あいつのペンを奪え！」

「なんだず。警察に駆けこめって言ってだでねえが」

留美は麗に目で合図した——よく辛抱してくれたと。

茶封筒を押しつけた中年男が、留美の胸に腕を伸ばしてきた。彼は麗に注意を払っていない。

麗がすばやく動いた。中年男の後ろに回りこむと、ためらいなく股間の陰嚢《いんのう》を握った。逸平が

〝禁断の稲荷《いなり》寿司〟と呼ぶ麗の必殺技だ。

中年男が甲高い悲鳴を上げ、小便で濡れた地面に跪いた。すかさず麗が中年男の顔面にハイキックを叩きこむ。ゴツンと硬い音が鳴り、中年男は鼻血を噴き出させながら仰向《あおむ》けに倒れた。

戦闘服の男たちが呆気《あっけ》にとられたように中年男を見下ろした。それからマスクをむしり取り、鬼の形相で向かってくる。

相手の人数は予想外に多かったものの、女ふたりとあって油断していたようだ。刃物といった武器を取り出す者はいない。

留美はヒップポケットから懐中電灯を取り出した。スイッチを押して逆手に握る。戦闘服の男たちの顔面を照らすと、全員が顔をしかめて顔を背ける。

男たちとは違って、留美たちはしっかり武装していた。ボールペンと同じく、懐中電灯も通常のものではない。各国の軍隊や警察などが採用している一種の武器だ。暗がりを照らすのはもちろん、対象者の目を潰すために作られている。もっとも性能を発揮するのは夜間ではあるが、今日のような厚い雲に覆われた暗めの昼にも効果的だ。レーザー光線のような光を浴びせられ、男たちはまともに目を開けられずにいる。

「このチンポコ野郎！　お前《め》らが埋まれっつんだよ」

麗が男たちに躍りかかった。タントの後部座席に置いていた愛用の武器を握りながら。

彼女の右手にあるのは、約三十センチのすりこぎ棒だ。山椒《さんしょう》の木でできており、天然木らしいデコボコとした歪みがある。ツーブロックの男の眉間に突きを入れたかと思うと、極細眉の男のこめかみを容赦なく殴り払う。急所を殴打されたふたりが地面を転がる。

丹羽が目を白黒させていた。留美や畑中夫妻の家族構成を調べ上げ、彼女の策略を見破ったまではいいが、付け焼き刃の調査でしかなかったようだ。

麗の実家は農家で、もっとも力を入れているのは〝秘伝豆〟といわれる枝豆だ。実家では子どものころから枝豆の収穫や、ずんだ作りを手伝ったという。

彼女が振り回しているすりこぎ棒は、実家でじっさいに使っていたものだ。ナイフやメリケンサックでは、銃刀法違反や軽犯罪法違反でしょっ引かれてしまうため、台所用品や楽器を武器代わりにして警察官の目をごまかした。ジャンク品のクラリネットやオーボエを鉄棒のごとく振り回し、男尊女卑の色が濃かった族のメンバーらの考えを腕尽くで改めさせた。丹羽はそんな彼女の過去まで知らなかったようだ。

「てめえ！」

日焼けの男がストレートで麗の顔を打った。肉を打つ音が響き渡った。麗の首がねじれる。股間に悪趣味な刺青を入れているが、格闘技をしっかり齧っているのがわかった。左腕で顔を守り、留美の光線を防ぎつつ、脇をしっかりしめたパンチをかます。

日焼け男が続いてコンバットブーツで右の前蹴りを放った。麗はすばやく半身になってかわし、左腕で相手の脚をがっちりキャッチする。ケンカとはすっかりご無沙汰と思っていたが、彼女の格闘センスに衰えは見られない。パンチこそ喰らったものの、自分から首をねじらせてダメージを受け流していた。

「汚え小便で愛車汚しやがって！」

日焼け男が悲鳴を上げた。麗は抱えた右脚をすりこぎ棒で滅多打ちにした。弁慶の泣きどころを太鼓のように叩かれまくられ、日焼け男も自分の小便で濡れた地面に尻餅をついた。

戦闘服の男たちが残りひとりだけになった。まだ十代と思しきニキビだらけの少年だ。ファイティングポーズを取るものの、腰が引けているうえに、留美の光線で目をほとんど開けられずにいる。

剣道三段の資格を持つ麗は、雷のような速さで近づき、面打ちを決めようとすると、少年は自ら亀のように丸まった。

「この半端者《もん》が」

麗が軽くビンタを見舞う。

「おっと、危ね！」

留美が大股でワンボックスカーに駆け寄った。

丹羽が車内から武器らしきものを摑んできた。麗の背後を襲おうとしている――バチバチと耳障りな音をさせ、青白い光を迸らせる。スタンガンだ。

留美は地面を強く蹴ってジャンプし、丹羽の横っ面を懐中電灯で突く。懐中電灯は航空宇宙用にも使われるアルミニウム合金と強化ガラスでできていて、麗のすりこぎ棒よりも頑丈だ。

懐中電灯の硬い先端が丹羽の頬骨に当たる。丹羽自身は案外脆《もろ》く、ワンボックスカーのボディに背中を打ちつけ、ピンボールの球みたいに跳ね返った。地面にうつぶせに倒れ、スーツやネクタイが小便と泥で汚れる。

懐中電灯ですかさず追撃を加えた。丹羽の右手を懐中電灯で叩くと、丹羽がうめき声をあげながらスタンガンを手放した。スタンガンを拾い上げる。

周囲を見回した。県道はトラックなどが通りかかるものの、どの車もまっすぐなトンネルで速度を出していて、留美たちの争いを気に留める者は見当たらない。

麗はまだ戦闘中だったが、ほとんど落ち武者狩りに近い状態だ。

極細眉の男が気合いの入った顔つきで立ち上がる。陰茎に真珠を入れるだけあって、ケンカ慣れはしているようだ。威嚇する犬みたいな顔でパンチのラッシュを繰り出すものの、こめかみを殴打されて足に来ているようだ。生まれたての子馬みたいに脚をガクガクと震わせている。後ろにすばやく下がる麗を捉えられない。

極細眉の男が息を切らしたところで、麗の手痛い反撃に遭った。〝稲荷寿司〟を握られて、盛大な叫び声をあげる。

留美は丹羽の肩を揺すった。彼の頬がみるみる赤く腫れ上がった。

「お前《め》の狙いは一体なにや。私らの調査止めるだけでねえべ」

丹羽が唾を飛ばして吠えた。

「こ、こんな真似して無事で済むと思うな！　おれが逮捕《パク》られても、必ず返しが待ってるからな。てめえのクソガキや両親まで全部マトにかけてやる」

「おお、おお。言うでねえが」

留美はあざ笑ってみせた。こんなゴロツキどもとチンケなかけ合いを長々とやっている暇はない。善良なドライバーに見つかって、いつ通報されてもおかしくなかった。

留美は奪い取ったスタンガンを握った。丹羽の目の近くでスイッチを入れた。高圧電流が激しい音を立て、青白い光を迸らせる。丹羽がぎゅっと目をつむる。

「組から兵隊まで借りだのに、脅迫の言質を取られだうえ、女ふたり相手にクチャクチャにやらっだとなりゃ、無事で済まねえのはヘタ打ったお前《めえ》のほうだべ」

丹羽はそっぽを向くだけだった。留美はスタンガンを丹羽の耳に近づけてスイッチを入れる。スタンガンは放電するさいの音量が凄まじい。バチバチと派手な音を立てるため、相手に電流を喰らわせるまでもなく、戦意を奪い取れる。

鼓膜が痛むのか、丹羽が歯を食いしばった。

「頑張るんでねえよ。クソ寒いんだから、とんとん話進めっぺや。あんたのメンツは重んじてやっず。尻尾巻いて仙台に帰《けえ》れや。適当に理由をつけて、調査中止の旨を吉中さんたちに伝える。そういう筋書きでひとつ頼むず」

留美は丹羽の言葉を真似て伝えた。

「ちょっと待て……待てよ」

「待たねえ。それとも組にケジメつけて、警察にも睨まれてまで、私らと徹底的にやり合うのがって聞いてんだよ」

丹羽の頭髪を摑んで揺さぶった。彼にはさっさと口を開いてほしかった。暴力は気分がいいものではない。

「ちっくしょう！　ふざけんでねえぞ、バカにしやがってよ。てめえらマジ死ね」

麗は依然としてキレたままだ。

日焼けの男の身体をすりこぎ棒で滅多打ちにし、戦闘服の男たちをあらかた眠らせると、ワンボックスカーに激しく蹴りを見舞った。スライドドアに大きなヘコみができる。

留美は丹羽の脚をつま先で小突いた。

「なしてそこまで私の報告書にこだわるのや？　素直に答えねど、帰りはタクシーを呼ぶ羽目になっぞ」

「待て、わかったから、もう止めてくれ」

「わかってねえべや。質問に答えろっての」

麗がすりこぎ棒でサイドウィンドウを叩き割った。割れた破片が車内や外に飛び散る。戦闘服の男たちは倒れ伏したまま、ただ怒り狂った麗に怯えるだけだ。

丹羽が涙をこぼした。

「おれの目的はあんたと同じなんだ。橋立翼を見つけることだよ。もう勘弁してくれ」

「あんたも翼を？」

留美は眉をひそめた。考えに耽りたいが、それどころではなかった。麗がタントに戻り、マヨネーズの容器を持ち出したからだ。

留美は麗に駆け寄った。

彼女の腰に後ろからしがみついて、彼女の突撃を必死に止めた。麗はワンボックスカーのフロントガラスに、マヨネーズをぶち撒けようとしていた。

「もういい、もういいがら」

「止めねでけろ。ナメくさった真似しやがって。子どもまでマトにかけるだ？　ここで車ぶっ壊して凍え死にさせっぺず！」

麗はブチギレた浅野内匠頭《あさのたくみのかみ》のごとく、憤懣やるかたない様子で抗った。なおもワンボックスカーのバンパーに蹴りを入れる。

「そだなことして、ワリ食うのは私らだべ。私らがクサいメシ食ってる間、湊斗君の面倒は誰が見んのや?」

「うっ……」

麗は旦那と違って立派な母親であり、雇われ先の寿司チェーンでもセクションリーダーに選ばれ、店舗運営の権限の大半を任されるほどの働き者だ。しかし、一旦キレれば逸平よりも無慈悲なファイトを繰り広げる。

彼女には危険な逆鱗があるからこそ、逸平のパチンコへの溺れっぷりもあの程度で済んでいるともいえるが、久々に彼女の危うさを目の当たりにした。

連中を凍えさせる案には同意したくもなる。怒り心頭なのは留美も同じだ。二度とナメた真似をさせないためにも、キツい仕置きをしておく必要はある。

とはいえ、脅し文句のとおりに車まで破壊して、連中を置き去りにしてしまえば、警察沙汰になる可能性はきわめて高い。この連中が警察に見つかれば、留美たちも県警のお世話になるだろう。どう見ても正当防衛では済まされない暴れ方をした。

麗が落ち着きを取り戻したようだ。車の破壊を止めて丹羽を睨みつける。

「早く喋れや!　グズグズすんでねえよ」

麗がマヨネーズの容器を掲げた。一キロもある業務用サイズで、爆発物のような迫力がある。

丹羽が身体を硬直させる。

「喋ってるじゃねえか!　止めてくれ」

「逆ギレしてる暇はねえぞ。橋立翼はあんたらが殺して埋めたんでねえのが」

「おれは探偵だ！　そんな人殺しまでするかよ」

「こだな戦闘服着だあんちゃん連れてっど、あんまり説得力がねえけんどな。吉中奈央は翼に脅されてたみでえだ。そんであんたらがあいつの口を封じちまったんでねえのが。組の名前まで出して、埋めるだのなんだの威勢よく吠えたでねえが」

「そんなのはただの脅し文句だ！　あんたも警察官《サツカン》やってたんならわかるだろう。んなもん、億のカネ積まれたってやれるわけねえ」

「じゃあ、きれえさっぱり話してけろ。奈央からどだな経緯で依頼受けたのや？」

丹羽は身体を震わせながら話した。

時折、口内の血を袖で拭いながら。頬骨にまでヒビが入ったのか、左頬の腫れはますますひどくなり、左目をほとんど塞ごうとしている。

奈央から依頼を持ちかけられた経緯はこうだ。丹羽は取引先の債権回収会社を通じ、今回の件を持ちかけられた。なんでも債権回収会社の専務と中宇称は同じ東京都北区出身の同級生だという。

南陽市のファミレスで奈央と会い、彼女から事情を詳しく聞き出した。彼女は情報通信業の会社に勤務していたことになっているが、じつは赤羽のラウンジで働いていた。経歴を詐称していたのを、翼に知られてしまったのだという。市議選を控えたこの大事な時期に、経歴詐称が発覚すれば、もはや選挙どころではなくなってしまう。

翼に恐喝された彼女は、中宇称や町の有力者に相談。翼をすみやかにおとなしくさせるのに成功はした。ところが、そのまま翼はどこかに消えてしまった。変に逆恨みをし、過去の経歴をどこかからぶちまけられてはたまらないので、翼の行方を捜し当てて、つまらぬ考えを起こさぬよう〝説得〟してほしい。丹羽が受けたのはこんな依頼だった。

「依頼人はあんたらのことを話してた。すでに翼の行方を追ってるから、あんたらに教えを乞《こ》えば情報《ネタ》をたやすく得られるかもしれないって……ついでに調査を中止させるように頼まれていた」

「箸箱や筆箱のごどは？」

「え？」

「なんでもねえ。忘れろ」

丹羽はすこやかパッケージの中身については知らないようだった。

翼が脅しの材料に使ったのは、経歴詐称などではなく、すこやかパッケージの中身だろう。しかし、それについては丹羽に知らせずにいたようだ。

こんなスジの悪そうな探偵業者に弱みを必要以上に知られては、今度は翼に代わって、彼らに恐喝されるだけかもしれない。

丹羽は事実を話していると思われた。タダでさえ冷える真冬の峠のてっぺんで、冷たい泥水まで浴び、唇を紫色にさせている。一刻も早く暖かい場所で治療を受けたいと願っているように見えた。

留美は地面の茶封筒に目をやった。丹羽の腹のうちはわかったが、奈央たちの真意はまだ不明のままだ。翼の行方を捜させるという名目で、単に留美たちを脅しとカネでストップに追いこむだけだったのかもしれない。

奈央のプロデュースには、中宇称を始めとして、市長や町の有力者が多く絡んでいる。すこやかパッケージの中身のすり替えは、発覚すれば市政を揺るがしかねないスキャンダルだ。その事実を知った者は殺してでも黙らせなければと、強迫観念に襲われた人間がいないともかぎらない——赤羽駅前で怒り顔で歩く中宇称の姿が脳裏をよぎる。

留美が懐中電灯を突きつけた。

「そんじゃ、電話してけねが？」

「ど、どこに？」

丹羽の顔に懐中電灯の強烈な光を浴びせた。彼は目を思い切りつむって顔を背ける。

「とぼけんでねえよ。吉中奈央その人に決まってっぺ。返り討ちに遭って手に負えなくなったがら、椎名さんのために時間作ってけねがって頼め」

「でも、それは……」

「なにや。未だに格好つけてリターンマッチでも目論《もくろ》んでだのが。そんならそれでこっちにも考えがあっぞ」

「そうじゃねえよ……今はタウン誌の取材を受けてる。電話には出られねえはずだ」

「そんなら出るまで、ここでじっくり待つしかねえな」

麗がすりこぎ棒を手にしながら見下ろす。

丹羽は言い訳を止め、携帯電話を操作し始めた。留美は丹羽の携帯電話を注視した。相手も食えない探偵業者だ。妙なアプリを起動させて罠《わな》に嵌めようとしないか注意を払う必要がある。

吉中奈央と登録された番号が記され、丹羽が通話ボタンを押した。留美がすばやく手を伸ばす。

「お、おい」

留美が彼から携帯電話を奪い取り、スピーカーに耳を当てた。しばらく呼び出し音が鳴りはしたものの、電話には出られないとのアナウンスが告げられた。

ショートメールで丹羽の名前を騙《かた》り、大至急電話を寄こすようメッセージを送る。緊急事態なのだと。

メッセージを送ってから三分が経った。凍死されても困るので、戦闘服の男たちをワンボックスカーに放りこみ、車の暖房で身体を温めさせた。

丹羽は泥で汚れたスーツとスラックスを脱がせ、タントの助手席に乗せた。頬骨がかなり痛むらしく、武士の情で常備していた痛み止めの錠剤をいくつか呑ませた。

丹羽の携帯電話が震動し、液晶画面に奈央の名前が表示された。留美は通話ボタンを押した。

〈吉中だけど。緊急事態ってなんなの。一体なにが起きたの？〉

声の主は間違いなく奈央だった。ただし、サイン会で会ったときのような訛りはなく、きれいな標準語だった。

「私がこのケータイに出たってことだず」

奈央が息を呑むのがわかった。

〈ど、どうしてあなたが……〉

「『どうして』もへったくれもねえべ。あんたが放《はな》ったんだべした。取材中だっていうから手短に告げっぞ。あんたは私と会って話し合うべきだってことだず。赤羽の『マチルダ』で中宇称と懇ろになったのも、あの箱の秘密についてもがっつり摑ませてもらったべ。ついでにヤクザ絡みの探偵まで雇って、こっちに脅しを加えるよう指示したのも。あんたもなかなかクソッタレのワルだなや」

〈そだな、わ、私はそだなごど――〉

奈央が急に訛りだした。同じ地元の人間を責めるなと言いたげな調子だったが、聞いていて余計に吐き気を覚えた。

「言葉には気をつけだほうがいいべ。その方言止めろや。胸くそ悪《わり》い。もし会わねえというのなら、それはそれでかまわねえ。この足で新聞社にでも駆け込むだけだ」

〈そ、それは待って。取材が終わったら必ず連絡するから。お願い〉

奈央が悲痛な声を絞り出した。

ただし、彼女は本来クレバーな女だ。懇願するフリをしつつも、この難局を乗り越えるための策を練っていてもおかしくはない。

「あんたの動きは逐一見張ってだぞ。仲間が近くにいっがらよ。変な小細工をしてもかまわねえげんど、そんときゃあんたが苦労して築いたもん、すべてが吹き飛ぶと思えや」

留美はブラフをかまし、返事を聞かずに電話を切った。丹羽に携帯電話を放る。

彼は後ろを振り返り、すこやかパッケージを見やった。

「箱って……こいつのことか。あの女、なにも言ってなかったぞ」

「警告は奈央だけでなく、あんたにもしったんだぞ。変な関心を抱くと、県警がウキウキと家宅捜索令状《ガサ》持って、奥州義誠会の事務所に乗り込むぞ」

ワンボックスカーを見張っていた麗にうなずいてみせた。

彼女はタントに歩み寄ると、助手席のドアを開け、丹羽の襟首を掴んだ。外に放り出して、麗が助手席に座った。

「んじゃな。かりに私らの家に犬の糞《ふん》が落ちていれば、あんたらのせいにして県警に行ぐし、私らの子どもが石に躓《つまず》いて転べば、やっぱりあんたらのせいにする。バカなごど考えねえで、息を潜めてねちょねちょ生きんだぞ」

捨て台詞を吐いて、留美はタントのハンドルを握った。タントを走らせて、もとの県道に戻る。アクセルを踏みしめ、西置市方面へと向かった。

バックミラーに目をやった。丹羽らが追ってくる様子はなく、別働隊がいる気配もない。予想以上に人数は多かったが、ナメてかかってきてくれたおかげで、留美らはダメージをほとんど負わずに済んだ。麗がパンチをもらったぐらいだろうか。彼女の頬が少し赤い。

その麗が背中を丸めて顔を両手で覆った。哀しげにうなる。留美が尋ねた。

「なにした。どこかケガしたのが？」

「んでねっす。自分がホント嫌《や》んだぐなって……明らかにやりすぎですよね」

「全然。そだなごどねえよ」

留美はしれっと嘘をついた。明らかにやりすぎだ。

止めに入っていなかったら、麗はワンボックスカーまで破壊していたかもしれない。ガソリンタンクにもマヨネーズをぶちこんでいただろう。

「あんたが一緒にいてくれねがったら、そもそも連中の脅しに屈するところだったし、車に小便引っかけられるだけの屈辱じゃすまねがった」

「こだな性格なもんだがら、逸平君からいつ別れを告げられるか、心配でよっす……」

「それは絶対ねえ。あいつのためを思うのなら、今後もあれぐらいキレ散らかしたほうがいいず」

自己嫌悪に陥る麗を励ました。逸平がベタ惚れしているのは事実であり、彼女にはまだまだ働いてもらう必要がある。

留美たちはかなり優位な立場に立った。翼もこんな気持ちだったのかもしれない。すこやかパッケージの仰天《ぎょうてん》の中身に気づき、奈央を戒めるのに成功した。これで相当なカネをふんだくれるとソロバンを弾いたのかもしれない。あるいはカネ以外にもあれこれと要求した可能性もある——翼の部屋にあったバイブレーターや乳首用のローターを思い出す。そのあたりを奈央にきっちり問いただす必要がありそうだった。

戦いのクライマックスはこれからだ。自己嫌悪に襲われている麗を励ましながら県道を走った。

14

盗聴器発見機がせわしくピーピーと鳴った。

だが、盗聴器ではない。液晶テレビの横に置かれたＷｉ－Ｆｉルーターからで、他にも和喜子のスマホや、ファックス付きの電話機、電子レンジなどを念入りに調べたが、少なくとも一階にその手のブツは仕掛けられてはいないようだ。

「とりあえず、安心していいみでえだ」

不安げな和喜子に告げたが、彼女の顔は強ばったままだ。

外から麗が戻り、茶の間に顔を見せた。彼女が嵌めていた軍手は真っ黒に汚れていた。懐中電灯を手にしながら、留美に首を横に振ってみせる。少なくとも和喜子の車にGPS発信機の類は仕掛けられていないようで、橋立邸を見張っている不審者も見つからなかったようだ。

「とりあえず、これを読んでけろ。今の段階でわがったごどだ」

和喜子が座布団に座った。留美たちも彼女の正面に座り、バッグからクリアファイルを取り出して報告書を和喜子に渡した。東京で書き上げたものに加え、彼女の家に寄る途中、白鷹町《しらたかまち》の道の駅で加筆したものだ。

彼女は手を震わせながら読んだ。報告書には奈央の本当の過去、西置市に食いこんだ中宇称なる男とその人脈が記されている。奈央たちが暴力団をケツモチにした悪徳探偵業者を雇い、留美たちに脅しをかけてきた事実。そして翼が意外な〝目利き〟であったことも。

翼がすこやかパッケージの中身を見抜き、それをネタに奈央に近づいたのだろうと、留美は見解を口にした。

和喜子の目から涙がこぼれ、報告書のうえに滴が落ちた。

「やっぱり……っ、翼はあいつらに殺されたんだべが」

留美は言葉に迷った。しかし、根拠もない楽観論で励ますのは探偵の仕事ではない。

「その可能性もあります」

留美の言葉をきっかけに、和喜子は感情が決壊したかのように、声をあげて泣き出した。彼女が泣き止むまで、留美たちはじっと待った。

奈央に強烈なカウンターを喰らった翼が、震え上がってどこかに逃走したケースも考えられなくはない。

ただし、翼は母親を始めとして、他人に依存して生きてきた。そんな彼が母親や友人の手を借りず、単独で逃げ回っているとは考えにくい。メールひとつしていない現状を考慮すると、やはり逃走しているとも思えない。

橋立邸に寄る前に、改めて彼の職場や志賀松に訊いてきた。現在に到るまで誰一人、彼から連絡があったという人間は現れていない。

和喜子が目を腫らしながら口にした。

「どいつもこいつも……なに考えてんだが、さっぱりわがんねえ。なんなんだず、中身すり替えるなんて。こだなもんバレるに決まってだべした」

留美たちは相槌を打った。

警察官や探偵をやって約二十年。他人の理解不能な愚行を山ほど目撃してきたが、人の心理など今に到るまでわかった例《ためし》はない。

留美自身も褒められた人生を歩んできたわけではない。こんな田舎で、明日をもわからぬ探偵稼業などをやっているのだ。両親からは理解できないと呆れられたものだ。

和喜子は嗚咽《おえつ》しながら続けた。

「翼もバカだべ。穴があったら入りてえよ。こだな汚《きたね》えやり方で、肉体関係まで迫るなんてよ、恥ずかしくてかける言葉も見つからねえ」

「ああ……んだな」

スマホが震動した。留美は液晶画面に目を落とす。

奈央からのショートメッセージだった。タウン誌の編集者からのインタビューを終えたところで、これから写真撮影に入るからもう少し待ってくれ、という内容だった。

痛烈な脅しが効いたのか、彼女はマメに伝言を伝えてきた。警察やメディアに駆け込むのは待ってくれと、必死さが文章から読み取れた。

こちらとしても、それは最後の手段だ。今の留美は警察官でもジャーナリストでもない。すこやかパッケージの中身についても、彼女がＤＶ夫に殴打されてナイトビジネスで働いていた過去も副次的なものにすぎない。あくまで翼の行方を摑むことだ。

留美は返信した。

〈どこで撮るつもり？〉

ややあってから、奈央から返信があった。

〈旧西置小学校です〉

旧西置小学校というのは昭和初期に建てられた木造校舎だ。国の登録有形文化財に登録されており、わりと最近まで現役の小学校として使われ続けた。現在は耐震工事を含めたリノベーションを行い、公民館のような役割を果たしている。イベント会場や多目的ルーム、カフェなどが設けられてあり、奈央が定期的にシングルマザー同士の寄り合いなどを開くのもこの場所だ。

隣は小学校であり、店舗の類はほとんどないが、駅前に位置しており、市役所も近くにはある。戦闘服を着たコワモテの男たちがウロウロしようものなら、少なくとも警察が飛んでやって来そうなエリアではあった。

「行ぐが」

麗に声をかけて立ち上がった。腕時計に目を落とす。午後四時を過ぎようとしており、日もだいぶ傾きつつある。

　和喜子が赤い目で見上げてきた。

「気をつけてけろな。あんたらまで消えちまったら、私はもうなにしだらいいが……」

「和喜子さんこそ戸締まり用心してな。すぐに一一〇番できるようケータイ離さず持っててけろ」

「任せてけろや。こう見えても打たれ強いがらよ」

　彼女は表情を引き締めてうなずいた。

　留美は微笑んでみせた。小物ダンスに目をやると、やはりところどころに穴が開いており、痛々しく見える。

「よし」

　気合いを入れ直して橋立邸を後にした。

15

　そのカフェはなかなか洒落ていた。

　木造の建物のためか懐かしさが感じられ、建物自体は約九十年が経っているものの、しっかりとしたリノベーションのおかげで古さは感じられない。有機的なぬくもりに包まれ、ワックスで磨かれた廊下やフロアが、夕日に照らされてツヤツヤと輝いている。

　カフェは元職員室を改造したものだという。かなり広々とした空間だった。勉強やビジネスにも利用できるように、テーブルは電源が取れる仕組みとなっている。小さな子どもを持つファミリー向けに、カーペット敷きの小上がりまであった。

出入口には書棚があり、子ども向けの絵本とともに、奈央のエッセイ本もＰＯＰ付きで置かれていた。

平日の夕方とあって人の数は少なかった。女子高校生らが大机で参考書や教科書を積み上げて勉強に励んでいた。持ち込みも自由なようで、コンビニで買ったと思しきお菓子をつまんでいる。

奈央たちはカフェの一画を陣取っていた。撮影用のライトなどが設置されており、タウン誌の編集者とカメラマンらしき女性たちが、奈央にあれこれとポーズを要求していた。撮影される側の奈央は、カフェに留美たちが現れても笑顔を絶やさずにいる。

高級ラウンジで人気を誇っていただけあって、足元に火がついているのにもかかわらず、メイクも態度も先日のサイン会と変わった様子はなかった。問題のすこやかパッケージを抱えたり、自著のエッセイ本を手に取ってみせたりしていた。彼女が立候補の表明をギリギリまでしないでいるのは、本のＰＲと関係しているのかもしれない。

留美たちはカウンターでコーヒーを買うと、小上がりの席に陣取った。フードメニューやスイーツもなかなか充実しており、こんな仕事でなければ、知愛を連れて遊びに来るのに最適そうな店だ。

隣はピアノ部屋となっていて、ピアノの軽やかな音色が耳に届く。二階の交流ルームと言われる部屋では、オリジナルキャンドルづくり教室が催されており、廊下を歩いていたときは、ラベンダーやバニラのいい香りが鼻に届いた。

コーヒーを口にしながら、あたりに注意を払った。建物内の空気はのんびりしてはいるが、いつどこから害意を抱いた丹羽のような連中が現れるのかわからないのだ。

店員は全員が女性で、いかにも地元のおばちゃんたちといった感じだ。スタンガンや特殊警棒で襲いかかってきそうな輩は今のところ目にしていない。丹羽から奪い取ったスタンガンやすりこぎ棒などを隠し持つ留美たちが、この場では一番物騒な人間かもしれない。

スマホに目をやると、逸平からメッセージが届いていた。仕事が退《ひ》けたら西置市に来てほしいと頼んでいたが、事故車の修理に手間取って時間がかかりそうだとの知らせだった。

本業を優先しろ――留美は返信した。逸平もいてくれれば、鬼に金棒だ。きっと手を貸してくれと望めば、職場を飛び出して助けに来てもくれるだろう。

しかし、彼には本業を大切にしてもらいたかった。喧嘩にしろ、改造車にしろ、パチンコにしろ、逸平はなにかとのめりこみやすい性格だ。探偵業のスリルに嵌まって抜け出せなくなるおそれがある。そんなのは留美ひとりで充分だ。

だいぶカメラマンがしつこく粘っていたが、満足できるほど撮れたのか、ＯＫサインを編集者らしき女性に見せた。彼女たちは奈央に何度も頭を下げる。

「今日は貴重な時間割いてけで、どうもありがとうございました。そんじゃ吉中さん、今後もよろしくお願いいたします」

奈央は親しげに女性の肩を叩いた。

「お疲れ様です。きれいに撮ってけで、ありがとうなっす。さすがプロだべ」

彼女は例によって女性と固い握手を交わした。店の一画を貸してくれたカフェの従業員たちにもそつなく礼を述べる。

麗が舌打ちした。

「関西の人がエセ関西弁とかにやだら敏感なのがわがった気がします。ムカつきますね」

「んだな。新しい発見だべ」

編集者らしき女性たちがカフェを去ったのを見て、留美たちも立ち上がった。

奈央は笑顔を湛《たた》えたまま、留美に目配せをした。奈央もすこやかパッケージやバッグを抱えてカフェを出る。

奈央の後について廊下を歩いた。中央に設けられた階段で二階に上る。いくつもの会議室や多目的ルームがあり、奈央はそのうちの一室を指さす。

「こっちに」

留美はうなずいてみせたが、すぐには入らなかった。麗と手分けして他の部屋を調べる。

隣の作業室ではアロマキャンドル作りが行われていた。ボウルやアロマの小瓶を机いっぱいに並べ、キャンドルを手にした女性たちから、何事かと注目された。留美は頭を下げた。「すまねっす。部屋間違えました」

もっとも広い多目的ルームを開けた。こちらも使用中だ。Tシャツ姿の女性たちが床にマットを広げ、熱心にヨガをやっていた。再び詫びを入れてドアを閉める。留美たちを監視している連中には見えない。

麗が別の部屋を確かめ、留美と同じく謝っていた。留美に向かってうなずいてみせた——待ち伏せしていそうな者は見当たらない。他の部屋をくまなく確かめた後、奈央が指定した会議室に入る。

会議室は元教室だったようだ。木目調の床と格天井《ごう》で、さすが国の登録有形文化財となるだけの重厚さを感じさせた。部屋の真ん中に長机と六人分のパイプ椅子があった。

奈央はもう笑顔を消していた。むすっとした顔つきでパイプ椅子に腰かける。

留美たちはすぐに座らなかった。バッグから盗聴器発見機を取り出してスイッチを入れた。ピーピーと耳障りな音が鳴り、部屋に盗聴器がないかを確認する。歴史的な建物ではあるが、Ｗｉ－Ｆｉルーターが天井近くに設置されているため、それに反応して音を立てた。

奈央がじれたように切り出した。

「なにもないから、早く話を済ませましょ――」

麗が奈央の傍《かたわ》らに鬼の形相で仁王立ちになった。彼女の怒気に圧倒されたのか、奈央は途中で口ごもる。

盗聴器が仕掛けられていないのを入念に確かめると、奈央の隣に置かれたすこやかパッケージを開けた。なかを検《あらた》めたものの、武器やボイスレコーダーの類はない。

「ちょっと！」

奈央の抗議を無視して、次はバッグの中身を検めた。怪しいものがないのを見極めてから、留美らは彼女の正面に腰かけた。

出し抜けに尋ねた。

「あんた、橋立翼を殺してどこさ埋めた？」

「はあ？」

奈央は心外そうな顔を見せた。留美は首を横に振る。

「早く話を済ませてえのはこっちも同じだず。それに、あんたの芝居にもウンザリしっだ。『はあ？』でねえよ」

「私は……そんなことしてない」

奈央は不愉快そうに口を歪めた。暗い目つきで留美たちを見やる。

サイン会のバックヤードで語ったときとは別人のようだが、こちらが本当の彼女に近いのだろう。

留美はあからさまにため息をついてみせた。スマホを取り出して、知り合いの記者の名前と電話番号を表示させる。

「電話であれだけ警告しだってのに。あんた、自分の立場がわかってねえみでえだなや。私らは大いにムカついてる。ゴキブリみてえなゴロツキに煽り運転させらっで、端金を押しつけられて、恐ろしい目にも遭った。あんた、なかなかの武闘派だなや」

麗が犬歯を覗かせてうなった。

「私なんか愛車に小便引っかけられたべ。彫り物入《もん》りの汚えチンポコまで見せられでよ」

留美はスマホを持ったまま、奈央をまっすぐに見据えた。

「この期《ご》に及んで下手《へた》な嘘つきゃ、あんたはここで転げ落ちる羽目になっぞ。議会に行ぐどころか、刑務所行きになるだけだべ」

奈央は睨み返してきた。視線がぶつかり合う。

「殺してなんかいないったら。だから、あんな探偵まで雇って、あのバカの居場所を探らせたんじゃない」

「私らの調査を妨害するために雇っただけでねえのが。真相を暴かれるのが嫌で」

「本当のことを知りたかっただけよ。あんたらは危険なほど有能だって、中宇称さんも認めてたくらいだし」

奈央は脚を組んで、顔を紅潮させて言った。

身勝手な言い分だが、少なくとも嘘をついているようには見えない。留美は質問を変えてみた。

「まずは落ち着《づ》いて話させてもらうべや。解《げ》せねえごどは他にもいっぱいあっがらよ。なしてすこやかパッケージに細工なんてしたのや。箸箱や筆箱を安物にすり替えたところで、あんたの懐に入れられんのはせいぜい数十万円程度だべ」

「その数十万円が喉から手が出るほど欲しかった。それだけの話」

奈央が忌々しそうにすこやかパッケージを見やった。ついさっきまで、我が子のように抱いていたというのに。

彼女によれば、すこやかパッケージ事業は儲けなどほとんど出なかったという。一年間で西置市が買い取ってくれたのは約二百個。ひとつ約十万円として、彼女のNPO法人に入った収益は二千万円程度だ。それぞれの業者に仕入れ費用を支払えば、手元にはほとんどカネが残らなかったと打ち明けた。

「儲けを出すタイプの事業じゃないし、この町が子育てに力を入れてるってPRするための企画だから。私の顔を売るための投資だと思って我慢しろって、耳にタコができるほど聞かされてた」

「あんたには力強いパトロンがいだべ。それこそ、ここのボスからたんとお手当を貰ってだんでねえのが？」

パトロンは西置市長の宮前だ。四選を果たして十三年も、同市を仕切っている。市の公式サイトを確認すると、月の給料は百万円近くで、年に二度の賞与も手にしている。なにより大きいのは退職金だ。一期四年を無事に勤めれば、そのたびに約二千万円ものカネが支払われる。この不景気な田舎町でそれほど荒稼ぎしている人物は数えるほどしかいないだろう。

奈央が鼻で笑った。

「今じゃ月に十万程度。選挙で忙しいときなんかは、しばらく会ってないから金額を減らしてくれって値切られるときさえあった」

麗が口を挟んだ。

「変なところで話盛るんでねえよ。それにしちゃ、随分いいカバン持ってだねえが」

奈央が持っているトートバッグは、あからさまにハイブランドの値の張る代物だ。奈央が地域おこし協力隊としてもらっている給料の一月分はするだろう。サイン会のときは、もっと高額なショルダーバッグを手元に置いていた。

奈央は苦笑いを浮かべた。

「これはね、他の社長さんにあれこれおねだりして、どうにかして買ってもらったもの」

「なるほどな」

宮前からの手当が充分ではないのは、彼女がすこやかパッケージの中身をすり替えていた時点で予想済みではあった。懐が潤っていたら、こんなバカげた真似をする必要はなかっただろう。

彼女のＳＮＳにアップされた大量の写真を思い出した。西置市の商工会議所の会頭を始めとして、多くの政治家や経済人とツーショットで収まっている姿を。

奈央はふいに天井を見上げた。タウン誌に取材を受けていたときから一転して、足をだらしなく投げだし、背もたれに身体を預けている。

「最初こそ月二十五万はくれたし、少なくともそういう約束だった。視察目的で赤羽にもしょっちゅう顔出して、あのラウンジに寄ってくれてたしね。いざ来てみたら、話が違うことばかり」

宮前の懐事情は、人が思うほど豊かではなかったという。とにかく選挙にはカネがかかるのだと言い張った。とくに二選目のときは県知事が推す大物市議と対決し、支持を取りつけるために相当なカネを撒き、溜めこんでいたカネを吐き出さざるを得なかったらしい。

さらに宮前の妻の実家が営む食品会社の経営が思わしくないらしかった。百年の歴史を誇り、納豆や味噌《みそ》の製造を手がけていた老舗だったが、原料などが高騰しているのに加え、同業者間の競争激化で赤字経営が続いていた。

宮前は市職員の管理職たちからも借金をしており、ある課長がカネを返してくれと懇願すると、課長にしてやったのは誰だと思っているんだと逆ギレ。市長の立場を使って踏み倒しもしたという。けっきょく、宮前はツラの皮が厚いケチンボなのだと断じた。

奈央はすこやかパッケージを軽く小突いた。

「要するにこういうこと。子どもふたりもいるシンママが、東京で水商売やってたころとは比較にならないほどの給料しかもらえないうえ、手当を気前よくやると約束していた市長は、山形まで私を連れてきたら、なんだかんだと屁理屈をこねて掌を返すようになった。釣った魚にエサをやるバカはいないとでも言いたげに。カネがいるのは私だから、こっちとしてもやるしかないじゃない」

「んだがもしんねえな」

留美は理解を示すようにうなずいてみせた。腹のなかはムカムカしていたが。ふいに警察官時代を思い出した。奈央のように勝手な言い分を並べ立てる被疑者の取り調べを山ほどしたものだった。麗は顔を露骨に歪めている。

その一方で、奈央には哀れみを覚えてもいた。子どものいる孤独な女を地縁も血縁もない場所に引っ張りこんだかと思えば、あれこれと理由をつけて約束を反故《ほご》にしたり、言葉巧みに搾り取ろうとする。そうした連中も警察官時代にいく人も目撃した。立場の弱い外国人労働者を奴隷みたいにこき使う農園主や工場の経営者、女たちから搾取していた管理売春の元締めなどだ。ここは人が思うほど牧歌的な土地ではない。

奈央はすこやかパッケージを開けた。筆箱を取り出す。

「バレないと思ったんだけどなあ。安物に替えてから一年も経つのに、誰もクレームなんかつけてこなかった」

「すり替えを知った堀井吉太郎氏はもちろん、中宇称さんや市長さんも、さぞ驚いたべな」

「そりゃそうよ」

奈央はひっそり笑った。

SNSやサイン会を通じ、彼女の笑顔を数え切れないほど見てきた。十代の娘みたいに明るく笑ってばかりいた。暗い目をしながら薄笑いを浮かべる今の笑みが、彼女の真の姿に近いのだろう。

留美は打ち明け話を披露した。

「赤羽駅前で中宇称さんと危うくかち合うところだったべ。あの人、今にも包丁でも振り回しそうなほど、怒りを溜めこんでだみでえだな」

「中身のすり替えを知ったときのあいつの顔、あんたらにも見せてあげたかった。顎が外れそうなくらいに大口開けて、この世の終わりみたいに大慌てしてたから」

奈央は己ひとりの考えですり替えをやったと打ち明けた。

その点に関しては疑ってはいなかった。まともな神経であれば、こんな馬鹿げたことは誰もやらない。思いつきもしないだろう。たかだか数十万円のために、何年も築き上げてきた信頼が崩壊しかねない。彼女をプロデュースしようとしていた中宇称たちにしてみれば、青天の霹靂《へきれき》ともいうべき事態だったはずだ。

「怒らっだべや。市長さんからも中宇称さんからも」

「大したことない。中宇称さんからビンタ一発貰っただけ。あんた、私の前の旦那のことまで調べたんでしょう」

「ウイスキーボトルでぶん殴らったってな」

「あれに比べたら蚊《か》に刺された程度。私は神輿《みこし》だから。ボコボコにするわけにはいかないでしょう?」

すり替えで得られたものは大きかったと、奈央はうそぶいてみせた。宮前は彼女が再び愚行をしないよう、再びきっちりとお手当をよこすようになり、東京でふんぞり返ってばかりいた中宇称も、頻繁に西置市までやって来ては、必死に汗をかくようになったと。

「汗をかくようになった、が」

留美は思わせぶりに言った。

奈央の口はだいぶ滑らかになっていた。留美の脅しが効いたというよりは、奈央自身が誰かに本音を聞いてほしかっただけのような気がする。

奈央は口を尖らせた。

「まだ嘘ついてると思ってんの？　橋立翼に脅されたのは認めるけど、人なんか殺すわけないじゃない。あのすり替えも間尺《ましやく》に合わないって、散々呆れられたけど、人殺しなんてもっと割に合わない。違う？」

「あんたが関わったとは思ってねえよ。そんだけ金欠なのに探偵なんて雇うぐらいだしよ。んだけど、翼氏が煙のように消えちまったのは事実だし、あんたも行方は気になって仕方ねえべ」

奈央に語りかけながら、麗に目で合図をした。

奈央は留美に詰め寄られて、頼みの悪徳探偵業者をも蹴散らされ、一見すると〝完落ち〟したように映る。しかし、この女がそれほど潔《いさぎよ》い性格だとは言い切れないし、やはり敵地のど真ん中にいることには変わらない。

麗は逸平に居場所をメッセージで知らせると、すりこぎ棒を握ってドアの近くに立って警戒にあたった。留美が核心に迫った。

「とりあえず、あんたが知ってたごどをきれいに教えてけろや。翼氏が消えた日の夜、あんた会ったべや」

「ええ」

奈央はあっさりと認めて続けた。

「飯豊町の道の駅でね。一応、自分が恐喝に手を染めるって自覚はあったみたい。夜七時半に東側の駐車場に来るよう言ってきた」

「人気のねえところを指定してきたわけが」

飯豊町の道の駅は、西置市からも程近い位置にある。

山形県と新潟県を結ぶ国道113号沿いにあり、春から秋までは観光目的で多くの人が訪れる。軽食コーナーが充実しており、ソフトクリームやフランクフルトといったものから、本格的な味噌ラーメン、山形名物の芋煮定食などボリュームのある食事もできるため、昼飯時は地元の会社員や工員なども集まる。

ただし、営業時間は夕方までで、夏季は車中泊で駐車場に根を張る風来坊もいるが、寒さの厳しい冬季は空いており、新潟と山形を行き来するトラックドライバーが休憩で立ち寄るぐらいだ。

奈央は述べた。翼は愛車のSUVを飛ばしてひとりでやって来たと。翼のSUVの助手席に乗り、彼の要求に耳を傾けたという。

留美は尋ねた。

「翼氏はあんたになにを要求したのや？」

「カネと私の身体。明快でしょ」

奈央は鼻で笑った。

翼との交渉は三分もかからなかった。同じ駐車場の隅で、中宇称と宮前市長の秘書が公用車のコンパクトカーで見張っていたからだ。ふたりは翼をSUVから有無を言わさず引きずりだし、翼を連れて道の駅から去って行った――それが彼女の言い分だった。

奈央の供述を鵜呑みにはできないが、ある程度の信憑《しんぴょう》性はあった。翼本人にはまだ会えていないものの、彼の上司や友人、母親の証言を勘案すると、いかにもな要求に思える。

翼に関しては、これまでもカネのトラブルを起こし、コワモテの友人からも追い込みをかけられてさえいた。さらに女好きとの証言も得ている。道の駅の近くにはラブホテルもある。わざわざ、あの道の駅を指定したのは、そのまま奈央を連れこむ意図もあったのかもしれない。

「中宇称さんがあのあんちゃんをどっかに連れてくのを見届けて、あとはそれっきり。西置市に戻って晩ご飯の食材を買うために『デワロク』に寄って……それとサイン用のマジックペンを買うために書店にも行ってる。そのときのレシートは持ってるし、顔見知りや店長にも挨拶してるから、私が無関係なのはすぐにわかるはず」

「翼氏がその後どうなったか、気にはなったべや。中宇称さんに訊いたりしねがったのが」

「『ちょっとクンロク入れただけだ』とは言ってたし、私もそれで終わったと思ってた。今までもストーカーみたいなやつとか、顔が広いとか言って口説こうとするやつとか、赤羽で働いてたころから何度も何度も迫られてたから。やんわりと話してわかってもらうときもあったけど、中宇称さんに手荒く追っ払ってもらうときもあった」

奈央はバッグからペットボトルを取り出した。肌の弾力性を保ち、骨を丈夫にするといわれる硬水のミネラルウォーターだ。それをひと口飲むと、大きく息をついた。

「この町に来てから、何人かの男と寝る羽目になった。だからといって、簡単にやらせるわけにもいかない。どこに行っても男ってのは、口が軽くて自慢したがるバカばかりでしょ。一回やらせると、まるでシカやウサギを仕留めたハンターみたいな感覚でペラペラ喋りだすから。我も我もと押し寄せてうんざりしてた。あの能天気なあんちゃんも、そういう蠅《はえ》みたいなやつのひとり。いちいち気になんてしてられなかった」

留美自身は水商売の経験はない。しかし、デリヘルのドライバーなどをやっていれば、男のひどく幼稚な面を目撃する羽目になる。

女房子どもがいて、バレれば自分の首を絞める羽目になるというのに、いい女を抱いたと吹聴せずにはいられない生き物のようだった。さらなる収入やコネを作るため、奈央は宮前だけでなく、町の有力者とも寝ていた。

そうした情報は田舎町ほど不思議と広まるものだ。東京からやって来た噂のベッピンな元人妻さんを抱けるとなれば、浮き足立って声をかける輩が殺到するのを容易に想像できた。

「だから、あとは中宇称さんに訊いて。あっちのほうがより詳しく知ってると思う」

「あんたは食えねえ狐《きつね》だべ。興味深《ぶけ》え話聞かせてもらったげんど、どこまで本当なのか調べる必要がありそうだなや」

「てめえらの調査なんざもう終《しま》いだ！」

会議室のドアが音を立てて開け放たれた。

現れたのは張本人である中宇称だった。ポケットに手を突っこみ、険しい形相で留美を睨みつけてくる。光沢のある黒のダウンジャケットに派手なセーターという、ヤクザじみたファッションだ。こんないかつい男に、人気のない夜の駐車場でクンロクを入れられたら、大抵の人間はびびって尻尾を巻くだろう。

留美は彼の視線を受け止め、椅子から立ち上がった。

「東京からはるばる来たのが。あんたが終《しま》いにしだくても、こっちはそうはいがねえ。あんた、奈央さんのケツ拭いて回るために、あちこち奔走したそうでねえが。橋立翼さんの件でも」

中宇称は瞳をギラギラさせながら会議室のドアを閉めた。危うい気配を放っている。

麗が中宇称の顎にすりこぎ棒を突きつけた。

「ポケットから手出せ。なんか持ってたべ」

中宇称がダウンジャケットのポケットから手を出した。麗が目を見張る。

「しっかり持たせてもらってるぞ。忌々しい蠅を追っ払うためによ」

彼の手には黒々とした金属の塊があった。

留美も凝視した。銃身の短い回転式の拳銃だ。彼は引き金に指をかけ、銃口を麗に向ける。

麗の顔色が変わった。彼女は銃口を睨む。

「留美さん、ヤベえっす。穴がずっぽり空いっだ」

留美はうなった。中宇称が持っているのは、エアガンやモデルガンではない。実銃《じつじゅう》のようだ。

留美は奈央を見下ろした。彼女は素知らぬフリをし、ぷいっと顔を背けた。きっと、翼のときもこんな態度だったのだろう。

留美は中宇称に声をかけた。

「ここは夜の道の駅でねえ。引き金を引いたら、あんたも終わりだべ。いろんな商売に手出しちゃ失敗して、政治家に頭下げまくって、ようやぐこの田舎町の市長とよろしくやれたんでねえのが。いよいよ人生の巻き返しを図れるってのに、全部パーにするつもりが?」

「そりゃこっちのセリフだ、バカ野郎。パーになるかどうかは、てめえら次第だ」

中宇称は忌々しそうに唾を吐いた。拳銃の銃口を留美に向ける。

麗が言うとおり、拳銃はおもちゃの類ではなさそうだった。銃口が塞がっておらず、改造防止インサートと呼ばれる金属板もない。奥深くまで穴が空いていた。スミス&ウェッソンM36の可能性が高い。

中宇称がツカツカと近づいてきた。奈央の頭を無造作に引っぱたいた。

「なにすんのよ！」

「うるせえ。元を正せば、てめえのせいじゃねえか」

中宇称は拳銃を構え直した。留美や麗に銃口を向けて牽制《けんせい》する。

留美は両手を上げた。麗にも下手に動かぬよう目で命じる。

「私が望んでるのはドンパチでねえし、お互いに大損することでもねえよ。ここは冷静になって話し合いといぐべや」

「うるせえ、田舎探偵。その手は食わねえぞ。そうやって丹羽をぶちのめしたんだろう！」

中宇称は撃鉄を起こした。シリンダーも連動して回る。

留美は心のなかで毒づいた。拳銃が有名メーカーの正規品であれ、どこかの怪しげなコピー品であれ、人を死に追いやる力は備わっていそうだ。

「こっちは暴力を振るう気なんてねえよ。お互いのために話し合いと行ぐべず」

「黙れってんだよ！」

中宇称は左手をダウンジャケットのポケットに突っこんだ。虫よけスプレーのような白い缶を取り出す。缶のラベルには熊のイラストが描かれている。

「うわ……最悪」

麗が呟いた。中宇称は白い缶を奈央に渡し、彼女に命じた。

「こいつらがおかしな真似しやがったら、ためらわずにそいつを浴びせろ」

奈央は張りつめた表情で白い缶を握った。

「それは止めたほうがいいず。ひでえごどになる」

留美が口を挟んだ。その白い缶は海外製の熊よけスプレーだからだ。

今のところ法律による規制はされていない。しかし、拳銃と同じくやっかいかつ凶悪な代物だ。暴漢撃退用の催涙《さいるい》スプレーみたいなものと、世間では勘違いしている者が少なくないが、留美は素人の手に負える護身用具ではないと思っている。それほど強力だったからだ。

「その手は食わねえ。お前らはこれで終わりだ。あの翼ってガキがいたところに案内してやる」

「翼はあんたが殺《や》ったのが？」

「立て」

留美は奈央を見やった。

彼女も真顔になってスプレーのトリガーに指をかける。拳銃と熊よけスプレーの両方を向けられたら、とても抗う気は起きない。中宇称に会議室を出るよう促された。

16

奈央らとのドライブは短かった。

留美らが連れてこられたのは、旧西置小学校から約二キロ先にある置賜川の河川敷だった。あたりは工場が多く、大きなガスタンクが見える。傍のドライビングスクールはまだ技能講習を行っているようで、煌々《こうこう》と敷地内の私道を照らしている。

近くにはスーパーやドラッグストアもあり、それなりの明るさに包まれてはいるが、夜の早い冬の西置市では人の姿を見かけることはない。夕方の帰宅ラッシュの時間帯を過ぎてしまうと、すっかり車の行き来も減ってしまう。すれ違うドライバーにアイコンタクトを試みるも、誰も気に留める様子はなかった。

旧西置小学校を出たときも同じだ。中宇称は拳銃をポケットにしまいつつ、留美の後ろに立ち、すぐに引き金を引けるように注意を払っていた。奈央も熊よけスプレーをずっと手にしていた。

一方の留美たちは丸腰だ。スマホは電源を切られたうえで奪い取られ、軍用の懐中電灯や丹羽のスタンガンや、麗のすりこぎ棒も没収された。何人かのスタッフや利用者とすれ違いはしたが、異変を伝えられはしなかった。よそ者なのは留美のほうであり、奈央らは気さくな笑みを顔に貼りつけ、軽やかに挨拶を交わして難を逃れていた。

河川敷には二台に分かれて連れていかれた。麗のタントを留美が運転し、助手席には中宇称が乗りこみ、目を血走らせながら拳銃を突きつけた。麗は熊よけスプレーを突きつけられながら、奈央の外車のハンドルを握らされた。

抗う機会はなくもなかった。麗と留美の二人がかりで襲えば、中宇称を制圧できるかもしれない。どんな強力な武器も使いこなせて初めて役に立つものだ。ふいをついてしまえば、拳銃の弾丸は狙いどおりにはいかず、明後日《あさって》の方向へと突き進むだろう。

だが、そんな命を賭けるほどの大博打《おおばくち》をやる価値は、今のところ見いだせない。身体を弾丸で貫かれるのも、唐辛子成分の熊よけスプレーを浴びるのも御免だった。

この時期の河川敷は排雪場に指定される。いつもの年であれば、降り積もった雪を捨てるため、ダンプがひっきりなしに行き交い、サッカー場並みの広場は雪で埋め尽くされる。

大雪の年であれば、土手や橋を超えるほどの巨大な雪山ができるが、記録的な暖冬の今年は、シヨベルカーが一台待機しているものの、河川敷の端に高さ二メートルほどの小山がひとつあるだけだ。

「下れ」

中宇称に命じられ、排雪場へと続く坂道を下る。奈央の外車が後に続く。

アスファルトの坂道は、たくさんのダンプが行き来したらしく、泥のついたタイヤ痕が残っている。河川敷の地面はぬかるみがいくつもあり、とても普通車では進めない。

「ここらでいい。妙な真似をすりゃ撃つぞ」

タントをゆっくりと降りた。彼も同時に外へ出る。

その間も中宇称の拳銃が睨みを利かせており、殺気を迸らせていた。脅しではない気迫が伝わってくる。地面は泥まみれで、防水用のトレッキングシューズを履いていても、冷たい泥水がなかに入って踵《かかと》やつま先を濡らした。

車を降りた奈央が不満を口にした。

「冷たっ！　なんだって、こんなところに来る必要があんの」

「黙れ！」

中宇称は拳銃を空に向ける。

発砲音が鳴った。吹雪と川の音に掻き消され、いささか音に迫力はなかったものの、奈央を驚かすには充分だった。彼女は目を見張って後じさった。

「お前もよく覚えとけ！　今度またバカな真似すりゃ、てめえも銃弾ぶちこまれるってよ。神輿なんざいくらでも代わりがいるってことぐらい頭に叩きこんどけ」

奈央はふて腐れた子どものような顔で黙りこくった。

「もっと奥だ！」

中宇称に拳銃を突きつけられ、排雪場の奥へと促された。ドライビングスクールやスーパーの灯りが届かず、闇が徐々に濃くなっていく。

川風に乗ったミゾレが耳や頬に当たった。湿気をたっぷり含んだ冷気が足元から忍び寄ってくる。にもかかわらず、掌はじっとりと汗ばんでいる。

雪の山まで歩かされた。ショベルカーでかき集められ、泥で茶色く汚れた雪が壁のようにそびえ立っている。悲惨な戦争映画が脳裏をよぎった。捕虜や一般人が、無慈悲な兵士に銃殺されるシーンだ。

留美は麗に小声で謝った。

「悪《わり》な。こだなところまでつきあわせちまって」

「止めてけろ。私はけっこう楽しんでだべ。こだなヒリヒリすんのは十代のとき以来でねえべが」

麗が不敵に笑ってみせた。寒さのせいか、恐怖のせいか、身体を震わせていたが。

「なにをコソコソ言ってんだ」

中宇称が撃鉄を起こした。留美と麗に対し、交互に拳銃を向ける。

「おれはこのへんのワルとは違うぞ！　腹はくくってんだ。すでにひとり殺《や》ってる。死体の数が一つ三つ増えたところで大したことじゃねえ」

「あら……真相を聞き出せてよかったず。ここで殺したのが？」

中宇称は手の甲で汗を拭う。

「あのガキは『絶対喋りません』とか、めそめそ泣いてやがったが、この地元じゃ有名なホラ吹き小僧だ。口を閉じてられるようなやつじゃねえんでな」

「死体はどこに？　車は処分したのが？」

中宇称は再び空に向かって発砲した。

鼓膜が震えて、耳の奥が痛んだ。火薬の臭いが鼻の奥をツンと刺す。

「んなことは、どうでもいい。てめえらに答えてやる義理もねえ。それより服脱げ」

「はあ？　嫌《や》んだず」

中宇称が歯を剝いた。火薬の煤《すす》で汚れた右手で拳銃を握り直す。

「自分の立場がわかってねえだろう。仲間のほうから撃ち殺してやろうか」

「上等でねえが。おとなしく殺《や》られっど思うな」

麗が腰を落とした。今にも飛びかかりそうな構えを見せた。留美は手を振って制した。ダウンジャケットを脱ぐ。

「わがった、わがった。脱げばいいんだべ」

「そっちのねえちゃんもだ。ブラもパンツも全部脱いで裸になれ！　早くしろ」

麗が憤怒の表情でジャンパーを脱いだ。中宇称は奈央にスマホで撮影しろと命じる。

「素っ裸でおれに土下座しろ！　そんで二度とこの町に足踏み入れるな。万が一見かけたら、素っ裸の動画をネットにバラ撒いて、お前らの子どもに見せつけてやる」

中宇称が唾を飛ばして吠えた。銃声にも負けない音量だ。

「あ、あの、すいません。なんかあったんすか」

中宇称の脅しを遮《さえぎ》るように、土手のうえから男の声がした。

「誰だ！」

中宇称が土手を見上げ、太腿《ふともも》の裏に拳銃を隠した。

男は作業着姿で帽子をかぶっていた。ドライビングスクールの灯りを背にしており、顔はよく見えない。彼は排雪場へと続く坂をおそるおそる下ってくる。

「いや……ここの排雪運搬業務をしてるニシキ産業の者《もん》だげんども」

男はユンボを指さした。ショベルカーのブームと呼ばれる部位に、『㈲ニシキ産業』と記されてあった。

男は頭をペコリと下げた。

「ショベルカーの座席シートに、うっかりキーホルダーを落としちまったみてえでよ」

「な、なんだよ……そうかい。私らは市の職員だ。ちょっと調べ事があってね」

中宇称は笑みを浮かべようとした。しかし、泣き笑いのような奇妙な顔つきにしかならない。

「んだがっす。すぐに確かめますんで。すんません、すんません」

男はへりくだったように頭を下げた。場違いなところにお邪魔してしまったといわんばかりに、首をすくめながら小走りになる。

「あっ！」

奈央が男の顔を見て悲鳴を上げた。中宇祢がびくりと身体を震わせ、拳銃を構え直そうとした。男の足はスピードを増し、中宇祢の懐に飛び込んだ。ヘディングシュートを決めるサッカー選手みたいに勢いをつけ、中宇祢の顔面に頭から突っこむ。

骨と骨がぶつかる硬い音がした。中宇祢が背中を仰け反らせ、後頭部から泥の地面へと倒れる。鼻骨が砕けたようで、鼻が折れ曲がり、大量の鼻血が噴き出した。目の焦点が合っていない。

「うわ、本物《ホンチャン》でねが。やっべぇ」

男の正体は逸平だった。彼は中宇祢の右手から拳銃を拾い上げると、銃口をのぞきこんだ。

留美は深々と息を吐いた。この相棒が来てくれるはずだと信じてはいた。ただし、土壇場だったことには変わりなく、膝から崩れ落ちそうになる。

「来てくれると思ってだ。こりゃバイト代、弾まねえどな」

麗も力が抜けたように雪山に背中を預けた。

「逸平君、惚れ直したず」

「おうおう、こんだけ褒められっど気分いいなや。明日は焼肉食い放題にでも行ぐべ」

逸平は高らかに笑った。額の皮膚を切ったらしく、鼻筋を血が流れるが、これくらいの流血を逸平はケガとは思っていない。職場で使っている帽子で血を拭い取る。

「どうしてよ……」

奈央が悄然《しょうぜん》とした様子で立ち尽くしていた。逸平が鼻を鳴らす。

「どうしても、こうしてもねえべ。おれらを敵に回したら、どんな野郎《やろ》も叩きのめされるのがオチだず」

留美は雪山からメロンほどの塊を手に取った。中宇称の後頭部を冷やして応急処置をしながら奈央に教えてやる。

「GPS発信機をつけんのは、なにもあんたらだけでねえってごどだべ」

奈央が反射的に自分の車を見やった。

敵地に乗りこむのだ。まずはそれなりの準備は欠かせない。逸平や依頼人の和喜子に、スマホで位置情報を知らせてはいた。しかし、それだけでは不充分だ。スマホを奪い取られる事態も想定し、麗のタントにマグネット式のGPS発信機を取りつけていた。旧西置小学校の駐車場で、奈央のマイカーを見つけたさいは、そちらにもこっそりと仕掛けさせてもらった。

ふだんの中宇称なら留美の衣服やバッグだけでなく、乗っていた車まで入念に調べてから、人気のない場所へと移動していたかもしれない。なにしろ彼自身も留美の車に貼りつけてきたぐらいだ。怒りと焦りで慎重さを欠いたとしか思えない。

麗が中宇称のポケットを漁り、スマホを取り返していた。留美は彼女に頼んだ。

「そんじゃ、警察を呼んで」

「えっ」「げっ」

麗と逸平が同時に声をあげた。どちらも警察に対していい感情を持っていない。

逸平が中宇称を指さした。

「このおっさんが殺《や》ったと言ってんだべ。あとはどこに死体を隠したのかを吐かせりゃいいべした」

「『いいべした』でねえよ。ヤクザじゃねえんだがら。発砲事件まで起きちまったことだしよ。ほれ、あんたが実銃なんて持ってだら、いらぬ誤解を生んじまうべ」

留美は逸平から拳銃を受け取った。金属の重みがズシリとあり、銃身はまだ熱を持っている。

麗がスマホを睨んだまま固まっていた。

「留美さん……私らのほうがクサいメシ食う羽目になりゃしねべが」

「あんたまでなに言い出すのや。あんたがカッとなって、おまわりさんの股間を握り潰さねえかぎり大丈夫だ。私らは胸張ってりゃいいだけだず」

「わがったよ」

麗は根負けしたように通話ボタンを押した。すぐに県警本部の担当者が訊いてくる――なにがありましたか？　事件ですか、事故ですか。

留美の任務はあくまで翼の行方を突き止めることだ。これだけの荒事ともなれば、腰の重たい県警も火の玉となって動くだろう。

「何度警察《ポリ》に呼び出されるんだが……考えただけで気持ち悪《わり》ぐなってきた」

逸平がその場でしゃがみこんだ。さっきまで有頂天《うちようてん》だったが、塩をかけられた青菜のようにシヨンボリとうつむく。

「電話を切って！」

奈央が叫んだ。彼女の手には熊よけスプレーが握られていた。しゃがみこんでいた逸平が、カエルのように飛び上がる。

「うわ！　なに考えてんだ」

麗も警察官とやり取りしようとしていたが、顔をしかめて口を閉じた。ふたりとも海外製の熊よけスプレーの危険な威力を熟知している。

それはグリズリーなどの猛獣を撃退するために作られたものだ。人体への安全性など考慮されてはいない。スプレーを浴びてしまえば、皮膚は爛《ただ》れや水ぶくれを起こす。目に入ろうものなら視力低下や失明につながりかねない。中身の液体は油性である場合が多いため、洗い落とすのにも時間がかかる。

警察官が訊いてくる。

〈もしもし？　どうしました？　もしもし？〉

「早く切れって言ってるでしょう！」

奈央が熊よけスプレーのトリガーに指をかけていた。留美は麗にうなずいてみせた。麗が忌々しそうに液晶画面をタッチして通話を切る。

留美は立ち上がった。逸平らに中宇称の応急処置を変わるよう頼むと、奈央の前にゆっくり立ちはだかる。

「あんたの望みはなにや」

「……私は終わらない。このままじゃ終われない！　こんな知らない町にひとりぼっちでやって来て、寝たくもない男たちと寝て、偉そうな渋ちんたちとも必死に交渉してきた。やっとよ。やっと金の心配をせずに生きられるようになったのは。子どもが欲しがるものだって、ようやく買ってあげられた」

麗が呟いた。

「勝手なことほざくんでねえ」

留美は奈央に近づいた。奈央が叫ぶ。

「近づかないでよ！」

留美は首を横に振ってみせた。

「そのとおりだず。あんたは終われねえ」

「だったら、もうこの町には近寄らないで。一生口をつぐんで生きてよ」

「そりゃ無理だ」

麗のスマホが震動した。県警から折り返しの電話がかかってきたのだろう。

警察はもう留美たちの場所を把握している。緊急通報に使われたスマホは、事前通告なしで位置情報を取得できるからだ。もう西置署の警察車両が向かっているはずだ。

「もうすぐ警察がやって来るし、ヤケクソになってそのスプレーを噴射すりゃ、あんたも無事じゃ済まねえ。スプレーを使うんなら、風下に立つべきでねがった。噴射液はあんたにも襲いかかる」

「騙されない。あんたの言葉はもうたくさん」

奈央の指はトリガーから離れない。その指は震えている。いつ発射されてもおかしくはない。

「トリガーを引きゃ、あんたも噴射液を浴びてツラがベロベロに爛れて、目玉まで失うがもしんねえ。それはそういうブツだず。暴行傷害でクサいメシを長々と食う羽目になるがもしんねえ。本当に翼の行方を知らねえのなら、あんたの罪はたかだか数十万円をポッポしただけだ。事件にさえならねえで、子どもと一緒に暮らしていげる可能性は高《たけ》え。あんたは終わっちゃダメなんだず。子どもが腹空かして待ってだべ」

奈央に語りかけているようで、留美は自分自身を説得していた。

スプレーなど浴びて、大怪我なんかしている場合ではない。頑丈な肉体が唯一の資本であり、愛しい娘を食わせていかなきゃならないのだ。大事な相棒たちとその家族も傷つけさせたりはしない。

留美は奈央との距離を縮めた。スプレー缶が手に届く距離まで。

奈央は歯を嚙みしめながら泣いていた。涙が顎から滴り落ち、腕を濡らす。

警察車両のサイレンが遠くから聞こえてきた。奈央の手からスプレー缶が滑り落ちる。

留美はすばやく腕を伸ばし、スプレー缶をキャッチする。奈央が膝から崩れ落ちた。彼女の肩を優しく叩いてやる。

「信じてけでありがとなっす」

留美は奈央に声をかけた。その言葉が届いたかどうかはわからない。奈央は放心したように川に目をやっていた。

逸平がガッツポーズをしてみせた。

「よし！　これで一件落着だなや」

「ああ。んだな」

留美は答えてみせた。

しかし、引っかかる点はまだある。念には念を入れるのが、プロの仕事と心得ていた。

17

留美はダウンジャケットのポケットからガーゼマスクを取り出した。

タンスの奥で眠っていたもので、かつて娘の知愛が使っていた。もともと子ども用サイズであるうえ、繰り返し使われたせいで、もはやガーゼは縮んでヨレヨレだった。口と鼻をかろうじて覆う程度の面積はあるが、どれほどの効果があるのかは疑問だ。

それでも、なにもしないよりはマシだった。どこにも不織布マスクが売っていないのだから。最近はどこのドラッグストアでも、マスクを求める人で開店前から行列ができるようになった。テレビでは連日のように新型肺炎のニュースを報じている。

ポケットのスマホが震動した。あの川べりでの発砲事件があってから、スマホにはひっきりなしに電話がかかってくるようになった。かけてくるのは警察関係者やメディアがほとんどだ。

液晶画面に目を落とした。表示された名前は警察署や刑事のケータイでもなく、新聞社やテレビ局からでもない。きわめて近しい関係にある人間で、あの事件があってからは何度も留美に連絡を取ろうとしていたが、こちらからはまだなんの反応も示してはいない。

留美は液晶画面に触れて電話に出るのを拒否した。とくに口を利く気にはなれなかったし、なにより仕事の総仕上げが待っている。

ショルダーバッグを抱えて車を降り、橋立邸の玄関扉を開けた。屋内に向かって声をかけるまでもなく、依頼人の和喜子が玄関ホールで正座して待っていた。

いつもの普段着とは違って、和喜子はフォーマルな格好をしていた。冬用のグレーのセレモニースーツを着ている。これから親戚の結婚式にでも出席するといったような姿だ。

河川敷での発砲事件から一週間が経ち、留美の調査も今日で終わりだ。最後は正装で迎えたいと思ったのだろう。

彼女は三つ指をついて頭を深々と下げた。

「本当にご苦労様でした。電話でも話したけんど、大変だったべや。てんやわんやで」

「和喜子さんこそ」

留美は一礼して上がりこんだ。

茶の間はファンヒーターで暖められており、隣の仏間から線香の香りがうっすらと漂ってくる。コタツに入って足を温めると、いかにも橋立家を訪れた実感が湧く。たった一週間ぶりだというのに久しぶりのような気がした。

翼をひとりで追っている最中も多忙ではあった。しかし、中宇称との対決を経て、県警が事件として捜査を始めると、まさしく和喜子が言うとおり、てんやわんやで蜂の巣を突いたような事態に陥った。

まずは西置署の警察官に、発砲事件が起きた経緯を説明しなければならなかった。

なにしろ、実銃と熊よけスプレーを持った自称探偵の中年女と、道交法違反と暴行傷害の前科が山ほどある元暴走族の夫婦が、市の東京事務所顧問の肩書きを持つ中宇称と、町の有名人であるＮＰＯ法人代表の奈央と揉めたのだ。中宇称は鼻骨骨折と脳振とうで大怪我を負っていた。

署員から疑惑の目を向けられ、犯人扱いされそうになり、一から懇切丁寧に説明しなければならなかった。逸平たちにも口を酸っぱくしてキレるなと言って聞かせたが、それでも時折、逸平や麗が事情を聴く警察官に怒号を浴びせるのが、隣の取調室にいる留美にもわかった。なにしろ麗はすりこぎ棒を所持し、その旦那はといえば、ポケットにメリケンサックを入れていたのだ。

銃刀法違反と暴行傷害の現行犯で探偵の女らを逮捕。そんな記事がデカデカと地元紙の社会面を飾るのではと危惧していたが、その日のうちに疑いは徐々に晴れていった。手錠をかける気マンマンだった警察官の口調が柔らかなものになり、電話をかける許可も与えてくれた。

後にわかったことだが、奈央が中宇称を見限り、正直に打ち明けたのが大きかった。市内の病院で治療を受けた中宇称が、ベッドのうえで事情聴取を受け、留美らに旧西置小学校で因縁をふっかけられ、拳銃を突きつけられたとふざけた嘘をついたものの、留美や奈央の証言と大きく食い違うため、西置署員は彼に疑いの目を向けるようになった。

さらに中宇称の衣服や手から硝煙反応が見られたため、管轄内で拳銃をぶっ放したのは彼のほうであり、橋立翼の殺害に手を染めた可能性が高いと判断。西置署は中宇称を銃刀法違反で逮捕し、捜査本部を設置した。県警の捜査一課とともに、八十人の捜査員を動員して翼の行方を調べた。

ひとまず疑いこそ晴れたものの、数日間は仕事どころではなくなった。連日のように西置署に呼び出され、朝から晩まで事情聴取に応じ、強制的に捜査に協力するよう求められたからだ。依頼者の和喜子の許しを得て、これまでかき集めた情報をすべて県警に提供した。翼の失踪になんの関心も抱かなかった県警に、苦労して集めた情報をタダでくれてやるのは癪《しゃく》ではあった。

とはいえ、ひとりの探偵がチョロチョロ動くより、県警が捜査に乗り出すほうが真実に近づくのも事実だ。県警は三日で裏を取り、中宇称と行動をともにしていた市長の秘書に迫り、翼をあの排雪場へと連れていったと自白させた。中宇称らは翼を川に放りこむなどして痛めつけ、きつい仕置きを加えたのだという。

発砲事件から五日後、県警は捜査員を東京に派遣し、赤羽の西置市東京事務所と中宇称の自宅を家宅捜索。彼のパソコンには、泥まみれになって土下座する全裸姿の翼が映った動画のデータがあった。

市長の秘書は、翼を土下座までさせたのを認めたが、その後は排雪場で解放したと告白。翼がどうなったかまでは知らないと、殺人や死体遺棄については否定した。中宇称も取り調べで翼に対する傷害や強要に関してまでは、しぶしぶ認めつつあるが、殺しまではやっていないと主張している。

てんやわんやだったのは、留美たちだけではない。西置市自体が火事場のような大騒ぎと化した。なにしろ、市に雇われていた人物がヤクザのように拳銃をぶっ放して、殺しにまで関わっていたかもしれないというのだ。

おまけに暴力沙汰は、市の肝いり政策のすこやかパッケージ事業の不正が原因であり、西置市が生んだ美人アクティビストが、中身を安物にすり替えていた事実も明らかになった。西置市はこの一週間で、日本でもっとも有名な町と化した。市議選にも深刻な影響を与えるものと見られている。

夜の報道番組にチャンネルを合わせると、新型肺炎に関するニュースの次に取り上げられるのは、もっぱら西置市での騒動だった。画面に映るのは留美が通う西置署であり、奈央のＮＰＯ法人の事務所や、赤羽の東京事務所にガサをかける捜査員の姿だった。

市長の宮前は野党系市議から厳しい追及を受け、反社会的勢力のような人物に東京事務所をなぜ任せていたのかと迫られ、すこやかパッケージ事業のすり替えにも話が及んだ。宮前は任命責任を痛感していると述べ、市民に対して謝罪こそしたが、事件に関しては青天の霹靂だと答弁。すり替えに関しては西置市こそ被害者だと、青い顔をしながら必死に逃げ口上を並べた。

宮前の政治生命ももはや風前の灯火《ともしび》といえた。昨日発売された週刊誌には、宮前と奈央が愛人関係にあるのを早々にすっぱ抜かれていた。彼もまた妻子がいるにもかかわらず〝釣った魚〟を自慢せずにはいられないタイプだったようだ。福島の飯坂《いいざか》温泉にある高級宿で、奈央としっぽり過ごしているのを、友人限定でＳＮＳにアップしており、それも暴露されたからだ。じきに辞意を表明するだろうと、複数の記者が口にしている。西置市の電話はパンク寸前で、全国から市長に対する抗議が殺到している。

奈央のふたりの子どもは、彼女の弁護士がうまく手配したらしい。奈央とは十年も疎遠な仲にあった実母が西置市まで飛んでやって来た。母親が県警に逮捕されて、事情もわからぬまま泣いて過ごしていた子どもたちを引き取り、騒動に巻き込まれぬよう埼玉に連れ帰ったという。

留美は和喜子が淹れてくれた茶を口にした。さほど上等な舌を持っていないが、コクのある強い旨みを感じた。かなり値の張る玉露と思われた。

和喜子は漬物以外にも、品のよさそうな饅頭《まんじゅう》や羊羹《ようかん》も天板に並べた。留美の苦労を労おうとする思いがあふれていた。

玉露を飲みながら、先に調査料金のやり取りを済ませた。和喜子から着手金として、先に大金を受け取ってはいた。東京への出張もあり、畑中夫妻や板垣にも動いてもらっていた。情報を提供してもらうために、ときには高級焼肉をふるまい、またあるときは現金を配ってもいる。費用はみるみるかさんでいったが、和喜子は文句ひとつ言わずに認めてくれた。事前に残りの請求金額を伝えると、彼女は封筒に入った現金を渡してくれた。

留美は封筒をバッグにしまってから、新しい情報を和喜子に伝えた。

「これは警察回りの記者から聞いた話だげんど、中宇称が〝完落ち〟するのも時間の問題らしいべ。県警でもっとも腕利きの取調官が当たってだっていうし」

「んだが……」

今度は留美が頭を下げた。

「悪《わり》いなっす。本当は最後まで私がやり切るのがスジなんだげんど、なにしろ記者もうろちょろしっだしよ。警察からも勝手に動くんでねえと釘刺されちまったがら」

「充分だず。あんだけ私が動いてくれってせがんでも、警察はびくともしねがったのに、今じゃ数十人の警察官が目の色変えて捜査しっだ。みんな、あんたのおかげ――」

会話を遮るように固定電話が鳴った。

和喜子は断りを入れて、固定電話が置かれた収納台に近づいた。彼女はディスプレイに表示された番号に目をやるだけで、電話には出ることなく、すぐにコタツへと戻ってきた。どうやら、相手はメディア関係者のようだ。発砲事件から一週間が経つものの、この橋立邸の周辺にはレンタカーや他県ナンバーの車が停車しており、記者らしき人物が張ってもいた。

和喜子は玉露に目を落とした。

「とにかぐ、あとは翼がどこにいるのが、早く明らかになるのを待つだけだず。どだな目に遭って、今はどこで眠っているのか」

「んだな」

留美がうなずいてみせた。

まだ生きているかもしれないと、心にもない慰めを口にしたくはなかった。和喜子の瞼は依頼を引き受けたときからずっと赤いままだ。ひとり息子を失ってから、何度も涙を流してきたに違いなかった。

和喜子は茶をすすった。

「その中宇称って人も、そだに頑張らずきれいに喋って楽になるどいいんだげんどな。早くきちんと弔ってやんねえど、あの子も成仏できねえべや」

「そのごどだげんどよ」

茶を口にしたばかりだというのに、口のなかがカラカラに渇いていた。

和喜子が正装で出迎えてくれたのと同じように、留美もある覚悟を持ってこの家を訪れたのだ。

和喜子の目を見据えた。

「犯人は中宇称ではねえど思う」

「えっ?」

和喜子の手から湯呑みが滑り落ちた。湯呑みは天板から転げ落ち、玉露が布団を濡らした。

前にも和喜子が取り乱して湯呑みがひっくり返り、緑茶がこぼれて布団を濡らしたことがあった。

そのときは和喜子が慌てて布巾を手にして拭き取ったものだが、今は彫像のように固まったままだ。

ややあってから、和喜子が布巾を手にした。

「そだな……刑事さんも記者さんも、みんな口揃えて中宇称が死なせたって言ってたでねえが」

和喜子が苦笑しながら、布巾を濡れた布団に押し当てた。

以前の彼女なら、それこそ身を乗り出して、犯人の正体を知りたがっただろう。それが今は声に力がなく、耳にしたくはないといった様子で顔を背けた。それでも留美は続けるしかない。

「中宇称も私に向かって、〝自分が殺した〟とほざいたんだけど、あれはただのハッタリ。私らをビビらせるための」

中宇称は実銃を手にし、留美らを暴力で屈服させようとした危険な男だ。逸平が助けに入ってくれなければ、翼と同じく留美らも全裸で土下座をさせられたかもしれない。

しかし、翼を死に到らしめたとは考えにくかった。中宇称らは探偵の丹羽を雇って、同じく翼を捜させてもいたのだ。

県警の調べにより、丹羽が留美の調査を妨害するだけでなく、彼女を腕ずくで脅し上げ、楽に情報を横取りしようと企んでいたことが改めてわかった。

中宇称が翼を殺害したとすれば、丹羽という悪徳業者に捜させるなど愚の骨頂だ。みすみす弱みを握らせる真似をするとは考えにくい。

翼を道の駅から連れ去ったさいも、市長の秘書を同行させている。もし彼を最初から消す気があったのなら、一介の公務員など同行させたりはしなかっただろう。中宇称は翼を排雪場で適当に痛めつけ、裸で土下座をさせて恐怖を植えつけ、すこやかパッケージの件で奈央の尻拭いを済ませて解放させたのだ。

和喜子の喉が大きく動いた。

「そんじゃ……誰が」

留美はすぐに答えなければならなかった。犯人の名を口にするのがつらい。

手ひどく痛めつけられた翼が、どこの誰を頼ったかといえば、この母親しか考えられなかった。

留美はふいに小物タンスを指さした。年代モノだが、側板や抽斗はいくつも穴が空いている。

「あれは旦那さんでねくて、翼さんがやったんでねえのが?」

「留美さん、なしてそだなごとを」

玉露を飲んで、口内を潤したかった。しかし、彼女が用意してくれたお茶に手をつける権利はもうないように思えた。咳払いをしてから言う。

「一週間前、中宇称らと対決する前に寄らせてもらったべ。そんときに、あんたの口から聞いちまったがらよ。翼さんが奈央の弱みにつけこんで、カネだけでなく肉体関係まで迫ったってごとは。その時点じゃ、まだ私も正確には摑んでねがった情報だず」

「あっ……」

「聞いてしまったがらには、私は動かなきゃなんねえ。昨日見てきたべ。あんたの実家に」

和喜子が息を吞んだ。

彼女の実家は西置賜郡小国町《おぐにまち》にあった。飯豊連峰に囲まれた山深い土地で、日本屈指の豪雪地帯だ。二メートル級の積雪を記録するが、今年は足首が埋まるほどの積雪しかない。

すでに和喜子の両親は亡くなっており、彼女の兄弟は全国に散っている。橋立邸に負けない大きさの日本家屋で、農業機械用のガレージがあった。自動車が三台分は置けそうな大きな倉庫だ。

和喜子の唇が震えた。

「あんた……車庫のなかを見たのが？」

「シャッターが下りったべし、勝手に入るわげにはいがねえよ。ただ車庫へと続くタイヤ痕は見つけたべ。翼さんの愛車が履いたスタッドレスタイヤと同じもんだった。いつもの年なら雪が降り積もってタイヤ痕なんて消えちまうんだげんど」

和喜子は再びこぼれたお茶を拭き取った。彼女の目には諦めと憂いが浮かんでいる。

留美は彼女を直視して言った。

「あんたに最後の報告と助言をしとくべ。警察はバカでねえ。一旦は中宇称こそが真犯人《ホンボシ》と睨んだげんど、どうも違うようだと勘づいったようだ。やむにやまれぬ事情があったと思うげんど、自首するごどを勧めっず」

和喜子が肩を落とした。暗い目をしたまま彼女は微笑む。

「やっぱすごい人だなや。あんたを便利屋風情とナメてかかった連中が少なくねえようだげんど、私は初めて会ったどぎから、こんな日が来るような気がしてなんねがった」

「なにがあったのや？」

和喜子が急須を手にして、電気ポットから湯を注いだ。彼女の言葉を静かに待つ。

和喜子は茶を淹れ直すと、うまそうにそれを飲んだ。饅頭にも手を伸ばす。これほど飲食をじっくり味わっているのを見たのは初めてだった。

「奈央さんは子どものごどを思って、あんたの説得を受け入れたんだってな」

「……危うく熊よけスプレーで顔や目玉をグチャグチャにされっどごだったべ」

「言うなりゃ、私は熊よけスプレーのスイッチを押しちまったようなもんだべ。親子の絆ってもんにうんざりしちまっだみでえだ」

和喜子は訥々《とつとつ》となにがあったのかを語ってくれた。

泥まみれで帰宅した翼は荒れ狂っていた。なんの説明もなく、茶の間のコタツをひっくり返し、タンスに八つ当たりをすると、二階の自室にこもって酒を飲み出した。

奈央への脅迫が失敗に終わり、逆に中宇称からきついお仕置きを受けた。翼はうまく行かないことがあると、父親と同じく暴れる癖があった。風呂に入るように勧めても聞く耳を持たず、とにかくカネを貸せと迫られたらしい。

「訳を言わねえと貸せねえって言ったら、すこやかパッケージの件を打ち明けられたべ。それ聞いたときの気分といったら……こっちまで恥ずかしくなっちまってよ。情けねえったら」

そして悲劇が起きた。和喜子は息子に対して、自分でなんとかしろと突き放した。酔った翼と二階で揉み合いになり、翼が階段から転落し、頭をしたたかに打ったらしく、一階の廊下のうえに倒れたまま、ぴくりとも動かなかった。

和喜子は固定電話の受話器を取り、すぐに救急車を呼ぼうとした。しかし、通報はできなかった。

「どうしても〝一一九〟が押せねがった。なんかもうプッツリと糸が切れちまったみでえでよ。大変なごどになったとわかっちゃいだげんど、どうしても電話をかけらんねがった。ひでえ親だべ」

「気持ちはわかっず」

和喜子の告白は、留美の心にも重たくのしかかった。

探偵の仕事が好きだった。のめりこんでいると言っていい。知愛がしっかり者であるのに甘え、愛娘をひとりぼっちで留守番させていたときさえある。

調査が夜遅くにまで及び、知愛のために引き揚げざるを得なくなったことがある。カメラや双眼鏡などを片づけながら、悪魔じみた考えが頭をよぎったものだ。あの娘《こ》がいなかったら、もっと調査ができただろうにと。そんな考えを抱いた自分にゾッとしたものだ。

「この子にもう恥を掻かせらんねえ。これ以上、世間にみっともねえ真似させるぐらいなら、ここで静かに眠ってもらったほうがいいってよ。とにかく疲れちまっただんだず」

和喜子は冷たくなった遺体を息子の愛車に乗せた。留美が睨んだとおり、住む者のいない実家へと運び、自らの手で敷地内に穴を掘って埋めたという。

留美は訊いた。

「いくら雪が少ねえと言っても、カチカチに凍った土を掘るのは楽でねがったべ」

「そうでもねがった」

和喜子は首を横に振って続けた。

「こんなにやり甲斐を感じたごどはねえよ。夢中になって掘りまくったべ。これであの子が手を汚すごどもなければ、これ以上世間の笑い者になるごどもねえ。そう思ったら、何時間でも掘ってられだし、小国駅まで二時間かけて歩いて帰んのも苦でねがった」

和喜子が黙々と作業をする姿が脳裏をよぎった。

昼間さえ人が見当たらない極寒の山村で、ひとりシャベルだのを使って墓穴を掘っていたのだろう。大人ひとりを埋めるには、相当な労力を要したはずだ。

和喜子には当初から引っかかりを覚えてはいた。彼女の掌にはマメがいくつもあった。ラブホテルでの清掃は重労働だろうが、掌にマメがいくつもできるタイプの仕事とは思えなかった。田畑を耕すにはまだ早すぎる時期でもある。

掌にできたマメを考えると、和喜子の言葉は本当のように思えた。何時間どころか、ラブホテルの仕事と並行して、何日もかけて掘り続けて埋葬したのかもしれなかった。これで友人に迷惑をかけず、職場の人間を落胆させず、町の名士とつるむ美女に狙いをつけたりもしない。和喜子の口ぶりからすると、幸福でさえあったのかもしれない。

「なして私に捜すよう頼んだのや。自分の首を絞めるようなもんだべした。中宇称たちに復讐《ふくしゅう》したがったのが？」

「ホント……なんでだべね。翼はもうあたしだけのもんになったってのに」

和喜子は首を傾げて考え込んだ。漬物をポリポリと齧ってから続けた。

「あのラブホテルで長く働いでっと、いろんな人を見かけちまうもんだず。それこそ、この町のお偉いさんだったり、お互いに家庭のある者同士の不倫だったりよ」

「奈央さんも見かけたわげが」

和喜子がうなずいた。

「市長や後援者と時々な。あの人も必死なのはわがってだ。よそ者が知らねえ町で成り上がるんなら、なんでもやるのは当然だべって応援しっだぐらいだず。んでも……翼があんなごどになって間もねえうちに、あのホテルに来るのを見ちまった。逆恨みなのはわがってだげんど、頭の血管切れそうなほど腹立っちまったもんでよ」

和喜子が奈央を見かけたのは、あのラブホテルに手斧の中年男が襲来した日でもあった。その中年男を捕えたのがきっかけで、留美に翼の捜索を頼む気になったという。

和喜子が深々と頭を下げた。

「あんたを騙して悪《わり》がった」

「私は大丈夫だず。ただ……自首したほうがいいべ。翼さんもちゃんとした形で葬ってもらわねえどよ」

「んだな」

和喜子は顔を上げると、静かに玉露を口にした。

留美のアドバイスに従い、彼女は警察に出頭するかもしれない。もしくは刑事が押しかけるまで、もう少し悲劇の母親という立場に浸り続けるかもしれない。あとは和喜子の判断に委ねるしかなかった。

留美は温和な人間とは言いかねる。むしろ、カッとなりがちな性格で、おかげで損な道を選ぶほうが多い。今回はこの依頼人の掌の上でいいように転がされていたことになる。それでも腹は立たなかった。ただ憐《あわ》れに思うだけだった。

「あんたも、まだまだ終われねえべ」

「留美さん……ありがとうなっす」

「身体に気つけてな」

留美は彼女に一礼して橋立邸を後にした。

愛車に乗りこんで敷地から出た。公道の路肩にはメディア関係者と思しき車がいくつも停まっている。

そのなかには覆面パトカーもあり、二人組の刑事が張り込んでいた。翼の消息が明らかになる時間は思ったよりも早そうだった。

橋立邸からほど近い自然公園の駐車場へと走らせる。相変わらず人の気配はなく、駐車場には一台も車がなかった。クマが出没すると注意を促す幟は、ポールがへし折れて朽ちている。寂しい場所ではあったが、誰も邪魔が入らずに済んだ。

アルトを降りた。今日は昼から気温が低く、空気がピンと張りつめている。午後からは雪になるらしく、県内は厚い雲に覆われている。冬の山形らしい天気だ。

ダウンジャケットのポケットからスマホを取り出した。機内モードにしていたが、その間に電話がいくつもかかってきたようだ。

着信履歴には、複数の記者や西置署の電話番号が表示されており、そのなかには母の藤枝美枝の名もあった。

母とは探偵事務所を開いて以来、ほとんど縁が切れた状態のままだ。この五年間、顔を合わせるどころか、電話もメールもしていない。おそらく発砲事件を知り、娘とコンタクトを取りたがったのだろう。

留美は息を吐いた。ゴジラのように白い息が出る。母は留美のやることすべてにケチをつけてきた人物だ。電話をかけたところで、心温まる話になるとは思えない。留美が危険な目に遭ったのをあげつらい、それ見たことかとイヤミを言われるだけかもしれない。それが母の愛情表現なのだと、知愛を産んでからわかった。愛情の示し方は人それぞれだ。

奈央や和喜子の顔を思い出し、意を決して電話をかけた。ワンコールもしないうちに相手が出る。

〈も、もしもし?〉

「久しぶり、母ちゃん」

留美は穏やかな声で話しかけた。

参考資料

『コンビニオーナーになってはいけない　便利さの裏側に隠された不都合な真実』
コンビニ加盟店ユニオン、北　健一著（旬報社）
『コンビニ店長の残酷日記』三宮貞雄（小学館新書）
『探偵の現場』岡田真弓（角川新書）
『探偵はここにいる』森　秀治（駒草出版）

初出
「ジャーロ」74号（二〇二一年一月）〜82号（二〇二二年五月）

深町秋生（ふかまち・あきお）

1975年山形県生まれ。2004年『果てしなき渇き』で第3回「このミステリーがすごい！」大賞を受賞して'05年にデビュー。同作は'14年『渇き。』として映画化される。'21年「ヘルドッグス」シリーズもまた映画公開され、大きな話題を呼ぶ。「組織犯罪対策課 八神瑛子」「警視庁人事一課監察係黒滝誠治」「バッドカンパニー」などベストセラーの人気シリーズも多数。他の著書に本書シリーズの第一作『探偵は女手ひとつ　シングルマザー探偵の事件日誌』『PO 守護神の槍 警視庁身辺警戒員・片桐美波』『鬼哭の銃弾』など。

探偵《たんてい》は田園《でんえん》をゆく

2023年２月28日　初版１刷発行

著　者　深町秋生《ふかまちあきお》

発行者　三宅貴久

発行所　株式会社 光文社

〒112-8011　東京都文京区音羽1-16-6

電話　編　集　部　03-5395-8254

書籍販売部　03-5395-8116

業　務　部　03-5395-8125

URL　光　文　社　https://www.kobunsha.com/

組　版　萩原印刷

印刷所　萩原印刷

製本所　ナショナル製本

ISBN978-4-334-91512-4